Cónclave

Conclave

ALFAGUARA

Cónclave

Roberto Pazzi

Traducción de Carlos Gumpert

ALFAGUARA

Título original: Conclave
© 2001, Edizioni Frassinelli
© De la traducción: Carlos Gumpert
© De esta edición:
2005, Santillana Ediciones Generales, S. L.
Torrelaguna, 60. 28043 Madrid
Teléfono 91 744 90 60
Telefax 91 744 92 24
www.alfaguara.com

*Esta novela es una obra literaria fruto de la fantasía. Nombres,
personajes y situaciones son producto de la imaginación
del autor, y cualquier referencia a personas existentes
o realmente existidas es pura casualidad.*

ISBN: 84-204-6872-X
Depósito legal: M. 15.660-2005
Impreso en España - Printed in Spain

Diseño:
Proyecto de Enric Satué

© Cubierta:
Corbis

Impreso en el mes de abril de 2005
en los Talleres Gráficos de Palgraphic, S. A.,
Humanes, Madrid (España)

La locura, en ocasiones
el único ojo que puede mirar fijamente al sol.

RITA MAZZINI

1.

Es difícil adivinar qué hora es, porque durante toda la noche ha tenido la impresión de que ya estaba asomando la aurora, a causa tal vez de la luz en una ventana de enfrente que no se había apagado. Al levantarse, entrevió algunas sombras detrás de la ventana de cristales opacos, de color amarillo oscuro. Un perro había acompañado aquella aparición con un largo aullido que podría parecer un reclamo, más que un lamento, como si intentara llamar la atención de quien se movía en los pisos más altos, él mismo quizá o los desconocidos ocupantes de la habitación, detrás de aquella ventana. El patio era tan oscuro y estrecho que no dejaba vislumbrar aquel animal, si en verdad se encontraba allí.

Ahora, sin embargo, las campanas sofocaban el afligido ladrar del perro, dando comienzo a su concierto de saludo a la luz de Roma. Se anuncian las primeras misas, y no es inverosímil que durante esas funciones matutinas las oraciones del sacerdote y los pensamientos de los fieles evoquen también cuanto acaece en el palacio donde a él le cuesta recuperar el sueño.

No todos sus compañeros de aventura, los ilustres huéspedes de aquella ala del palacio, padecen insomnio.

Una mañana se había unido a ellos, en la Capilla Sixtina, con cierto retraso, uno de los más jóvenes, primado de Irlanda, elevado a cardenal hacía poco. Y de inmediato, alguno de los más inclinados a extraer presagios y señales había deducido de ello que sería él el escogido, el elegido de aquella jornada. Previsión desmentida después, no ya una sino dos veces, por el resultado de las votaciones. No había sido un sueño visitado por el Espíritu Santo, sino ofuscado por la debilidad de la carne.

Uno de los cardenales más viejos, renuente como él a cerrar los ojos, el madrileño Oviedo, rememoraba el distinto silencio que en el último cónclave —sólo dos supervivientes podían recordarlo— reinaba en las altas habitaciones, las mismas donde todo se había desarrollado en breve tiempo. Pero Roma era otra ciudad entonces, no se percibía aún el ruido de su tráfico llegar hasta allá arriba.

—Si te haces con unos buenos tapones de cera como los míos, el problema quedará perfectamente resuelto —había observado, con su habitual ironía, Celso Rabuiti, el cardenal de Palermo, que se había visto escuchando las observaciones de su anciano colega español.

¿Quién sabe quién dormirá detrás de esos cristales opacos?

No consigue identificarlo, aunque tiene la impresión de que esa parte del palacio, en la tercera planta, alberga casi exclusivamente cardenales italianos.

Son éstos los más activos en los contactos en curso entre las dos votaciones diarias, con vistas a un posible acuerdo sobre el destinatario de los votos. La pérdida del papado pesa a los italianos, y se susurra que un altísimo exponente político no ha dejado de presionar insistentemente sobre los componentes nacionales del Sacro Colegio, en nombre del Gobierno:

—Aunque sea del sur, aunque sea viejo, pero un italiano, por favor, eminencia. Italia, que no goza en Europa del lugar que le corresponde, tiene en ello vivas esperanzas... Elijan a un italiano...

Fantasmas de otros tiempos, cuando el cardenal de Cracovia, Puzyna, se había puesto en pie para poner el veto del emperador de Austria en el cónclave en el que acabaría saliendo elegido el papa Sarto. Las intromisiones son ahora mucho más indirectas y borrosas; no cree que ningún político italiano las haya ejercido de esa manera.

Esas sombras inquietas, esas formas indefinidas y sin embargo vivas en la noche, dan la impresión de un teatro mudo, de un juego de sombras chinas que remedan la vida aludiendo a sus necesidades: el poder, el coito, la ira, la seducción, la palabra que se ayuda con el silencio y el gesto, el secreto, la conjura, la oración.

No será la única habitación donde las sombras se agitan a esas horas. Pero las otras no las vislumbra: sólo puede pensarlas. Semejantes a millones de seres vivientes que en aquel momento, por turnos, en una mitad del mundo duermen y sueñan y en la otra se levantan y se afanan como hormigas enloquecidas. Para intercambiarse después los papeles, y dormir quien ha corrido todo el día, y correr quien ha descansado y soñado. Siempre le había llamado la atención la incapacidad de imaginarse a los ausentes, sobre todo a los más queridos, moviéndose lejos mientras él se hallaba separado de ellos. Pensarlos no se los restituía vivos: solamente hacía que se sintiera más solo. Por ello le gustan tanto las fotografías y las llamadas telefónicas, aunque aviven la nostalgia.

Ya está, esas sombras aún en movimiento le sugieren tal cantidad de preguntas, encienden tal curiosidad e interés por el después, cuando se disuelvan para salir en carne viva por la puerta, que tiene la impresión de que no podrá volver a la cama.

Sin embargo, no quiere despertar a Contarini. Por el silencio absoluto de la habitación contigua adivina que su capellán y secretario aún está durmiendo. Mira el teléfono. ¿Llamar a Clara, su hermana, a Bolonia? Pero a estas horas no se puede molestar a nadie. Quién sabe si Francesco se habrá examinado por fin de Ciencias de la Construcción: es ya la segunda vez que lo intenta y le ha pedido incluso una oración por él.

Está allí, en el portarretratos, junto a su madre, el marco de plata que lo acompaña siempre. Cuanto más crece, menos se parece a su padre. Pero no se parece a mí, tiene algo de su abuela y de mi hermano, el pobre Carlo: la nariz y la boca quizá, cuando se ríe. Ay, los tíos, qué especiales se revelan en el estudio de las semejanzas, incluso a costa de escudriñar en la sangre quién sabe qué misterios...

Intenta tumbarse de nuevo, esforzándose por permanecer un poco más en la cama. Son sólo las cinco de la mañana, antes de las siete no podrá decir misa, asistido por su Contarini. Podría rezar, en vez de fantasear acerca de las sombras de enfrente y de las semejanzas de su sobrino. Son muchas las personas que se encomiendan a él: «Recuérdeme en sus oraciones, eminencia». Y casi todos le confían un dolor, una congoja, una pena, un secreto.

Observa el reclinatorio dorado con el almohadón rojo, delante del crucifijo, un mueble que debe estar presente en cada una de las celdas de los ciento veintisiete cardenales del cónclave. Piensa en esa misma postura, en ese mismo gesto para otros tantos orantes, todos vestidos de negro y de rojo: una cadena de montaje de la oración. No sumaría su pose a las otras. Puede rezar tumbado, en la cama, mirando las pinturas del techo abovedado, los estípites de las puertas doradas, los estucos del armario que al abrirse contiene el pequeño altar donde celebra la misa.

Toma el rosario y empieza a recitarlo, por aquellos a quien sabía sufrientes de entre sus postulantes. Una madre con un hijo de sólo veinte años, agonizante de cáncer. Un padre de dos chicas drogadictas que acababan de ser localizadas, después de una ausencia de un año, y estaban acogidas ahora en una comunidad de desintoxicación.

Una viuda que se había quedado sin nadie que la asistiera. Un alcalde y el presidente de una gran industria, que no habían tenido el valor de confiarle las razones de su solicitud, pero que tenían necesidad de ayuda. Quién sabe, los remordimientos quizá, unidos a su poder, o tal vez cierto terror a ser descubiertos involucrados en algún escándalo.

Reza, y desde el panorama de sus fieles asciende un hedor indistinto y confuso de vileza, debilidades, egoísmo: la pasta de la que están hechos los seres humanos como él, como las sombras en movimiento detrás de aquel cristal. Pero también una extraña capacidad de darse sin interés, de consumirse por alguien a quien aman. La única fuerza capaz de emanciparles del egoísmo sigue siendo el amor. El milagro de amar a alguien más que a uno mismo tiene lugar aún. Mira el crucifijo. Es un objeto negro y retorcido, obra de algún escultor del siglo XVIII que había querido imprimirle un acento expresionista de tono flamenco y más nórdico aún. El costado abierto, los huesos a flor de piel, el cuerpo tenso y arqueado, el rostro excavado por el sufrimiento, el taparrabos retorcido, como si un viento fortísimo se lo estuviera arrancando. Los había visto parecidos en un museo de Estocolmo, en un área de Europa alejada del clasicismo.

Aparta la mirada. No reza de buena gana ante ese crucifijo. Deja el rosario sobre la mesilla. Cierra los ojos. Tal vez el salmodiar el avemaría le haya hecho conciliar el sueño, tal vez fuera la necesidad de aplazar el despertar, el levantarse, la misa, la salida de la celda. A menudo nos refugiamos en el sueño para evitar algo que no nos gusta.

Monseñor Contarini se está moviendo: el capellán se levanta y abre una puerta. Ahí está el primer golpe de tos. Y el primer cigarrillo, encendido a escondidas.

Sabe perfectamente que después abrirá los cristales para que salga el humo. En los muchos años a su servicio habrá intentado dejar de fumar veinte veces.

¿Y ahora quién podrá seguir durmiendo?

La verdad es que ya no sabe rezar. Que el pensamiento huye lejos mientras mueve los labios y le pasa por delante la película de las vidas ajenas. Estas vacaciones forzadas, esta suspensión de su existencia que es el cónclave, han acentuado una curiosa actitud nacida en los últimos tiempos. La de salir de sí mismo para seguir la vidas de los demás, olvidando la propia. Parece ser que es un confesor maravilloso. Es una pena que sus funciones de cardenal arzobispo de una gran ciudad industrial del norte no le consientan ejercer ese ministerio más que en escasas ocasiones al año.

Una vez, durante la visita pastoral a un centro rural, permaneció casi todo el día en el confesionario. Eran los jóvenes del pueblo quienes más le habían cautivado, los pocos presentes en la iglesia que se habían arrodillado ante él. Parecían pedirle que no rompiera el hilo que había sido tendido entre ellos y él, mientras seguían acosándole con preguntas, sobre todo de las más personales. Nada tenía que ver la fe en aquellas confesiones, sino un extraño protagonismo mezclado con hambre de amor, un deseo de exhibir de aquella forma inusitada su propia vida, ignara de pudor, timidez, turbación.

Entreveía por los orificios de la celosía caras de ojos fijos en él, cráneos pelados, cuidadosamente rasurados, en ocasiones con un pendiente rutilante en el lóbulo de la oreja o un brillantito en la nariz.

Cuando oyó a uno preguntarle si regresaría pronto, empezó a inquietarse:

—¿Por qué me lo preguntas?

—Porque quisiera marcharme... con usted.

—¿Conmigo? ¿Y por qué razón?

—Porque aquí no me escucha nadie, tengo que fingir con todo el mundo.

—Pero ¿qué ocultas? ¿Qué necesidad tienes de fingir?

—Todo debo esconderlo, todo. Que no tengo ganas de trabajar, que quisiera viajar, ser rico. Que me gustaría tener un Ferrari y no el Fiat Punto de mi padre, que me gusta la chica de mi amigo, que quisiera vivir en la ciudad...

—¿En la ciudad?...

—Sí, por eso quisiera irme a Turín con usted. ¿No le hará falta por casualidad un chófer, un cocinero? Sé conducir, y hago unos crêpes que son una maravilla, la pizza también, y por lo menos tres tipos de salsa para la pasta...

—Pero si yo como poquísimo: pasta, ensalada y un filetito de carne.

—Mejor, cosas así se preparan en un santiamén, valiente problema.

—Pero si soy un cardenal arzobispo, sería un enorme aburrimiento para alguien como tú. A propósito, ¿cuántos años tienes?

—Diecinueve.

—Sería un aburrimiento total para ti vivir conmigo, soy un viejo de sesenta y tres años.

—Siempre me han gustado más los viejos que los jóvenes, son más interesantes; y además, usted es alguien, no una persona cualquiera, con usted no me aburriría nunca.

—Sin embargo, antes de ser este viejo interesante, he sido joven yo también. Cada edad tiene su lado bueno, vividla como un don, pronto desaparecerá; no tengas tanta prisa en consumir tu juventud.

—Pura cháchara. A un joven no lo quiere nadie, un joven no es nadie.

—Es ese nadie lo que más le gusta al Señor. Recuerda lo que el Evangelio dice de los niños: «El que no reciba el Reino de los Cielos como niño, no entrará en él».

Recuerda que después de esa cita el chico dejó de repente de hablar. No porque estuviera convencido, al contrario. Quizá el haber nombrado precisamente el Evangelio lo había alejado. La confesión no había sido más que un pretexto para acercarse a una estrella, a alguien que emanaba la mágica aura del éxito.

En un pueblo del campo, un cardenal es como un actor, un industrial, casi como un futbolista o un cantante. También entre los jóvenes de su seminario más de uno proyectaba el sueño de una carrera eclesiástica.

La carrera en la Iglesia...

He aquí el supremo vértice al que podía arribarse: el cónclave. Y abrirse aquí a la nostalgia de los escalones más bajos, de los primeros que subió en su seminario de Bolonia.

Vuelve a levantarse, siente que los movimientos de Contarini se van haciendo poco a poco más frecuentes, una discreta señal para darle a entender que es la hora de prepararse para la misa.

Se acerca a la ventana para mirar hacia fuera, ahora hay más luz. Se distingue menos la ventana de enfrente con los cristales opacos; las sombras que gesticulaban se han disuelto; pero el perro sigue ladrando.

Levanta los ojos, el cielo de Roma es de un azul distinto al de su ciudad. Un azul de lapislázuli, presagio de los cielos de África. Y nunca hay esa niebla de por la mañana temprano, como en su tierra. Es más alegre el despertar, aquí.

Va al baño, mira la bañera de patas de león, los cristales opacos de la ventanilla ovalada. Piensa que ciento veintisiete baños parecidos a éste están recibiendo en esos mismos minutos a otros tantos ancianos cardenales. Se mira el rostro en el espejo. Tiene que afeitarse, tiene la barba larga, ayer no se rasuró.

Ya han pasado cinco días desde que se encerraran en cónclave, después del *extra omnes* proclamado por el cardenal camarlengo. Las puertas del palacio están selladas, es imposible mantener contactos con el exterior excepto con previa comunicación a la secretaría del camarlengo. Todos tienen la obligación de apagar los teléfonos móviles. Ayer, sin embargo, alguien debió de haber infringido la regla, porque se les rogó que los entregaran, para evitar desagradables secuestros. Él sabe que algunos americanos los mantuvieron siempre encendidos. Les sorprendió hablando por teléfono. Y quién sabe cuántos otros hacen lo mismo.

Se corta en el lóbulo izquierdo mientras se afeita con la vieja maquinilla de hojas. Le duele el brazo derecho y en ocasiones le estorba en sus movimientos. Un dolor artrítico de los muchos que lo afligen en esa estación. Incluso cuando debe impartir la bendición solemne, desde el altar cercano a la capilla de la Sábana Santa, en su catedral, siente esa punzada.

De repente, piensa en la escena de la bendición *urbi et orbi,* desde el balcón de San Pedro. Se interrumpe y se mira otra vez en el espejo, con la maquinilla en el aire. ¿Y si le tocara a él?

Se apoya con la mano izquierda en el borde del lavabo y baja los ojos. No tiene ninguna posibilidad de encontrarse en esa situación, su nombre no ha salido nunca en las previsiones, ni en la curia ni fuera de ella. No representa a ninguna facción, no tiene apoyos en ningún dicasterio de la Iglesia. Elevado recientemente a cardenal, sigue estando bajo observación en el Vaticano. Sabe que es considerado un pastor, más que un doctor o un político. Y esa condición no es uno de los requisitos más exigidos, entre los que habían salido a la luz. Después de un papa como el difunto es difícil que elijan a alguien que vive en la sombra como él, entre los italianos. Y sin embargo, sabe que debe su nombramiento como cardenal a la gran estima de aquel hombre inolvidable.

—Si la divina providencia lo hubiera dispuesto de otra manera y hubiera permanecido allá, en mi diócesis, hubiera vivido como tú... —le dijo en un almuerzo con unos cuantos íntimos, que algunos años antes siguió al consistorio en el que lo había elevado a cardenal. Y había añadido de inmediato—: En tu zona nacen pocos niños, y la gente se divorcia mucho, según me dicen.

—Es cierto. Son las consecuencias de un bienestar mal digerido, carente de valores espirituales. Pero debe de haber otras causas también, que no he entendido y las busco... las busco... —y se había interrumpido, dejando el tenedor de plata sobre el plato de Limoges. Al papa no quería decirle que las buscaba en sí mismo. Pero fue precisamente eso lo que en cambio oyó precisar de sus labios:

—Y las buscas... en ti.

Asintió, mirando la vieja, encorvada figura. ¿Cómo podía haberle leído el pensamiento?

Aquel memorable día no se le había escapado, durante todo el almuerzo, la expresión atenta pero no benévola con la que lo estudiaba uno de los hombres más influyentes de la curia, el cardenal Vladimiro Veronelli, el camarlengo de la Santa Iglesia Romana.

Por instinto había percibido desconfianza, reservas, más antipatía que estima, como si también en aquel fragmento de conversación hubieran salido a la luz pruebas de su escasa aptitud para gobernar la Iglesia, con un matiz de sospecha por su problematismo, tan abierto y declarado. Los supremos vértices sólo deben representar certezas, esas de las que están necesitadas millones de personas débiles y confusas. Parecía ése el pensamiento del hombre que lo había estudiado perfectamente aquel día, replicando con escasas palabras a sus observaciones.

Y Veronelli es hoy el camarlengo que ha preparado hasta en sus más mínimos detalles, junto al decano Antonio Leporati, la compleja máquina del cónclave destinado a buscar un sucesor al pontífice que tan tangible huella había dejado en la historia. El hombre que debe hablar en latín pero también prohibir el uso de los móviles para contener la fuga de noticias. El hombre que debe sellar con el blasón de las llaves cruzadas de Pedro coronadas por el paraguas de la Sede Vacante las puertas con el exterior, como se hace desde siglos atrás, pero también impedir que los ordenadores de los purpurados y de sus capellanes se conecten con internet para filtrar las expectativas del mundo.

No, realmente él no tiene posibilidad alguna de impartir desde el balcón de San Pedro, una tarde de aquel suave otoño, la bendición *urbi et orbi*.

2.

Está celebrando la misa, ayudado por su capellán, monseñor Giorgio Contarini. En aquel momento, un rayo de sol inunda el pequeño altar, entre las puertas abiertas del gran armario, cayendo sobre el mantelillo blanquísimo y el cáliz dorado. Un rayo cálido como una caricia, que pasa por encima de los muros, del cristal de la ventana, y viene a posarse allí, junto a él y a la hostia sobre el corporal. Siente ese rayo sobre el brazo derecho, justo donde la articulación le duele, con el benéfico efecto de un calor que aplaca el sufrimiento, leve y afectuoso sin embargo como la mano de una persona que le aprecia. Su hermana, su sobrino, su cuñado, la cuñada viuda de un hermano, Contarini, los amigos que se casaron tras salir del seminario y tuvieron después hijos, que a su vez tuvieron otros hijos. Como un relámpago, recapitula todos los nombres de las escasas presencias aún con vida que le quieren. Después están los muertos, que son muchos más, pero los nombres no le vienen, sólo una hilera de rostros que van desalojando su memoria, como si el viento los desenraizara de sus nombres, confundiéndolos.

Se sorprende, algunos minutos después, durante la elevación, pronunciando el canon en latín, y también Contarini hace un gesto de estupor, desplazando la cabeza hacia un lado, como para controlar lo que dice su eminencia: *«Hoc est enim corpus meum».*

¿Por qué ha dicho esas palabras en latín? Es la lengua en la que por vez primera escuchó la misa, de niño, sin comprender su significado pero participando, sin embargo, en el rito como en el final misterioso de un cuento de hadas.

Mira fijamente la hostia entre sus manos: parece rendida ante su fuerza de creer en el milagro de la transformación del pan en carne. Cuántas veces en su vida la ha sostenido así, sintiéndose en cualquier caso cansado, inadecuado, incierto y distraído por el rumor de la vida que bullía a su alrededor, estúpida, mecánica, extraña. Y, con aquella hostia entre las manos, se había sentido arrastrar por la banalidad de lo cotidiano, vencido casi por el sentido del ridículo, por la consciencia de una derrota en la inútil réplica del Calvario.

Ahora es la tos de su secretario lo que le distrae, pero también el eco de un claxon lejano, y además el olor de la cera en el suelo, y unos pasos apurados por el pasillo: alguien que se apresura a abrir y cerrar puertas en el sagrado edificio, en el sexto día del cónclave. Por último, el borborigmo del estómago vacío; el ruido se impone sobre todos los demás porque proviene de su propio interior, de un cuerpo inquieto e indócil, indiferente tal vez al milagro que tiene lugar en esa habitación.

En su antigua catedral podía echar la culpa a la incomodidad de los paramentos, a la lentitud de los rituales, al entrometimiento de la multitud, cuando no conseguía concentrarse en aquella hostia, si no sabía responder hasta sus últimas consecuencias a la pregunta «Pero ¿tú crees? ¿Crees que soy yo tu Dios?». Aquí en cambio, el espacio es íntimo, recogido, discreto, nadie pretende de él ninguna representación teatral y exterior. Está solo, con la hostia, aparte de Contarini, a sus espaldas.

Y entonces, ¿por qué no es capaz aún de darse completamente en ese gesto, de responder a esa pregunta? ¿Y puede un hombre así contarse entre quienes deben elegir al papa o, peor aún, entre quienes podrían ser elegidos?

Se arrodilla, como lo hace desde siempre, ante la hostia. El rayo de sol se ha desplazado; cuando se levanta de nuevo para bendecir el vino en el cáliz, ya no cae sobre su brazo.

El resto de la misa se desliza rápidamente sobre las palabras que la memoria envía a los labios, muertas como los rostros sin nombre de aquellos a quienes ha amado y ya no están. Un formulario de palabras precisas, todas en italiano esta vez, según la reforma del Concilio Vaticano II. Y casi como si se hubiera asociado a esa silenciosa carrera hacia el final del rito, sin nuevos tropiezos ni paradas, Contarini deja de toser.

Acabada la misa, su secretario le sirve el desayuno. Sobre la mesa, junto a la servilleta y la taza, está el correo, que llega siempre con un día de retraso respecto a casa y ya abierto. Las reglas del cónclave imponen un riguroso control.

Ahora se alzan de todo el palacio los ruidos de la vida.

—Eminencia, la votación es a las diez, queda una hora y media, le preparo el traje y la cartera. Después debo apresurarme a una reunión con el prefecto en la casa pontificia, parece que tienen nuevas instrucciones urgentes.

—Cambiará algo, las reglas son vetustas, como esta censura del correo.

—Hay una nota del cardenal de Palermo, y me da la impresión de que no ha escapado a la censura.

—No, no; las comunicaciones entre nosotros, en el interior del cónclave, son libres; no faltaría más.

—Yo no estaría tan seguro.

La abre y lee, escrita a mano, con una caligrafía diminuta, la misiva:

Querido Ettore, debemos vernos antes de la votación de por la mañana, yo, Génova, Nápoles, Milán, Florencia, Bolonia y Venecia. Apreciaríamos mucho que también tú participaras. Es importante. Nos veremos en mi habitación.

¿Importante el qué? ¿Hilar la trama de los italianos contra los cardenales del este, que miles de voces no habían cesado en dar como favoritos? ¿O contra los de color, hijos de África, el auténtico futuro de la Iglesia según muchos? ¿Y Asia? ¿Y el problema de China? Un chino como revancha de un heredero de Matteo Ricci —un desafío lanzado a la Iglesia, aún hoy proscrita, clandestina, perseguida en ese otro futuro de la tierra que es China— hubiera tenido mucha aceptación.

Relee la lista de los colegas: Génova, Nápoles, Milán, Florencia, Bolonia, Venecia y él mismo, Turín. Faltan los cardenales de la curia. No es casual.

—¿Dónde se aloja el cardenal Rabuiti?

—En el ala de enfrente, sé el camino. Habría que apresurarse, si debo acompañarle y correr después a mi reunión.

—Me preparo enseguida.

Se viste con el hábito talar bordado en rojo, bicoquete y botones del mismo color escarlata. Coge consigo la cartera con los documentos y mete en ella el correo que aún no ha tenido tiempo de leer.

—Vamos, Contarini.

Sale, cierra la puerta con llave y se la entrega al secretario.

Hace frío en el pasillo donde no entra jamás el sol, una humedad que se sobrepone a cualquier olor, un aroma a moho que proviene de las paredes donde el revoque, en distintos puntos, está desconchado e hinchado. Entreví una monja, que da la vuelta por otro pasillo. ¿Sería posible? No se admiten mujeres en el cónclave.

—Pero ¿era una monja?

—No, eminencia, era la túnica de un benedictino.

¿Cómo habrá podido cometer esa equivocación? En aquel universo suyo no hay sitio más que para los hombres. Hasta hace algunos cónclaves, el pontífice elegido debía someterse a un examen médico para testimoniar su virilidad.

Observa cómo Contarini camina ágilmente, con ese paso que él nunca es capaz de seguir. Desprende un rastro del agua de colonia que acostumbra a echarse. Impecable, como siempre, con su *clergyman* de corte reciente, elegante, con las manos cuidadas, el pelo jamás en desorden, los zapatos con la hebilla satinada oscura. El mejor de sus colaboradores, pero también el más misterioso. Ese resplandor en sus ojos cuando ha negado que la figura que giraba en el pasillo fuera una monja, no le ha pasado inobservado.

Un hombre todavía joven, Contarini, habrá cruzado apenas el umbral de los cuarenta años. Las notas personales y reservadas, leídas en el momento de llamarlo a su servicio, informaban de que había padecido unas trágicas circunstancias matrimoniales, cuando era muy joven, que acabaron con el suicidio de su mujer. A la desaparición de la mujer no había tardado en seguir la opción sacerdotal. Nadie había sido capaz de conseguir que hablara alguna vez de aquellos hechos. Y, sin embargo, algo del antiguo marido parecía traslucirse en el elegante secretario del cardenal. Giorgio Contarini quería seguir gustando, como si un rayo de su perdida condición matrimonial trasluciese de la nueva de inseparable ángel de la guarda de su arzobispo.

A él le molestaba aquel cuidado algo exagerado de sí mismo, la meticulosidad con la que Contarini controlaba su guardarropa, empecinándose a menudo con su cardenal a causa de elecciones de bajo perfil y modestas, en las telas, en los adornos, en el calzado, en la ropa interior. Pero le dejaba actuar, vencido por aquella sensibilidad tan aguda para los colores, en la combinación de alimentos, de perfumes, de flores con que adornar un altar y para escoger los regalos que había que saber inventar en numerosas ocasiones, para las muchas personas que circulaban alrededor de la curia arzobispal.

Una vez, su sobrino Francesco, que se hallaba en Turín debido a un cumpleaños, había traicionado con un comentario todos sus celos con relación a Contarini:

—Tío, por lo menos el día de tu cumpleaños podíamos haber ido a cenar solos, sin ese sabueso tuyo.

—Pero si aquí tenemos más intimidad... —había replicado, aprovechando un momento en el que el secretario se había alejado para contestar al teléfono.

—No mucha, con ese hombre. Y además, ¡lo que fuma! Mucho más que yo...

Su sobrino había sabido dar con el punto débil de aquel hombre perfecto que era Contarini.

—No, eminencia, vamos por aquí, hay una escalera de caracol que nos permitirá llegar antes —ahora Contarini lo devuelve a la realidad, mientras está girando a la derecha, en el pasillo por el que ha visto desaparecer la figura en hábito talar que le había confundido.

No pierde nunca el sentido de la orientación, ni siquiera cuando conduce en el tráfico caótico de Roma y el automóvil, a pesar del banderín sobre el capó que le confiere derecho de precedencia, se pierde en el mar de vehículos y autobuses. Contarini hace frente a cuantos le disputan el paso, listo para discutir con conductores locales y aparcacoches, tranquilo y seguro, sin perder jamás ese sutil aire de superioridad que, si no hace enfurecer a su interlocutor, alcanza el objetivo de que le dejen pasar. En tales ocasiones él se ovilla sobre sí mismo, en el coche, y se oculta con las cortinillas, porque se avergüenza de ese tono pero no tiene valor para reprochárselo a su conductor por los resultados que consigue. Y sabe que Contarini nota su desazón y siente cierto placer en infligírsela para verle depender de él, y contener sus ganas de imponer su mansedumbre.

Baja por la estrecha escalera de caracol, recogiéndose las faldas del hábito con la mano derecha para no tropezar. La vieja madera de los escalones cruje a cada paso. La luz apenas se filtra por un lucernario en lo alto. Pero Contarini parece ver incluso en esa penumbra, con el mismo paso apresurado. Por lo demás, el *clergyman* de su capellán le consiente un paso más rápido. En un primer rellano se entrevé por debajo de una puerta filtrarse una luz, pero son las voces las que les llegan, más directas incluso que la luz mortecina. Un diálogo apremiante que se interrumpe apenas es advertida la presencia de alguien en las escaleras.

Contarini se ha detenido y se vuelve a mirarlo. Parece aguardar órdenes, pero una sonrisa le flota en los labios.

—Vamos, Contarini..., no tenemos tiempo que perder.

Sólo después de haberlas pronunciado se percata de que sus palabras han sido dichas en un susurro que podría ser malentendido como cómplice de quienes, al otro lado de la puerta, están discutiendo, casi como si no quisiera interrumpir la animada conversación, y pretendiera ocultar su identidad con aquella invitación a seguir adelante.

No se asombra del alto tono de voz de su secretario, que parece complacerse en cambio de poner en situación embarazosa a los desconocidos.

—¡Naturalmente, eminencia, vámonos enseguida!

No, no son desconocidos para él, juraría que conoce sus nombres. Dos o tres tramos más abajo oyen abrirse una puerta y de inmediato Contarini se detiene para asomarse y mirar.

—¡Contarini, déjelo ya, llegamos tarde!

Ahora ha levantado él la voz, irritado. No es la primera vez que su secretario adopta actitudes de desafío reveladoras del fuerte carácter que se esconde bajo la simulada docilidad de su servicio.

Contarini se contiene y sigue bajando a toda prisa.

Por fin llegan al vasto rellano que da a las escalinatas y conduce al ala donde está el resto de los italianos. Cruzan una puerta con el blasón de Pío X y oyen una voz:

—Ah, eminencia, qué honor, los eminentísimos cardenales están en la habitación del cardenal de Palermo, sólo nos faltaba usted —es un prelado de cámara de su santidad quien lo recibe y lo precede después de haberle besado el anillo, mientras Contarini se aleja para no llegar tarde a su reunión—. Se lo ruego, eminencia, por aquí.

Y de inmediato empieza una nueva serie de idas y venidas, esta vez, sin embargo, todas en la misma planta, marcada por los blasones de los últimos pontífices, con los retratos de sus secretarios de Estado en las paredes, Merry del Val, Maglione, Gasparri, Tardini. Por fin, tras doblar la esquina, aparece una larga galería que se abre al patio de San Dámaso, repleta de grandes tiestos de limoneros y, más allá, un nuevo pasillo luminoso gracias a las vidrieras que lo flanquean. El prelado se acerca a una minúscula puerta, casi invisible, recortada en el revoque de las paredes y de su mismo color. Abre sin llamar y se aparta después para dejar pasar al cardenal de Turín.

Enseguida aparece Rabuiti, el arzobispo de Palermo, redondete y bajo, siempre con el rostro irradiando alegría, los labios hechos a la sonrisa, una expresión que no desaparece jamás, ni siquiera cuando los argumentos son graves y secretos, como el que deberán tratar dentro de poco.

—¡Qué amable has sido viniendo, pero qué amable! Ah, pero ya se lo decía yo a nuestros amigos, ¡veréis como Ettore vendrá, veréis como no faltará a nuestro almuerzo! —y ligero como un pajarillo, agarrando del brazo a Malvezzi, hele aquí piruetear hacia otra puerta, pasada la cual prorrumpe en nuevas efusiones—: ¡Aquí está nuestro buen amigo, aquí está nuestro Ettore!

Y ahí están todos sentados alrededor de una mesa ya preparada, donde ha sido servido un desayuno bastante más abundante que el de observancia, apenas consumido con Contarini, enviado por las monjas de las cocinas centrales. Un enorme crucifijo de madera en clásico estilo donatelliano —bien distinto del gótico que lo entristece desde el reclinatorio en su celda— se destaca en la pared, sobre sus cabezas. Van todos vestidos como él, listos ya para dirigirse a la Sixtina, donde dentro de una hora deberán votar.

Recorre uno a uno aquellos rostros, que desde hace años comparecen junto al suyo en la prensa y en la televisión, en los viajes por Italia del pontífice, listos para recibirlo en sus sedes y a montar en el automóvil, detrás de él, hendiendo la multitud con aquella sonrisita eterna sobre los labios que en Rabuiti tiene su modelo más esmaltado. Recuerda sus comentarios a los periodistas que los rodeaban mientras cruzaban los umbrales de los sacros palacios, respondiendo a las preguntas sobre la posibilidad de salir como papa del cónclave. Había quien temblaba ante la mera idea de una contingencia de esa clase. Quien alejaba de sí mismo el amargo cáliz. Quien sabía que era la última persona que podía merecerlo. Quien ni siquiera quería hablar de ello, de lo indigno que se sentía. Era un guión de siglos de antigüedad, que por superstición hacía que todo príncipe de la Iglesia negara esa esperanza y esa posibilidad. Todos sabían que «quien entra en el cónclave como papa, de él sale como cardenal». Él y el patriarca de Venecia eran los únicos a quienes los periodistas no habían preguntado nada.

Advierte el pichel de plata, colmo de chocolate, el mismo que a menudo le viene servido al papa después de su misa, para que aquellos hombres ancianos repusieran fuerzas después del ayuno.

Mientras el maravilloso servicio de plata barroca refulge bajo una araña de Murano encendida en pleno día para multiplicar la pompa de todo lo que puede brillar en la mesa, ve a Rabuiti acercarle una silla.

—Siéntate, se habla mejor con el estómago lleno, el chocolate aún está caliente; te sirvo una taza.

3.

—Sí, ese hombre era insustituible. No ha habido otro papa tan capaz de abrirse al mundo, interpretando las ansias de la humanidad entera... Y sin embargo, no nos queda más remedio que nombrar a su sucesor, tan importante cuanto difícil de encontrar, como ya se ha visto —arranca, centrando el problema, el vivaz arzobispo siciliano. Y prosigue de inmediato—: Por eso debemos examinarnos y procurar acudir bien preparados a la elección, no podemos dejarla al albur de las mayorías numéricas. Debemos hallar aquello que comprometa las razones ideales más profundas. El acuerdo sobre el número necesario para alcanzar una mayoría no debe ser un fin en sí mismo, como por desgracia ha sucedido en estos días. Me reprocho el que no hayamos estrechado filas entre nosotros antes de hoy.

—No han sido días inútiles, Celso. Se hizo lo mismo también en otros cónclaves, los primeros días no son más que fuegos de artificio pero sirven para comprender dónde va a dejarse caer el Espíritu Santo —observa el prelado de Génova, Silvio Marussi.

—Al Espíritu Santo, sin embargo, le hace falta ayuda, Rabuiti tiene razón —comenta en voz lenta y grave Alfonso Cerini, arzobispo de Milán, aquel a quien todos esperaban escuchar, casi como si prefirieran expresarse sólo después de haber comprendido su forma de pensar.

—Es cierto, no puede dejársele a merced de la lentitud de nuestras cervices —asiente el patriarca de Venecia, Aldo Miceli.

—Yo, sin embargo, que tal vez sea el más viejo aquí dentro —interviene el prelado de Florencia, Nicola Gistri—, no quisiera que olvidarais que también cuando murió Pío XII parecía imposible encontrarle un sucesor. Al igual que con Pío XI, y con Benedicto XV, y sobre todo, en vísperas de la guerra mundial, cuando nos dejó huérfanos Pío X, a quien hoy veneramos en los altares...

—Sí, no debemos dejarnos llevar por el desaliento, no ayuda a ponderar la elección más oportuna —es el turno del cardenal de Bolonia, Siro Ferrazzi, quien en aquel momento, tocándose el hábito a la altura del pecho, descubre que se ha dejado la cruz pastoral en la celda.

—Por lo demás, las virtudes heroicas de este venerado pontífice nuestro, si acaban siendo demostradas, servirán para que un nuevo papa se sume a la lista de los santos —remacha el arzobispo de Nápoles, Salvatore Carapelle, sin perder nunca de vista la expresión pensativa de su colega de Milán.

—Si acaban siendo demostradas, naturalmente... —el arzobispo de Milán ha puesto la segunda piedra sepulcral sobre el cadáver del difunto, piensa Ettore Malvezzi, mientras se percata de que ya no se espera más que su turno en aquel giro de pareceres.

Y entonces se juega el todo por el todo, arrancándose la máscara por todos ellos:

—Pero nosotros estamos aquí porque queremos elegir un papa italiano, no para elegir el de más méritos, ¿no es así?

—Ettore, pero ¿qué dices? Un italiano y el de más méritos, si es posible —corrige Rabuiti, que ni siquiera frente a una salida tan poco diplomática pierde el esmalte de su sonrisa. Con todo, le queda agradecido por haber encauzado la conversación hacia el meollo del problema.

—No un italiano a toda costa. Sin embargo, no debemos dejar de intentarlo todo —insiste Carapelle, pero de inmediato preferiría no haber hablado cuando escucha las palabras de Cerini:

—A toda costa un italiano, a toda costa.

En la sala cae un profundo silencio.

Así pues, el sucesor de San Ambrosio se postula como candidato y nadie puede fingir ignorarlo. Se ha pronunciado con el gran prestigio de su figura y de su ciudad. Faltan sin embargo los cardenales de la curia, no invitados a la reunión, nota Malvezzi. Es presumible que estén de su parte, el propio Cerini proviene de ese ambiente. Tal vez se trate sólo de una maniobra táctica: ganarse primero a los pastores de diócesis, a los políticos de la curia vaticana, después.

—Ettore, se te está enfriando el chocolate... —observa atento Rabuiti. Malvezzi, en efecto, no ha podido dar ni un solo sorbo, impresionado por la rapidez apremiante de aquel juego de acuerdos, una tentativa inicial de tantear los ánimos antes de soltar el golpe. Pero ¿por qué maravillarse tanto? Hay millones de fieles esparcidos por el mundo en espera de conocer el nombre del representante de Cristo sobre la tierra. Es normal que esa antigua maquinaria empiece a correr para no errar el blanco. El cónclave es eso también: un juego detrás de las bambalinas que se concluirá con toda su carga de presiones y derrotas, victorias y compromisos, en cuanto aparezca ante el mundo la nueva figura blanca en la que proyectar la necesidad de un padre, de un intermediario entre Dios y el hombre, al que la mayor parte de la humanidad aún no sabe renunciar.

También el Dalai Lama responde a esa necesidad, también los imanes de los ismaelitas, el patriarca de Moscú, el de Constantinopla, y los numerosos ayatolás musulmanes. Cada uno cumple su papel para tranquilizar al hombre, asegurándole que no está solo y que su sufrimiento, su infelicidad, su vejez y, por último, su muerte poseen un sentido preciso, puesto que hay Alguien a quien le importa mucho. Ni un minuto tan siquiera abandona Dios a sus criaturas, todo resulta contado, sopesado, seguido, nada es gratuito. En eso tienen necesidad de creer los hombres, desde las más antiguas edades, desde que empezaron a temer a los relámpagos y a los truenos, imaginando en ellos la huella del padre Zeus. Y sigue siendo así en la era de internet y del Concorde, de la bomba atómica y de los antibióticos. Se siente parte de esa potente sociedad de mutua ayuda que son las religiones, todas unidas por la misma piedad hacia el hombre, que nunca crece, que aún no sabe mirar cara a cara la Nada de la que está hecho.

Malvezzi se bebe su chocolate, complaciéndose del poco natural silencio que sigue a las palabras de Cerini, no dispuesto en absoluto a interrumpirlo como en cambio implora la sonrisa de Rabuiti.

La voz quejumbrosa de Carapelle parece aún más en falsete cuando toma la palabra que nadie tiene ganas de tomar:

—Entonces, Alfonso, haremos converger los votos sobre ti, estoy seguro de que muchas otras nacionalidades lo harán..., nosotros, aquí, no somos más que siete.

—Habrá que trabajar bastante para convencer a los demás —reflexiona el patriarca de Venecia.

—Italia debe reapropiarse de su primado católico y romano, renovar en la figura de un papa de su sangre la fuerza de su estirpe, el orgullo de su vocación universal, las geometrías de la inteligencia y del gusto latino que se han ido perdiendo en la conmixtión de culturas, en pleno corazón de la Iglesia, aún demasiado cercanas a sus bárbaras raíces...

¿Quién podrá contener al sucesor de San Ambrosio, ahora que tiene la confirmación de aquel apoyo? La fama de su oratoria había conquistado en el mundo universidades, fundaciones culturales, círculos filosóficos exclusivos donde nadie quedaba inmune ante su capacidad de fascinación.

Pero alguien acude a advertir a sus eminencias de que en la Capilla Sixtina están empezando las operaciones de reconocimiento de los votantes. Es necesario apresurarse, entre otras cosas porque un eventual retraso de todo el grupo induciría a sospechas, descubriendo las maniobras de los italianos.

Nadie se sorprende de la candidatura de Alfonso Cerini. Sólo Gistri, prelado de Florencia, podría competir con aquel hombre, si no fuera excesivamente anciano. Ya casi está excluido del voto pasivo en el cónclave, como todos los cardenales a cargo de una diócesis de edad superior a los setenta y cinco años: después de esa edad, obligados a la dimisión de sus diócesis, de hecho ya no son votados para regir la de Roma, a diferencia de sus colegas de la curia, a quienes les es concedido, más allá de ese límite temporal, continuar en sus cargos.

Así se separan sin más comentarios, procurando llegar hasta la Sixtina «cada uno por su lado», como ha recomendado Celso Rabuiti.

En la edad de sus colegas va pensando Ettore Malvezzi, en esa asamblea de antañones, cuando, al pasar otra vez por la escalera de caracol por donde le había conducido Contarini, oye de nuevo las voces que habían llamado su atención a la ida. Voces jóvenes, llenas de vehemencia y matices, hirientes y socarronas cuando se ofenden, arrebatadoras y contagiosas cuando rompen a reír, capaces de elevarse y atenuarse como no lo son ya las de los viejos.

¿Quiénes podrán ser? Personal de asistencia, capellanes de eminencias, clérigos secretos, acólitos ceroferarios, capellanes de honor... O guardias suizos, esas tropas que a nada sirven pero que albergan pasiones y rivalidades de trágicas consecuencias en ocasiones, como había demostrado el triple homicidio de uno de los más jóvenes soldados, años y años antes.

Todo había sido acallado por la única justicia del mundo que podía decidir en pocos días la versión única de la fechoría y archivar el caso. Pero él sabe lo que les había ocurrido a esos tres, al comandante de la guardia, a su mujer y al joven soldado. Había conocido a aquel joven suizo. Era el sobrino de uno de sus más antiguos amigos del seminario.

Mientras rememora los detalles del sobrecogedor relato que le hizo su amigo, con quien se encontró una tarde en un convenio de estudios teológicos, se le aparecen por fin las puertas abiertas de par en par de la Capilla Sixtina, repleta de prelados domésticos y guardias suizos, capellanes y cardenales. Éstos, uno a uno, después de haber sido reconocidos, entraban para ocupar su sitial, debajo del baldaquín. Ciento veintiséis baldaquines adornan los dos lados más largos de la capilla sobre otros tantos sitiales, en varias filas de puestos. El escaño del camarlengo, miembro número ciento veintisiete del Sacro Colegio, está situado aparte, cerca del altar.

Sólo uno de esos baldaquines permanecerá levantado, en el momento de la proclamación del nuevo pontífice romano, cuando los otros ciento veinticinco sean bajados para reconocer la nueva dignidad saludada por el canto *Tu es Petrus;* mientras el camarlengo, junto al decano, se disponga a encaminarse por el dédalo de salas que unen los palacios vaticanos con la basílica de San Pedro. Desde allí, desde lo alto de la balaustrada será dado el anuncio a Roma y al mundo con el *Habemus Papam.*

Ettore observa a los cardenales orientales, al grupo de japoneses, vietnamitas, indios, filipinos, que se desplazan siempre juntos, a cada llamada para la votación, y no dejan de manifestar su estupor por el arte de Miguel Ángel, levantando todos la cabeza para admirar la bóveda y las paredes, donde sibilas y profetas se alternan, conduciendo la mirada hacia el lado más corto, donde acampa la escena del *Juicio universal.*

¡Quién sabe cómo se les aparecerá a los hombres de aquella cultura el sistema de símbolos y signos del universo de Miguel Ángel! Han sido educados todos en seminarios y universidades católicas, pero su mente se ha criado en el universo figurativo de Brahma, Visnú y Siva, en las luchas entre el Bien y el Mal. Recordaba hermosos frescos de esas gigantomaquias de los dos príncipes luchando entre sí, vistos en Bali, en Bangkok, en Lhasa, en Calcuta... Vivía ante los ojos de Miguel Ángel la visión del hombre de Atenas y Roma, sus desnudos viriles vibraban de armonía clásica, de la inagotable fuente de inspiración que eran las obras de Fidias, Praxíteles, Escopas, Lisipo.

Era posible, así pues, gracias a la mediación cultural del catolicismo, tender puentes entre Oriente y Occidente, helenismo y hebraísmo, romanismo y Alemania. Lo demostraba también aquel crucifijo realista de factura flamenca que se cernía sobre su reclinatorio, fruto de un arte gótico cercano a la tenebrosidad de la predestinación de Lutero. Todo se componía en aquel lugar en una única representación teatral. Las partes se armonizaban sin que ninguna prevaleciera, fiel cada una a su razón de ser en un guión que parecía aguardar aún nuevas páginas, una imprevisible solución del drama, alejado de la catarsis final.

Malvezzi se percata de que él también había perdido varios minutos observando el fresco del *Juicio uni-*

versal, como los cardenales orientales, olvidado de la multitud que le rodea.

—Eminencia, discúlpeme, pero debemos comprobar su documentación —la voz meliflua de un prelado lo convoca a la entrada.

Y de inmediato reconoce a su lado al arzobispo de Milán, silencioso, con la expresión del rostro inescrutable. Quién sabe con qué ánimo estará cruzando ese umbral, el día de su gran oportunidad...

Se encienden de repente todas las luces de la Sixtina y enseguida se eleva el *Veni Creator Spiritus* entonado por el coro de la capilla papal. Los últimos purpurados se apresuran a ocupar sus escaños.

Ahora el canto se apaga y el cardenal camarlengo Vladimiro Veronelli ordena cerrar tanto las puertas de acceso a la capilla como la verja de mármol que la divide.

Extra omnes.

Todos deben salir. Permanecen solamente los ciento veintisiete electores y los prelados de asistencia.

Pero algo hace fruncir el entrecejo al camarlengo. Una nota que le hace llegar el médico pontificio, el príncipe Aldobrandini, le advierte de que nada menos que cuatro eminentísimos están enfermos y no pueden abandonar sus habitaciones. El camarlengo menea la cabeza, visiblemente contrariado, y decide aplazar una vez más el pasar lista en una tentativa de convocar a los ausentes.

El vocerío crece en el aula. La inesperada pausa da pábulo a ilaciones y comentarios, mientras se disuelve la atmósfera evocada por el canto del *Veni Creator.*

4.

Solemne, apoyado en el báculo, rechazando el sostén de un prelado doméstico, aparece por la verja de mármol, más de media hora después, el patriarca maronita Abdullah Joseph Selim.

La determinación del camarlengo ha podido solamente con uno de sus novicios renuentes.

Con los otros tres —los cardenales de Río de Janeiro, Santiago de Chile y Sidney— no ha habido nada que hacer, como está musitando al oído del camarlengo con profusión de detalles para persuadirlo de que se ha intentado todo el secretario del colegio cardenalicio, monseñor Attavanti.

—El cardenal de Sidney tenía dolores terribles; a partir de determinado momento, ni me escuchaba ya, escondiéndose bajo las sábanas. El arzobispo de Río ni siquiera me ha dejado terminar de hablar, me ha conminado a salir y a dejarlo morir en paz.

—¿Y Santiago de Chile? —insiste descontento el camarlengo, agitando mientras tanto la campanilla para devolver el silencio a la capilla.

—Eminencia... estaba en el baño, y no he tenido valor para dirigirle la palabra desde la antesala, después de haber hecho que le avisara su secretario. Éste, sin embargo, me ha garantizado que la incontinencia de su arzobispo realmente le impide participar.

El fantasma de un purpurado rendido en la silleta disuelve la tensión de Veronelli. Deberá contentarse con el patriarca maronita, que entretanto ha avanzado varios pasos hacia él y parece ahora amenazarlo con su báculo. El rostro pálido y los ojos desorbitados bajo el sombrero redondo del que desciende un velo negro en dos tiras, como guarnición de la barba larga y blanca, conforman un aspecto majestuoso que atrae la atención general y atenúa el vocerío.

—Si no salgo con vida del cónclave, eminentísimo camarlengo, me tendrás sobre tu conciencia. ¿Qué más daba... —y un golpe de tos sacude el pecho del libanés, impidiéndole hablar durante algunos segundos—, qué más daba que yo participara o no hoy en la votación? Aún es pronto para que madure nuestra decisión, todos los cónclaves han tenido necesidad de tiempo, que es precioso para la reflexión, tus prisas son malas consejeras.

—Han pasado varios días, querido hermano, el tiempo no es ya el del último cónclave; se le mide con una doble velocidad, respecto a entonces.

—No estamos obligados a perseguirlo, también la enfermedad es una invitación para reflexionar, para no imitar la carrera del tiempo que regocija fuera de aquí. ¡La cautela del espíritu puede revestirse también con la fragilidad de la carne!

El cardenal Veronelli no vuelve a replicar.

Los ánimos en el interior de aquella aula parecen agitados por reacciones opuestas, pero todos dan muestras de haber seguido atentísimos la confrontación. El patriarca maronita tiene carisma, y su indudable sufrimiento físico ha acrecentado el *pathos* de sus palabras.

Veronelli se contenta con ver que el enfermo llega fatigosamente hasta su asiento, cercano al del arzobispo de Turín, ejerciendo la virtud de la obediencia.

¿Prisa por concluir, él? Si era sólo suya la responsabilidad de conducir el cónclave más difícil de los últimos siglos, recibía él las presiones de los gobiernos de medio mundo. Era él quien debía contestar al teléfono al presidente italiano, al de la ONU, al francés, al líder de Ucrania, al premio Nobel de la Paz que no se cansaba de aconsejar un papa de color en homenaje a la causa de todos los perseguidos... ¿Y los judíos? ¿Qué sabía el patriarca del Líbano de las presiones que habían tenido que hacer a través de ese enemigo del Islam que era el arzobispo de Sarajevo, para obtener garantías de que de ninguna manera se tomaría en consideración la elección del palestino, como se susurraba en muchos ambientes religiosos de Oriente Medio?

Es ese palestino que, tan formal como un corderito, estaba ahora allí sentado, a la izquierda, en uno de los sitiales más cercanos a la verja, leyendo tranquilo su breviario —tal vez—, sin tomar parte en las discusiones, sin intercambiar palabra con sus vecinos. En apariencia, el más apacible y seráfico de los príncipes de la Iglesia, en verdad capaz de ocultar en su automóvil con matrícula diplomática una bonita colección de máusers y de metralletas para llevarlas a Jerusalén como ayuda para sus ovejas...

Pero ya es hora de pasar lista a los nombres y dar comienzo a la discusión antes de la votación. Ya son las once y media. Y no es prudente perder el control de aquella indócil asamblea más allá de algunos minutos.

El cardenal decano Antonio Leporati lee la lista de los eminentísimos y reverendísimos cardenales en orden alfabético, completada con los nombres de las iglesias de Roma de las que son titulares. Ahora el silencio ha vuelto a ser casi perfecto.

Una vez pasada lista, el camarlengo anuncia que la discusión queda abierta, en el caso de que alguno de los eminentísimos quiera tomar la palabra, antes de la votación.

Pasan algunos largos minutos de atenuado vocerío, casi como si muchos refrenaran, hablando entre ellos, sus deseos de dirigirse en voz alta a la asamblea.

Nadie asume la responsabilidad de conferir una ruta a esa navegación del cónclave aún en mar abierto. Los nombres que se habían quemado ya en las votaciones parecían atisbos de tierras fantasmas, fatas morganas, engaños.

El rumor de que el cardenal de Milán había aceptado dejar que convergieran en su propio nombre los votos de los italianos, y de los franceses y de los españoles tal vez, no ha tenido tiempo aún de llegar a todos los componentes del Sacro Colegio. Pero el boca a boca, durante la conversación sostenida por el camarlengo y el patriarca maronita, ya se ha difundido entre la mayoría, dando lugar a las primeras reacciones molestas.

—La historia no les enseña absolutamente nada a los italianos —ha comentado el arzobispo de La Habana—. Vuelven a intentarlo.

Ettore Malvezzi mira a su alrededor, estudiando las caras de quienes están más cerca: el patriarca del Líbano, los prelados de Palermo, Bolonia, París, Viena, Colonia, Burdeos, Madrid, Toledo, hasta la fila de debajo donde se despliegan «las legiones del este», como a veces les llama con antipatía y temor Rabuiti: el cardenal uniata de Lvov y el latino, el de Riga, Budapest, Zagreb, Varsovia, Cracovia, Minsk, Kaunas, Praga, Fagaris y Alba Iulia, Nitra y Sarajevo.

¿De dónde arrancarán las hostilidades?

¿Quién abrirá las grandes maniobras del poder más inerme de Europa y sin embargo más antiguo y universal?

A su izquierda, junto a Cerini, oye un murmullo; alguien, alterado, se vuelve para solicitar la atención de su compañero de banco, el arzobispo de Palermo. Intercepta el mensaje del inquieto genovés Marussi:

—Debes presentar la candidatura...

Pero Rabuiti parece una estatua del pensamiento, absorto en contemplar en el techo profetas y sibilas, sordo a cualquier apremio. Ya se mueven los secretarios del camarlengo para coger las bandejas con las papeletas y recorrer la Capilla Sixtina distribuyéndolas entre los votantes.

El perdurar del silencio convence a los miembros del Sacro Colegio de que la llamada a la lentitud de la reflexión, realizada por el patriarca maronita, no ha sido en vano. Aún es pronto para hacer que se acelere la maquinaria del cónclave.

Desde el altar llega la orden del camarlengo de distribuir las papeletas sin ulterior demora. Ya ha pasado el mediodía, las campanas de San Pedro han dado las doce hace unos minutos.

Los cardenales están ahora todos inclinados sobre sus escritorios, unos buscando las gafas, otros acariciando una y otra vez las papeletas con los dedos para extenderlas mejor, hay quien desenrosca el capuchón de la pluma estilográfica, quien está escribiendo ya ágilmente un nombre, quien se entretiene aún hablando al oído a un colega, quien permanece, como Malvezzi, inmóvil con la papeleta abierta, sin escribir nada, mirando fijamente aquella hoja en blanco con el escudo de la Sede Vacante.

«¿El papa? ¿Cuántas divisiones tiene el papa?», se le viene a la cabeza la irónica pregunta de Stalin, mientras observa al cardenal uniata de Lvov, cerca de él, ser el primero en llamar a los encargados de retirar las papeletas.

Siente la tentación de escribir ese nombre, pero ha empeñado su palabra con sus colegas italianos a favor de Cerini. No puede hacerlo. Las papeletas son controlables, no sabe cómo, pero siempre llega a saberse por quién se ha votado, aunque después sean quemadas.

Se inclina y escribe lentamente el nombre de Alfonso Cerini, arzobispo de Milán.

Más de la mitad ha depositado ya la papeleta en las grandes bandejas de plata que verterán su contenido en el cáliz de oro del altar, cuando Ettore vuelve en sí de una ensoñación que lo ha llevado lejos.

Habían llamado su atención, en la escena del despertar de los difuntos, en el gran fresco de Miguel Ángel, esas expresiones inciertas y sorprendidas, cargadas de sueño y de asombro, que flotaban en los rostros recién despertados a la vida por la tromba de los ángeles. ¿Cuál era el escritor moderno que describía a Lázaro y su vida de exiliado de la muerte, obligado a respirar por segunda vez el aire y la infelicidad de los seres vivos, con la mente siempre fija en la añoranza del sueño, adonde espera regresar? ¿Un poeta italiano, tal vez? ¿Corrado Govoni? ¿O Rilke?

—Eminencia, ¿le importaría pasarme la papeleta? —un prelado se dirige a él, obligándole a abrir los ojos entrecerrados, mientras intenta recordar el autor de aquella vida de Lázaro.

—¿Te habías quedado dormido? No me extraña, te habrán despertado a ti también, durante estas noches, para convencerte... —comenta el patriarca maronita, su vecino de asiento.

Sonríe, sin replicar. Pero el libanés, a quien le cae simpático, no ceja.

—He votado por ti.

La sangre se agolpa en la cabeza del arzobispo de Turín, que se vuelve de sopetón para mirarlo fijamente, agarrándolo por un brazo:

—Pero ¿qué has hecho? ¿Estás de broma?

—No es una broma en absoluto. Creo que serías digno de ello...

—No vuelvas a hacerlo, te lo ruego, es un voto perdido, yo no sería capaz... —no termina la frase, arrebatado por un extraño terror, como si algo o alguien le impidiera continuar, revelar cómo se sintió aquella mañana mientras celebraba la misa, con la hostia entre las manos, incapaz de contestar a la pregunta «Pero ¿tú crees? ¿Crees que soy yo tu Dios?».

—¿Y qué sabes tú de lo que le es posible a Dios, de lo que tú serías capaz?

Y el imponente patriarca, mientras se levanta con esfuerzo apoyándose en su bastón, clava en él una mirada relampagueante que por un instante le recuerda la luz trágica del único ojo abierto del réprobo de Miguel Ángel —el otro está tapado por la palma de la mano— mientras escucha la sentencia a la eternidad del infierno: la figura que más le había impresionado, la primera vez, de niño, allá arriba, en el *Juicio universal*...

El secretario del patriarca se ha precipitado ya para ayudarlo a bajar los escalones y a salir para una pausa antes del resultado de las votaciones. El patriarca maronita siente necesidad de beber, le ha subido la fiebre y lo está deshidratando.

El camarlengo da su consentimiento para que se retire a su celda, sin aguardar el resultado del escrutinio, el undécimo.

Malvezzi permanece mirando la cátedra vacía junto a la suya, con el relampagueo de aquella mirada todavía vivo en sus ojos. Todo ha tenido lugar tan rápidamente y aquel hombre se ha volatilizado, el único del Sacro Colegio que habrá votado por él.

Se asegura de que ningún otro del resto de sus compañeros de asiento, Rabuiti sobre todo, haya escuchado su conversación. Pero la voz del enfermo era demasiado débil y además Rabuiti parece enfrascado en un denso conciliábulo, un banco por debajo, con un purpurado del este con quien habla en francés.

—Os lo ruego, eminentísimos, volved a vuestros lugares —Veronelli se levanta, asistido por dos cardenales escrutadores, para leer en un enorme registro sostenido por monseñor Attavanti—. Procedo a comunicar los resultados de la undécima votación para elegir al sumo pontífice de la Iglesia universal y obispo de Roma. Ciento veintisiete cardenales con derecho a voto, votantes presentes ciento veinticuatro. Han obtenido votos... —y la voz monótona y salmodiante del camarlengo, desde las primeras palabras, da a entender que tampoco esta vez ha sido posible hallar un nuevo pontífice. La dispersión se ha acentuado incluso más. Sólo el cardenal de Milán ha alcanzado doce votos, pero puede ser un resultado peligroso, capaz de perjudicar su futuro, quemando la candidatura.

Cuando Malvezzi escucha su nombre, por el único voto que ha obtenido, se siente de nuevo presa del terror. La sonrisa irónica de Rabuiti quien, llegados a ese punto, se ha vuelto a mirarlo, le insinúa la duda de la autovotación.

—No habiendo sido alcanzado el quórum de la mayoría simple de los votantes, suficiente desde el quinto escrutinio, suspendemos la sesión hasta esta tarde, a las diecisiete horas, cuando procederemos al duodécimo escrutinio. Recomendamos la máxima puntualidad, eminentísimos.

La voz de Veronelli interviene para distraerlo, encaminándolo a la necesidad de salir del aula para volver a su celda, donde Contarini ya lo estará esperando para la comida.

Hay una multitud en la salida. Los cardenales se entretienen comentando en los distintos idiomas esa situación que se revela cada vez más ardua de desbloquear.

El nombre del arzobispo de Milán aletea sobre los labios de muchos, hay quien se acerca al fallido pontífice para expresarle su pesar y su apoyo. El interesado acoge las manifestaciones de simpatía con su habitual discreción, estrechando manos, dando las gracias.

Sólo en el momento de recibir el homenaje de Rabuiti se concede un desahogo:

—No me quieren, querido Celso, pero la posibilidad no podría haberles sido planteada de manera más confusa.

—Era demasiado pronto para anunciar tu candidatura, corríamos el riesgo de quemarla. Pero todavía podemos poner remedio. Tengo ya previsto un encuentro con el primado de los alemanes, y con Dublín y Londres. Pasaré el día discutiendo con ellos otras posibilidades, los franceses y los españoles estarán con nosotros, pero es mejor hablarlo en otro momento...

—Estoy de acuerdo. Es necesario ponernos en contacto con el patriarca de Beirut, no le falta razón.

Siempre extravagante la Señora, piensa Rabuiti; es así, en efecto, como los enemigos de Cerini acostumbran a llamar al arzobispo de Milán. Hele aquí inmediatamente listo para tender un puente a sus adversarios, para granjearse su amistad y encajar el resultado de una apertura mental realmente superior. Ahora se las dará de *laudator temporis acti,* nostálgico de la antigua lentitud, amante de la contemplación... Y entretanto, aquí para salir debemos introducir nuestra tarjeta de reconocimiento en el ordenador... Por lo que cuenta, en votos, aquel árabe... Sin embargo, ha tenido una buena salida teatral... Será necesario, más bien, colocar a Malvezzi frente a sus responsabilidades, no me esperaba que se votase.

Los cardenales restantes, hacinados en la puerta, se ven obligados a dejar espacio a los tres prelados que pasan con la caja de las ciento veinticuatro papeletas que han de quemarse en la estufa del cónclave. Ha sido restaurada la antigua costumbre de quemarlas para anunciar al mundo con el humo negro y blanco el resultado negativo o positivo de la votación.

El arzobispo de Bogotá da a entender en español que esa fumata es ridícula, aparte de ardua. A menudo, el humo de color incierto da pábulo a interpretaciones equívocas. ¿Y quién es el que sabe cómo encender las estufas, hoy en día? Le da la razón el primado cubano, añadiendo en voz alta que si él fuera el camarlengo, habría procedido de inmediato a una nueva votación, y hubiera continuado así hasta que anocheciera, a son de escrutinios... ¡dejándose de lentitudes y de enfermedades!

—¿Habéis oído? Contardi ha recibido la extremaunción —se interpone el mexicano Escuderos.

Y por un momento, la noticia de que el cardenal de Río de Janeiro, con sus setenta y nueve años, está grave, suspende todos los comentarios, arrojando sobre esa innatural y forzada reunión de varones exclusivamente, sobre esa obra maestra de símbolos, ritos y tradiciones que es un cónclave, el pensamiento natural y espontáneo de la muerte.

Las mentes vuelan a los propios países, a las propias ciudades, a casa: lugares a los que ahora el pobre hombre sentirá no poder volver. Y el sentimiento de un inseparable obstáculo para la libertad de acción desciende de repente para poner nerviosos a los cardenales, restituyendo, entre melancolía y ansia, la verdad de una condición sufrida en el pasado por muchos. No era la primera vez que alguien moría allí dentro.

—Recemos por nuestro hermano Emanuele, hoy, eminentísimos —la voz del camarlengo llega hasta el último grupo que permanece en la salida.

5.

La desaparición durante la noche de Emanuele Contardi reduce los miembros del Sacro Colegio admitidos en el cónclave a ciento veintiséis.

El camarlengo, a quien no se le escapan las repercusiones negativas de aquel hecho luctuoso en la marcha del cónclave, la toma con el médico pontificio, el príncipe Aldobrandini, por haber consentido la entrada a un purpurado moribundo. No hubiera debido permitirlo, por el bien de la Iglesia.

Ahora este nuevo tropiezo retardará el movimiento de ese motor al que tanto le cuesta adquirir velocidad. Al cuidado de los dos asistentes del solio pontificio, los príncipes Orsini y Colonna, los funerales han de ser celebrados con la única participación de cardenales. Roban tiempo, pero sobre todo desvían energías, difunden en cada uno de aquellos ancianos una sombra negativa que podría complicar las cosas. Él conoce bien la psicología de esos hombres poderosos, el desasosiego que aumenta ante las reglas de una clausura impuesta por la historia, que de repente imprime en sus vidas ritmos de camaradería medieval.

Pocos sienten simpatía por el clero regular, como se denomina a los sacerdotes que han escogido la regla de los conventos y de las órdenes religiosas, entre las cuales las más prestigiosas siguen siendo las de clausura.

Entre los no muchos cardenales elevados a la púrpura desde uno de esos conventos se distingue el estonio Matis Paide, constreñido por la obediencia directa al pontífice a renunciar a su vida contemplativa y a aceptar el capelo cardenalicio para imprimir su espiritualidad a uno de los dicasterios vaticanos vacantes.

El dicasterio, la Congregación para la Evangelización de los Pueblos, había sido recibido por aquel santo varón como una penitencia y algo de aquella resignada obediencia había caracterizado su estilo de gobierno, atenuando la alegría de la expansión de la verdad revelada por Cristo.

En la circunstancia del cónclave ha ocurrido exactamente lo contrario; el antiguo trapense se muestra más dispuesto que nadie ante aquella fuga del mundo, solícito de consejos y disponibilidad con el camarlengo y su oficina, como si la otra experiencia de su vida, la clausura, viniera ahora puesta a disposición de quien carece de ella.

El cardenal, que es de una isla de Estonia, Saaremaa, en las horas inmediatamente sucesivas al funeral del primado brasileño se encuentra a solas con el camarlengo en su apartamento.

—Estoy preocupado, Paide, muy preocupado por cómo están yendo las cosas —así empieza la conversación Veronelli, dejándose caer en la butaca.

—Pues no deberías estarlo. Tengo la impresión de que todo procede como tantas otras veces —le responde Paide, el antiguo trapense, que durante casi veinte años vivió en la clausura de la abadía de las Tre Fontane, en Roma.

—Pero no estamos ya en los tiempos de antaño, es una situación incomparable, presionada por contingencias que no aguantan la comparación, aplastada por un papa demasiado voluminoso en la memoria... ¿Sabremos estar a la altura? ¿No ves que somos incapaces de ponernos de acuerdo? A veces tengo la sospecha de que tal vez no quieran encontrar un sucesor, de no ser porque la idea de permanecer aquí dentro tanto tiempo les aterroriza...

—Exageras, Vladimiro, exageras. Si apenas hemos votado unas cuantas veces, hubo cónclaves que duraron varios meses...

—Han pasado siete días.

—¿Y qué son siete días?

—En siete días Dios creó el mundo.

—Y nosotros acabamos prácticamente de empezar a comprender la gracia de esta clausura... Todavía es pronto para acogerla en su plenitud.

—¿La gracia de la clausura? ¿Pero es que crees que alguien lo entenderá así?

—Lo que les haría falta no es estar un mes aquí dentro, sino un año entero para sentirse renacidos cuando salieran.

—¿Y quién gobierna la Iglesia entretanto?

—Se gobernaría por sí misma, tal vez incluso los creyentes descubran el valor de sus pastores, en ausencia de sus pecados.

—Razonas como trapense, no como cardenal, tú también tienes la obligación de ayudar al cónclave; aceptando el capelo cardenalicio del papa has asumido en ti también esa carga.

—Pero si te estoy ayudando, sólo que tú no lo entiendes, razonas en términos demasiado mundanos, que se parecen a los de los poderosos de la tierra.

—¿Por qué? ¿Es que acaso nosotros los cardenales no somos los poderosos de la tierra? ¿Es que no dependen también de estos hombres alojados aquí dentro los equilibrios de tantos gobiernos? ¿Es que no deciden las suertes de miles de alianzas de partidos, de regímenes, de fuerzas económicas? Hasta en Italia han descubierto el poder de mediación, en ciertas huelgas, del cardenal de la ciudad.

—No introduzcas palabras así entre estas paredes también, el mundo muere bajo el peso de esas palabras..., partidos, sindicatos, coaliciones, economía, industria. Si las evocas, este cónclave se disuelve en el ridículo, como le ocurre a quien usa para escribir la pluma de oca en vez del ordenador... Que al menos aquí el lenguaje impuro de nuestra era calle.

—¡Pero yo debo mediar entre esos dos mundos que tú pretendes separados! ¿Sabes quién me ha telefoneado hace poco con el pretexto del pésame por Contardi? El presidente del Gobierno. ¡Y tendrías que haber oído cómo se demoraba en hacer preguntas y cómo insistía para saber los nombres que más circulan! ¡Y lo hábil que ha sido en sacar a colación el tema de la enseñanza concertada incluso en una ocasión como ésta, para condicionarme!

—Pues tú déjale hablar, déjale que diga lo que quiera, confúndele con chácharas y promesas genéricas y di siempre que sí, siempre que sí. Serán mentiras santas al servicio de la verdad.

—Entonces te asocias con mi manera de actuar.

—¿Y quién es el que te ha declarado la guerra? ¿Es que alguna vez me he sustraído a mi deber? Ya hace diez años que sigo sosteniendo el dicasterio que me impuso el Santo Padre, y Dios sabe cuánto me costó obedecerle, dejar mi celda de las Tre Fontane... Sólo tenía a Dios por encima de mí..., estaba ya muerto para el mundo y aquel venerable varón me obligó a cargar de nuevo con el peso del que me había librado.

—¿Es que crees que no me cuesta a mí también hacer de gendarme del Sacro Colegio, atender únicamente a los problemas prácticos y políticos de este evento?

Paide calla. Prefiere no herir a su amigo diciendo que, dada su naturaleza, él es el hombre adecuado en el lugar adecuado. Prefiere cambiar de tema y lo hace de forma francamente sorprendente y radical.

—Mira que la clausura es un gozo, pero es necesario ayudar a reconocerla a quien nunca la ha probado. El cuerpo debe ser puesto en condiciones de saborearla con los sentidos también. Aprende de nosotros, los nórdicos, que vivimos la más espléndida y vehemente de las soledades en nuestros países semidesiertos. Piensa que en mi isla debía caminar cincuenta kilómetros antes de encontrar una persona con la que intercambiar unas palabras. No vi, durante años, cuando era pequeño, más niños que mi hermana Karin ni más adultos que mis padres y mis abuelos.

—Te escucho, ¿qué debería hacer para mitigar los rigores de esta clausura?

Paide calla durante unos instantes sus pensamientos también en esta ocasión. Veronelli, que lo reduce todo a una única dimensión práctica, no comprenderá. Procurará proceder por grados, para no trastornarlo.

—Verás, en nuestras soledades caían muchos de los tabúes que separan a los seres humanos cuando son más numerosos. Nos buscábamos más por ser tan pocos...

—Aquí no es que seamos pocos, la verdad. Aparte de los ciento veintiséis cardenales, hay ciento diez personas de servicio bajo varios conceptos, veinte prelados domésticos, una compañía de cien guardias suizos, más un secretario por cada purpurado..., sin contar a las monjas que están en las cocinas, no admitidas en el cónclave.

—Pero es la misma soledad: ante la naturaleza allá, en Saaremaa, mi isla; ante Dios, aquí. De niño podía percibir a Dios sólo en el mar, en la hierba, en las estrellas nocturnas, en el sol de la aurora boreal. Después los ojos se replegaron hacia el interior y pude ver...

Es un terreno difícil para Veronelli.

Paide se siente invadido por la compasión hacia él, no quiere hacer que se sienta inadecuado ante esos razonamientos, no quiere humillarlo. La suya es una vieja cabeza, conformada por los hábitos de la curia vaticana, no puede absorber lo que es distinto de lo suyo. Es la suerte de la mayor parte de los hombres, morir antes de morir, en la incapacidad de reconocer lo nuevo, lo distinto.

Dado aquel límite, es inútil seguir dando vueltas alrededor del asunto. Lo mejor será ir directos al grano.

—Verás, la mayor alegría, cuando era niño, en mi isla, era tomar una sauna junto a mi familia, desnudos como Dios nos había traído al mundo, a orillas de un lago detrás de nuestra casa. Teníamos una parte de la casa equipada con estufas y tinas, no faltaba de nada, ni siquiera los abedules inmediatamente fuera de la puerta para cortar ramas y fustigarnos en la espalda por turnos...

—Una vez, en Helsinki, el obispo luterano de quien era huésped me llevó a tomarla en un hotel; lo único que saqué en claro fue un buen resfriado.

—No te enseñarían bien cómo se hace, la sauna es un arte. Tal vez sea el caso de volver a probar esa experiencia, te la enseñaría yo mismo.

—¿Y dónde sería? No creo que pueda volver a Helsinki.

—No en Helsinki, naturalmente, sino aquí.

—¿Aquí?...

—Sí, en el cónclave.

El camarlengo de la Santa Iglesia Romana, cardenal Vladimiro Veronelli, titular de San Carlo dei Catinari, alza de nuevo la cabeza que tenía reclinada en el respaldo, mirando fijamente a los ojos del antiguo trapense, elevado a la púrpura por la fama de su doctrina y de su espiritualidad.

—No te asombres. Todos los cardenales del este estarían encantados de poder reponerse alternando calor seco y vapores como están acostumbrados a hacer desde niños, como me sucedía a mí, en mi isla, con los míos. La desnudez del cuerpo no es nada malo y la experiencia nos enseña que ayuda a que se derrumben muchos muros invisibles entre las personas. Imaginémonos a los que están encerrados aquí dentro, la edad y el poder han hecho que se encallezcan entre murallas más altas que la de China.

—Pero... entonces no estás de broma, crees de verdad en esta..., ni siquiera sé cómo llamarla, locura, necedad, provocación, si no algo peor, pero siento respeto por el hábito que llevamos.

—Veo que no consigo explicarme, por desgracia. Te lo repito, la clausura puede ser un gozo, un estar muertos ante el mundo para renacer en otro lugar, de otra manera... Pero hay que estimularla, y el cuerpo es un don de Dios, no una culpa que debemos hacernos perdonar.

—Pero tú, cuando estabas en clausura en las Tre Fontane, ¿tomabas saunas?

—No, estaba en un convento católico, y en Roma, por añadidura. Y debía respetar las reglas. Te hablo de una clausura distinta, la de mi isla, en Estonia. Y de ésta, de este cónclave que con toda razón tú ves fuera de la historia, y temes que sea larguísimo, demasiado largo para estos viejos que han vivido ignorando la soledad, en su mayor parte sofocados por los oropeles, no de los paramentos sino de sus mismos poderes, cargos y privilegios, máscaras cansadas de un guión. Y han olvidado la piel desnuda, sin pecado, sin malicia, inocente como cuando eran niños...

—Pero ¿te parece posible que aquí en el cónclave nos dediquemos a las saunas?

—Mira ese crucifijo, ahí, a tus espaldas. Está desnudo, aparte del pequeño taparrabos, desnudo como lo estamos de hecho todos. Es el mismo crucifijo ante el que rezan nuestros hermanos, cada noche.

—¡No pretenderás situar a la misma altura de Cristo crucificado a un cardenal desnudo!

—Eres tú quien pones malicia en esta asociación, tú con tu cultura latina, romana, contrarreformista, que niega la santidad a la carne. Y pensar que una de las promesas más hermosas de nuestra religión es la de la resurrección de la carne con el cuerpo glorioso, el de la edad más joven, en el máximo de su vigor.

—¿Por qué finges no saber que algunos de nuestros huéspedes no podrían mirar con ojos inocentes las carnes desnudas?

—No finjo ignorarlo. Creo solamente que algunos de ellos no habrían sentido crecer en sí esa inclinación de la mirada si sus carnes, siendo niños, hubieran estado desde el principio desnudas, como en nuestros países. Admitiendo que esa inclinación sea realmente un pecado, y no una simple forma de sentir distinta de la de la mayoría. No, no pongas esa cara, mi pensamiento no es hijo de esa mirada hacia la carne de mis semejantes; tranquilízate.

—Pero ¿es que no te das cuenta de lo que significaría para el Vaticano si en el mundo llegara a saberse que los cardenales, encerrados en cónclave, para descansar toman saunas, en vez de leer, dormir, conversar, rezar?

—¿El mundo? ¿Qué es el mundo? ¿Lo que nosotros tenemos en la cabeza? El que evocaba yo, del pasado, tú mismo has reconocido que ha cambiado, que ya no existe. El mundo es un continuo devenir; por eso te afliges en el gobierno del cónclave, porque no te socorre ninguna experiencia de las precedentes, no puedes valerte de ningún manual al que atenerte. El mundo también lo hacemos nosotros, con nuestro coraje en mejorarlo por amor al hombre.

—Tal vez sea demasiado viejo para seguirte. Soy y sigo siendo un cardenal de la Santa Iglesia, católico, apostólico y romano.

—La clausura debe ser vivida como un Carmelo de delicias, no como un páramo de tentaciones demoníacas ni como un desierto de espinas. Hay también un goce de los sentidos que conduce hasta Dios, goce inefable. Acuérdate de Buenaventura y déjate de Tomás de Aquino.

—Pero tu propuesta es inaceptable. Desencadenaría aquí también una revuelta general.

—Es sólo una de las iniciativas para ponernos en condiciones de vivir mejor esta experiencia, pero hay más. No creo, de todas formas, que suscitara tanta contrariedad. Desconoces que en las costumbres de la mitad de los cardenales existe una relación directa con la corporeidad, con el cuerpo. En Oriente Medio el baño turco es un lugar de encuentro de los más concurridos. También los indios reservan al placer de la carne un gran tributo espiritual. Y además, aunque la sauna no era más que un ejemplo en mi razonamiento, ¿por qué olvidar que, en todo el Mediterráneo, griegos y latinos confluían en las termas como en un lugar propicio para la cultura y los encuentros políticos, no sólo como un lugar para el placer? Hay vivencias humanas precedentes al cristianismo que todavía circulan por nuestras venas.

—Pero ¿qué es lo que pretendes? ¿Que transforme el palacio apostólico en un hotel de lujo, con sus correspondientes servicios de tratamiento estético, masajes, restaurantes chinos y tradicionales, bodegas, gimnasios, peluqueros y esteticistas faciales?

—Ahora que planteas el problema en esos términos, te confieso que no estaría del todo mal para renovar esta clausura. Pero es tarde, querido Vladimiro, y no quisiera aprovecharme más de tu amabilidad. Lo mejor será irse a dormir, la noche trae consejo.

—Todo podrá traer como regalo el sueño excepto la idea de desacralizar este lugar.

—Lo siento, pero tampoco en esto estoy de acuerdo. Lo sagrado no es sólo renuncia, penitencia, cilicio, oscuridad, sino también expansión, felicidad, belleza, luz. Hasta mañana, sea como sea, y buenas noches.

Se despiden en la puerta del apartamento sin darse la mano. El uno, el camarlengo, trastornado aún por la conversación con el Fraile, como en el Vaticano llaman al cardenal Paide los mismos que llaman la Señora al arzobispo de Milán; confuso el otro entre la aflicción por haber desilusionado a aquel hombre, que esperaba de él sólo alguna sugerencia técnica para acortar los tiempos, y la sorpresa de haberse dejado arrastrar a plantear determinados temas.

Paide se encamina por el largo pasillo que conduce a las escaleras. En la esquina de ese estrecho pasaje una péndola da la hora, las dos de la madrugada. Corre aire al doblar esa esquina. Hay una enorme vidriera abierta de par en par, en la oscuridad de la noche, que da al sur por encima de las casas, sobre Roma entera.

Las luces lejanas de la capital laten como para señalar la vida que no se detiene ni siquiera durante las horas del sueño, cuando incluso las horas del descanso pueden ser reinventadas por las otras necesidades de la carne, el placer, entre las primeras, y el amor en la forma que sea.

Había vivido en aquella hora robada al sueño un extraño desafío, lanzado más contra sí mismo que contra el camarlengo. Allí, en el corazón de la tradición católica, en la Sede apostólica donde todo era filtrado por el ceremonial y nada era improvisado o dejado al azar, había osado hablar de los placeres de la carne, de la alegría de vivir, de una idea de lo sagrado que veía en Cristo la belleza y la victoria.

¿Qué le había dado el valor de hablar así? En otros tiempos no hubiera podido seguir ejerciendo sus funciones; al día siguiente hubieran venido a arrestarlo para entregarlo al Santo Oficio y que fuera juzgado. ¿Era herejía la suya? ¿Era el diablo que se escondía en su inflamada defensa de la naturaleza y de los sentidos? ¿Qué sabía del placer y del amor, él que lo había sublimado siempre y exclusivamente en la fe, después de haber entrevisto su luz embrujadora en el desierto de su isla, cuando una pasión que no podía legitimarse le había hecho comprender a sus veinte años que no amaba como una hermana a su hermana Karin?

Al manifestarse aquel amor, el primero y único de su vida, había sentido la fuerza de marcharse para siempre, sin dejar rastro tras de sí, temeroso de que Karin lo siguiera a cualquier parte. Cuando cinco años después, siendo estudiante en la facultad de Teología de Marburgo, había recibido la noticia de la muerte prematura de su hermana, ni siquiera entonces tuvo valor para reunirse con sus padres y llorarla juntos. Pero desde aquel momento había sentido que podía amarla, viviendo en la oración la llama rescatada de aquella pasión.

A sus sesenta y seis años aquel recuerdo vive intacto en su mente, como si no hubieran pasado casi cincuenta años. Y está extrañamente agradecido al destino que le concedió el experimentar esa fiebre, el amor por una mujer.

El cónclave está vedado a las mujeres, al igual que toda la vida sacerdotal de aquellos antañones. La mitad del planeta está ausente de esa agrupación de hombres que deben comprender el mundo y medicar sus males, atemperar su violencia, acompañar su locura, perdonar sus debilidades. Es el maravilloso escándalo de la razón que sostiene el amor universal en la renuncia al amor: aquella vía él la había seguido debido a los avatares de su juventud, antes aún de comprender que era el primer escalón de la ascesis. Había sido la gracia de su vida.

Pero quizá fuera injusto con sus viejos cofrades que, ahora, en sus camas, pagan la deuda de la carne con el sueño. Tal vez muchos custodien en el corazón el secreto de un amor prohibido o imposible o vedado precisamente por la misma ética que ahora representan. Y tal vez precisamente de esa privación total, como él por caminos distintos, han extraído su propia fuerza de amar a Dios.

6.

La mesa del despacho de Ettore Malvezzi, donde están reunidos los cardenales italianos, está atestada de periódicos en varios idiomas.

El cardenal de Palermo lee en voz alta algunos titulares, silabeando los más insinuantes y maliciosos.

—«El cónclave gira en vacío. Ningún acuerdo en el décimo día», «Se perfila una dura batalla entre facciones opuestas en el cónclave más difícil de los últimos siglos», «¿Presentarán batalla los italianos? Entretanto, pierden las primeras escaramuzas en el cónclave. Una vez más fumata negra en la decimoséptima votación», «Cerini quemado en las primeras votaciones», pero habrase visto qué cara más dura —comenta, sobre semejante juego de palabras,[*] Rabuiti—. «Sube la cotización de los purpurados del este, pero hay quien no excluye la opción transitoria con un francés de la curia»... ¿Has oído, Jean? Eso va por ti... —y se vuelve para enseñar el título de *Le Monde* al ex secretario de Estado de su santidad—, pero escuchad a estos chinos, tengo ya la traducción: «¿Cuánto le cuesta al día a Italia el cónclave de Roma? Los sedicentes representantes de un Dios de pobreza y de amor poltronean entre mil comodidades y lujos a expensas del Estado italiano y no tienen intención alguna de volver a casa. Aplaudimos la iniciativa de nuestro Gobierno de negar el permiso de expatria-

---

[*] Como nombre común, *cerini* significa cerillas. *(N. del T.)*

ción y de participación en esa reunión al ciudadano chino nombrado cardenal de Hong Kong por Roma». Con China no hay nada que hacer.... Los rusos son más moderados en su aversión pro ortodoxa: «Se toman su tiempo los cardenales en Roma, es difícil saber lo que sucede en ese centro del poder»... desde la época de Dostoievski a los católicos se nos ve así en Rusia.

—Si es por eso, no es que antes nos entendieran allí demasiado; en la corte de Pedro el Grande se parodiaba la corte de Roma durante una semana entera eligiendo al papa entre muestras de algazara y alboroto —precisa Nicola Gistri, arzobispo de Florencia, que sabe ruso muy bien y ha traducido esos artículos.

Ha sido él quien ha exigido la nueva reunión de los italianos en el alojamiento de Malvezzi, sospechoso de haberse votado a sí mismo, para hacerle pesar la sombra de esa falta de fiabilidad.

Malvezzi no ha opuesto resistencia alguna, aceptando en silencio la sospecha, no dispuesto en absoluto a revelar —como podría hacer gracias al testimonio del cardenal libanés— quién ha escrito su nombre en la papeleta del cónclave. Sería como amplificar una verdad que no deja de asustarlo, sobre todo en el clima cada vez más fluctuante de las últimas votaciones en las que se está acrecentando la batalla entre las facciones de los cardenales del este y de América, renovando los fantasmas de la guerra fría, pero persiste ese único voto a su favor.

En las últimas noches le ha costado conciliar el sueño durante más de tres o cuatro horas; los sentidos despiertos y vigilantes no dejaban de seguir los mil ruidos de aquel antiguo palacio cuyos secretos empezaba poco a poco a sonsacar, esa vida oculta que bullía detrás de las puertas cerradas.

Un par de noches antes no se había sentido capaz de seguir velando en la cama y había vuelto a vestirse, hacia las cinco y media, procurando moverse sin hacer ruido, para no despertar a monseñor Contarini en la otra habitación. Y se había ido a dar un paseo por el gran atrio de aquella planta del palacio, bajo las bóvedas decoradas con frescos de Alessandro Mantovani, considerado en tiempos de León XIII como un nuevo Rafael. Descubrió que casi nadie dormía a aquellas horas, exactamente como él. En repetidas ocasiones se había topado con prelados y camareros secretos que corrían apresuradamente, para contestar a alguna llamada de quién sabe cuál de sus colegas. Y muchos de los secretarios personales subían y bajaban por las escaleras que llevaban a las cocinas, unos con cajitas de medicinas sobre la bandeja junto a jarras de agua, otros con una bandeja de alimentos.

También la actividad de los médicos debía de ser constante, a juzgar por los doctores del equipo del médico pontificio, encargados de las curas de sus eminencias, que iban y venían por los distintos alojamientos, unos con lo necesario para tomar la tensión, otros con el estuche de las jeringuillas en la mano. De todo aquel vasto e inquieto vaivén de personas, en el corazón de la noche, emergía su causa fundamental, su melancólica necesidad: la avanzada edad de sus compañeros de aventura, que sólo al cumplir los ochenta años perdían el derecho a entrar en el cónclave.

La noche sucesiva se había aventurado más allá del atrio para buscar desde una balaustrada que daba al patio de San Dámaso el aire fresco de la noche. Pasando por delante de una puerta había oído los gritos de dolor del cardenal de Sidney, aplacados solamente gracias a la morfina. Consumido por el cáncer, no había querido renunciar a participar en el cónclave, conminando a su médico a no revelar la entidad de su dolencia. Se decía que de morfina era notablemente generoso el uso concedido por la autoridad médica en el Vaticano.

Alguien, Rabuiti tal vez, le había revelado que lo que había acabado con el arzobispo de Río de Janeiro había sido precisamente ese abuso, ante una enésima crisis de su dolencia, la leucemia.

Al alba de la noche en la que había oído las quejas del pobre Murray, el cardenal de Sidney, al volver a su habitación había hecho que la centralita llamara a su hermana Clara, a Bolonia, sabiendo que ella se levantaba siempre muy temprano.

—¿Eres tú, Ettore? ¿Qué tal estás?

—Yo bien, aunque algo preocupado.

—¿Por qué? ¿Qué ocurre? ¿Qué tal van las cosas?

—No van..., todo está parado... como sabrás por los periódicos. Pero no hablemos de eso. ¿Qué hace Francesco? ¿Al final le habéis comprado el coche? ¿Irá a Estados Unidos este verano?

—Pues claro que hemos tenido que comprárselo, siempre será mejor que dejarle usar el ciclomotor. Ahora hemos pasado de un miedo agobiante a una aprensión más ligera. Ya puedes imaginártelo... pero ¿qué podíamos hacer? Todos sus amigos lo tenían.

—¿Y Estados Unidos?

—En eso no hemos cedido todavía, pero preveo que se saldrá con la suya.

—Habéis hecho que estudiara en un colegio inglés desde pequeño, no podíais esperaros que pasara las vacaciones en Rimini o en Rapallo...

—Es que hay una chica de por medio, ésa es la verdadera razón.

—¿Tan pronto?

—¡Ettore, pero si tiene veinte años!

—¿Y quién es? ¿Os habéis enterado?

—Naturalmente, es dos años mayor que él y va a Estados Unidos como *au pair*. Es de buena familia, como se decía en nuestros tiempos.

—Se sigue diciendo. ¿La habéis visto alguna vez?

—Varias veces, de refilón, sin que él se diera cuenta. No puedes imaginarte qué efecto me hizo verle del brazo de esa rubita. Ayer nos la presentó.

—No me seas celosa.

—Ya me gustaría verte a ti en mi lugar.

—Tienes razón, pero no deberías dejar que se fuera a Estados Unidos, es demasiado joven.

—No es cierto, Ettore, no es cierto. A los veinte años sus amigos han estado ya en medio mundo.

Y mientras su hermana seguía hablando, contestando a sus preguntas, Ettore Malvezzi había sentido que se disolvía por fin la pesada atmósfera de aquellas habitaciones, que su mente se elevaba hacia otras regiones de su memoria, con la figura de su sobrino viva en los ojos, la última vez que lo había visto, más alto ya que él: un duendecillo, siempre en movimiento, siempre al teléfono, para llamar a alguien o para recibir llamadas. Conversando al mismo tiempo con su tío, con su madre y con su amiga al teléfono, mientras comía, con la camisa de tela vaquera abierta en el pecho y un pendiente en el lóbulo derecho.

Pero en determinado momento de la conversación con su hermana, algo en su despacho le había devuelto a la realidad de aquel lugar, apagándole la imagen del fulgor de la juventud. A pocos metros, cerca de la pared y del enlucido quebrado, dos grandes ratones correteaban adelante y atrás, en un esfuerzo por armarse de valor para ganar posiciones más avanzadas, en vista de alguna presa. Y no podía ser otra cosa que una presa alimenticia, como el bocadillo de queso dejado a medias en la bandeja, quién sabe por qué abandonada en el suelo por Contarini, antes de retirarse. Eran ratones horrendos, negros, largos y delgados, de hocico puntiagudo y bigotes sobresalientes, con el ojo extrañamente blanco que destacaba sobre el colorido negro del pelaje.

Sintió un escalofrío, no eran los ratoncillos de campo a los que estaba acostumbrado en su residencia sobre las colinas de las Langhe. Ni los de Venecia, las ratas de alcantarilla de los canales. Tenían un aire siniestro y un comportamiento descarado, como demostraban ahora lanzándose hacia la bandeja para atrapar el queso, a pesar de que estuviera casi en medio de la habitación, a pocos pasos de él.

—Ettore, ¿sigues ahí? ¿Me estás oyendo?

—Naturalmente, Clara, disculpa, me había distraído.

—Pero ¿estás bien? ¿Qué tal van tus cervicales?

—Bastante bien... Me han distraído unos ratones..., es increíble lo grandes que son...

—¡Mandad enseguida que desinfecten el Vaticano!... —prorrumpió Clara, que jamás había manifestado simpatías clericales.

—No será empresa fácil —y mientras Malvezzi insinuaba las formalidades de la despedida, los dos ratones, en una última muestra de impertinencia, se ponían a luchar a pocos pasos de él por la posesión del *provolone*. Un duelo en toda regla, con sus correspondientes asaltos, retiradas, mordiscos y feroces chillidos de desafío.

—Escucha, tengo que dejarte porque esos ratones están montando una buena.

—Se me olvidaba preguntarte una cosa. Es una nimiedad, pero me ha despertado la curiosidad y ha hecho sonreír a Francesco también. Una amiga de Venecia me ha llamado para decirme que había leído en el periódico que en el cónclave se pondrá en funcionamiento ¡un precioso baño turco!

—¿Un baño turco? Me gustaría saber cómo habrán sido capaces de inventarse una cosa así.

—Hombre, Ettore, habrá que rejuvenecer algo ese cónclave...

Acabada la llamada, Malvezzi se dispone a ahuyentar esos ratones blandiendo un periódico enrollado como si fuera un bastón. Pero ya no están allí, se han desplazado al otro lado de la vasta habitación, hacia la puerta que comunica con la habitación de Contarini, quien aparece en ese momento. Su joven secretario, a la vista de la algazara de los ratones, sufre un ataque de nervios, bastante menos dueño de sí mismo de lo que presume. Y se pone a gritar.

—Contarini, pero ¿qué hace? Vaya a coger una escoba, advierta de que es necesario desratizar este apartamento... ¡Vaya usted!

Contarini no reprimía jamás su necesidad de un cigarrillo ni siquiera delante del cardenal. Y mientras se dirigía a cumplir la orden, se había sacado uno del bolsillo y se lo había encendido.

—Contarini, no le consiento que fume en mi habitación —pero la ágil figura del capellán ya había desaparecido por la puerta y no era creíble que no hubiera tenido valor para fumárselo por las escaleras. También su sobrino Francesco estaba volviendo loca a su madre a causa de los muchos cigarrillos que había empezado a fumar a escondidas.

Y sus pensamientos se están deslizando otra vez hacia su sobrino justo cuando —mientras la reunión de los cardenales se anima ante la prensa extendida sobre su mesa— se abre de par en par la puerta y aparece un joven guardia suizo: se sostiene a duras penas de pie, lleva el uniforme en desorden, la chaqueta medio desabrochada en el cuello, el yelmo sujeto en la mano.

Ninguno de los prelados tiene el valor de proferir una sola palabra. ¿Un guardia borracho de servicio? Es como para montar un escándalo que haga saltar al camarlengo y a su corte.

El joven, evidentemente, ha debido de equivocarse de puerta y Malvezzi teme haber comprendido a cuál se dirigía. Esa bonita cara arrogante, de ojos azules y cabellos rubios rebeldes ante el yelmo, ya la había notado entre los más asiduos compañeros de soledad de Contarini.

—¿Cómo osa molestarnos? Y en qué estado... Proporciónenos de inmediato su nombre, mañana tendrá que rendir cuentas a su comandante —es el arzobispo de Milán quien expresa la indignación y acaso un hilillo de miedo de sus colegas, ante esa imprevista irrupción. Pero la mayor sorpresa está aún por llegar. El joven se vuelve rápidamente y ahueca el ala, desapareciendo en un abrir y cerrar de ojos en el dédalo de los pasillos que conoce a la perfección.

—Beata juventud, dejemos que se vaya, en el fondo debe de ser muy aburrido, a los veinte años, hacer de guardián a viejos como nosotros...

Las palabras le han salido de la boca a Malvezzi, casi sin darse cuenta, más dirigidas a sí mismo que a sus amigos; pero es en Francesco en quien está pensando, en la santa irracionalidad de esa edad que devuelve incluso al cónclave unas gotas de humanidad.

Pero la Señora parece de opinión bien distinta.

—¡Me maravillo de ti, Ettore! Salir en defensa de un sinvergüenza que ha traicionado sus deberes de custodia, nos ha ofendido y se ha mofado de nuestras órdenes —exclama Alfonso Cerini.

El cardenal decano Antonio Leporati, el único que ha salido de la habitación para ver si podía llamarlo, está ya de regreso en la puerta, jadeante.

—Ha desaparecido... Si tuviera algunos años menos, no se me hubiera escapado. Mañana haré que el comandante lo busque, veréis como lo reconocerán.

—Vamos, dejémoslo correr, se habrá llevado un susto tal que se guardará mucho de semejantes bravatas para siempre —Malvezzi insiste, en absoluto atemorizado por la indignación de Cerini. Y enseguida cambia de tema, procurando distraer los ánimos predispuestos a ocuparse de cosas más urgentes, como la imagen que el cónclave padece en el exterior por culpa de la prensa—: Debemos filtrar aún más las noticias, tal vez sea necesario bloquear cualquier llamada telefónica. O someterlas a control.

—Empresa ardua, querido Ettore, muy difícil de realizar y en la que se corre el riesgo de que se ponga por las nubes la cotización de las llamadas telefónicas clandestinas —observa el arzobispo de Florencia, solícito en recoger la invitación para olvidar la bravata del joven armígero— y, además, olvidas esa diablura de internet.

—A mí, sin embargo, me gustaría indicar una cosa, aunque me maraville que no se haya planteado hasta ahora la cuestión —el preámbulo promete asuntos polémicos y está en armonía con quien lo ha expresado, el arzobispo de Milán.

Y todos callan, mirándolo fijamente sentado en un rincón de la mesa, donde menos da la luz.

—Escuchad, ¿somos nosotros quienes celebramos el cónclave o son los directores de estos almanaques de mentiras? Dejarse llevar por el pánico por no ser lo suficientemente rápidos es como admitir que deberíamos ajustar el tiro según la imagen que suscitamos gracias a estos artistas de la mentira interesada. A los directores de los periódicos los conocemos uno a uno de toda la vida. Sabemos bien a quién sirven, a quién temen, quién les gestiona, qué precio han tenido que pagar para alcanzar la posición que ocupan. Quizá alguna vez nos hayamos servido nosotros mismos de su influencia, de su poder para distorsionar los hechos y cambiarlos a la medida de nuestros intereses. Pues entonces os digo una cosa: ¡dejemos de leerlos, tengamos el valor y la dignidad que se merece la tarea a la que hemos sido convocados!

—Tienes razón, Alfonso, estamos yendo detrás de nuestra imagen para adherirnos a ella, es como si la sombra se hubiera convertido en la dueña del cuerpo y el cuerpo la siguiera como un pobre esclavo —comenta Malvezzi, sorprendido por las observaciones del milanés, por lo general más proclive a razonar en términos políticos, en los del gobierno de la Iglesia, que de ideales.

—Si también la Iglesia cae en la trampa de la búsqueda del consenso, pobres de nosotros, entonces —se hace eco el prelado florentino, y con sus espesas gafas mira a su alrededor para ver cuántos se muestran propensos a ignorar el clamor de los medios de masas respecto a un evento tan seguido.

—No exageremos, la televisión siempre nos ha ayudado. También la apertura del cónclave fue seguida por millones de espectadores —replica el siciliano Rabuiti, algo molesto de que su colega de Milán asuma una posición tan alejada del espíritu de los tiempos. Después, aprovechando la oportunidad para abandonar un tema tan espinoso, reclama la atención de sus colegas hacia las prioridades de aquella reunión—: Disculpad, pero ¿no estábamos aquí para prepararnos para las votaciones? ¿No debíamos referirnos a los resultados de nuestros sondeos y contactos?

Y al cabo de unos instantes la conversación gira otra vez sobre las que parecen ser las orientaciones de algunas nuevas naciones, emergentes a última hora.

7.

El cardenal Vladimiro Veronelli ni siquiera termina de comer; debe seguir al instante al conde Nasalli Rocca, ingeniero en jefe de los servicios técnicos de la Ciudad del Vaticano, hasta el torreón de San Juan. Y sin embargo, dos noches antes había podido disfrutar con toda tranquilidad de la cocina de las monjas: el menú proponía arroz al azafrán, alcachofas a la judea, macedonia al marrasquino, vino blanco de Locorotondo...

Había degustado los bocados de aquella cena cocinada por las monjas de servicio en esos días en las cocinas del palacio. Los dientes de la nueva prótesis, todavía poco acostumbrados a sus funciones debido a la extrema debilidad de las encías, no le consentían su habitual celeridad. Y pensar en lo rápido que había sido siempre, en la mesa... De pequeño, en su familia se le reprochaba a menudo la velocidad con la que barría la comida en comparación con sus hermanos, señalados como ejemplos de mejor comportamiento. Hacía ya tiempo que no hablaba con sus hermanos, ni con sus cuñadas, ni con sus sobrinos, todos casados ya y con algunos niños. Una familia numerosa, no reacia a recurrir a los favores del tío cardenal, que sentía debilidad por una sobrina, novicia desde hacía tiempo en un convento de Nápoles. Una familia que le había dado también muchos quebraderos de cabeza, quizá también algo mimada por él. Pero nunca cuantos le daba esa especie de enorme familia de más de cien hermanos, que ahora en apariencia se movía dirigida por él... En apariencia solamente, porque cada día le tocaba descubrir que las iniciativas, los tejemanejes, las tentativas de violar el reglamento, los desaires, las rivalidades, las alianzas y las repentinas rupturas, las extravagancias de un mosaico tan variadamente compuesto de razas y tradiciones, se imponían de hecho sobre su voluntad.

Mientras reconsideraba el paradójico resultado de la última reunión de prelados a la que había sido inducido a participar —la de los colegas del este—, pasaba revista a las últimas extrañezas de aquellos días.

Antes que nada, la invasión de los ratones en el Vaticano.

No eran ratones de cloaca, ni de río, ni de campo; eran fieras monstruosas, de hocico feroz, con ojos que parecían clavar la mirada con intención. En pocos días se habían dividido el campo de acción como tropas infernales al asalto del paraíso. Porque encontrárselos correteando entre sus pies, incluso en la Capilla Sixtina, mientras se entonaba el *Veni Creator Spiritus,* había hecho que a muchos les entraran auténticos escalofríos.

El cardenal de Tokio no había podido contenerse, al notar que uno de esos animales le había mordido en un pie en su tentativa de roerle la suela de los zapatos, y había soltado un grito, con el cómico efecto de enriquecer con una nota realmente dramática la escala cromática de aquel sagrado himno. La votación, esa tarde, había determinado por vez primera que se coagulara un simulacro de mayoría, la más consistente desde el inicio del cónclave, en torno al nombre de uno de los purpurados más discutidos, el palestino Nabil Youssef.

Sin embargo, reflexionaba Veronelli, bebiendo pausadamente una copa de vino blanco, había sido una mofa esa simulación de principio de acuerdo sobre aquel nombre, casi casi una broma del diablo más que una inspiración del Espíritu Santo. Porque con aquel nombre habían vuelto a estallar, violentas como nunca, la división y la lucha, declarada explícitamente por uno de los propios purpurados, inmediatamente después de la proclamación de los resultados, con un gesto que él mismo había debido reprender a continuación. Se había levantado de golpe el arzobispo de Boston y, pasando por delante del escaño del palestino, había exclamado en inglés:

—¡Tu carrera acaba aquí, no te hagas ilusiones!

El problema del flagelo de los ratones no había sido afrontado aún; las empresas especializadas en desratización no podían cruzar los umbrales del cónclave aunque todos los días llegaran testimonios cada vez más alarmantes.

Los más inquietantes provenían de una recientísima visita a los Museos Vaticanos, adonde había debido precipitarse ante las súplicas de su director. Los roedores, horrendos, lo inundaban todo allí también y empezaban a mordisquear retablos de altar, iconos, grandes lienzos, tablas de madera, pinturas de cualquier tema pero con una impía preferencia por las de asunto sacro, prevalecientes en esta colección única en el mundo. De modo que resultaba espantoso sorprenderles manos a la obra, mientras roían dedos de santos, mitras de obispos, ruedas dentadas de Santa Catalina, ojos de Santa Lucía, senos de Santa Ágata, alitas de querubines, mantos de la Virgen en su huida a Egipto, túnicas rojas del Señor que se jugaban a los dados los legionarios romanos... Y también cuando, no atemorizados en absoluto por las tentativas de espantarlos, volvían al asalto triturando con sus agudos dientes melenas de un león en reposo delante de San Jerónimo absorto en su estudio, remos de la barca de San Pablo náufrago en Malta, velas de otra barquilla azotada por los vientos en el lago de Tiberíades, poco antes de que el Señor aplacara la tempestad...

El fenómeno era tanto más conturbador cuanto más claro resultaba que, al menos hasta ese momento, los incansables dientes de las blasfemas criaturas no habían osado ni tan siquiera rozar las santísimas formas del Señor o de su veneradísima Madre...

También el cardenal camarlengo, al igual que los dos cardenales de la curia que se lo habían referido, Rafanelli y Rondoni, deducía de ello que la protección de Dios se extendía aún sobre aquel palacio donde durante siglos se le había servido y traicionado continuamente...

Pero ¿cuánto habría de durar?

Parecía depender de ellos, de los dones con los que el Espíritu Santo los había enriquecido, iluminando sus decisiones... Decisiones que, aparte de las votaciones de los cardenales en un cónclave que había alcanzado su vigésimo segundo día, también debían ser tomadas cotidianamente en las otras esferas de esa vida en común de tantas personas que nunca se habían tratado mucho y traían consigo las costumbres más diversas. Una de las más desagradables había sido la que había tomado él unas horas antes, en la reunión de los purpurados del este, en el alojamiento del Fraile, el cardenal Matis Paide.

Todos se habían mostrado de acuerdo cuando Paide, con la más suave desenvoltura, había solicitado de nuevo la toma en consideración de la sauna y del baño turco en el cónclave. Amable en sus formas, simple y espontáneo como si estuviera pidiendo por favor una manta de más para aquellos viejos frioleros. Y Veronelli tenía incluso la sospecha de que se debía a Paide la indiscreción filtrada en el exterior por un periódico de que los cardenales podían disfrutar en el Vaticano de los tibios vapores de esas instalaciones... ¿Quién más hubiera podido hacerlo?

Parecía como si también en este uso fuera la imagen creada por la prensa la que dictara el comportamiento y no al revés. Sabía que precisamente sobre tal cuestión, de notable peso para la marcha del cónclave, se había hablado mucho en una de las más agitadas reuniones de los italianos. Había debido ceder, en cualquier caso, pese a que no le cupiera en la cabeza semejante enormidad. Y se había comprometido a hacer que trabajara incluso de noche el equipo de mantenimiento y la empresa de obras del Vaticano, al servicio del cónclave, para poner en funcionamiento, en un plazo de dos días, aquellas instalaciones en un ala apartada de los sacros palacios, en el torreón de San Juan. A cambio, sin embargo, había obtenido algo. El acuerdo de no oponerse al palestino, en el caso de que en las próximas votaciones continuara aflorando esa tendencia a concentrar los votos en él. Quién sabe, había pensado Veronelli, tal vez hasta elijamos al papa antes de que tengamos tiempo de preparar el baño turco...

Pero al final las cosas no salieron así.

De nuevo, los recientes escrutinios, tanto diurnos como vespertinos, y nada menos que cuatro veces, refrendan la dispersión de los votos mientras el ingeniero en jefe de la Ciudad del Vaticano, dos noches después de aquella tristísima cena, acude a advertir al eminentísimo camarlengo de que todo estaba listo en el torreón de San Juan. Y si su eminencia se digna seguirlo, podrá enseñarle ya las nuevas instalaciones en funcionamiento.

—¿En funcionamiento? Pero ¿desde cuándo?

—Desde hoy a primera hora de la tarde, cuando el arzobispo de Praga y el de Varsovia, junto a sus secretarios, quisieron inaugurarlas —y el ingeniero, el conde Paolo Nasalli Rocca, se asombra de que Veronelli no estuviera al corriente. Así, inmediatamente después de una cena consumida a toda prisa esta vez, y reducida por lo tanto a unos cuantos bocados por el ya conocido problema de la dentadura, el camarlengo se dispone a seguir al artífice de aquel abominable servicio donde el purpurado no se imagina ni siquiera cómo hay que presentarse vestido. Camina muy lentamente detrás de Nasalli Rocca, con una bolsa en la mano, preparada a toda prisa por su secretario particular. Ni siquiera ha querido ver su contenido, dejando la decisión de qué llevar a ese lugar a monseñor Squarzoni, quien se encarga desde hace veinte años de su vestuario, junto a sor Maria Rosaria, quien se ha quedado esperándole fuera del cónclave.

A medida que, por un largo laberinto de habitaciones débilmente iluminadas, se percata de ir acercándose al torreón, crece la tentación de preguntar al ingeniero lo que no ha tenido el valor de preguntar a su secretario. ¿Cómo va vestido uno en un baño turco? Está a punto de abrir la boca y plantear la embarazosa pregunta, cuando una repentina zarabanda de ratones, desde una puerta semiabierta a su derecha, les corta el paso a ambos. Son muchos, tantos no se habían visto nunca juntos en las distintas alas del palacio apostólico; y sin embargo, lo había inspeccionado de abajo arriba con una cuadrilla de emergencia armada con un funesto raticida, un grupo de coristas de la coral pontificia transformado para la ocasión en flagelo de ratones. Porque el aislamiento del mundo, en esos días que transcurrían cada vez más lentos, obligaba a adaptarse a muchos oficios.

—Aquí también..., aquí también..., ya no tengo personal para que intervenga, me hacen falta todos para las obras de nuestros museos... ¡Qué dirá el mundo cuando sepa que el San Jerónimo de Leonardo da Vinci ha sido devorado por los ratones!

—Tenga cuidado, eminencia, son peligrosos, están hambrientos y ya no encuentran nada de comer, desde que pusimos bajo custodia todos los alimentos necesarios para los próximos días.

—Vaya usted delante, Nasalli Rocca, que tiene menos inviernos que yo sobre sus espaldas y se sostiene mejor en pie a estas horas.

Pero no resulta fácil ganar el extremo de aquella sala donde se halla el último pasillo que lleva al torreón de San Juan. No se entiende por qué han salido precisamente de la habitación de al lado tantos roedores. El camarlengo hace un gesto a Nasalli Rocca para que se detenga. Quiere abrir esa puerta. Retrocede algunos pasos y la abre de par en par.

Y comprende. Es un depósito de cuadros que aguardan su restauración, los retratos oficiales de los cardenales. Los purpurados no conservan más que un vago perímetro del rostro y de los trajes, del busto, del manto escarlata y de las manos posadas sobre el Evangelio. Es todo un inmenso hervidero de monstruosos asesinos que borran de la memoria esas caras, esos nombres, esos títulos; un único, enorme bramar de telas, marcos, maderas, deshechos y desmigajados antes de acabar en esos pequeños cuerpos famélicos.

Ante la aparición del intruso, los ratones parecen advertir una amenaza: en pelotones, los que están más altos dan un brinco para enfrentarse al peligro de aquella interrupción, ganando la puerta.

Nasalli Rocca llega justo a tiempo de proteger al cardenal Veronelli, arrastrándolo consigo fuera de la habitación y cerrando no sin esfuerzo la puerta.

—¡Pero esto es... monstruoso!

—Mañana, eminencia, solicitaré la intervención del Ayuntamiento de Roma. Cuentan con personal especializado.

—No, no podemos, ya lo sabe.

—Como mande su eminencia, pero la situación aconsejaría una excepción a la regla del cónclave.

—¿Por unos ratones que comen cuadros? En el fondo, no son obras de gran valor todas estas... Y tal vez, en el caso de muchos de nosotros ni siquiera resulte necesario que seamos recordados...

—¿Y los Museos Vaticanos? ¿Y las telas de las capillas de los palacios vaticanos?

—Ésos me preocupan, pero por ahora con los coristas puede bastar.

—¿Esos gentiles cantores? Tienen unas gargantas maravillosas, pero, perdóneme, eminencia, ni siquiera saben manejar un extintor, una manguera de agua, mucho menos una máscara antigás, ¡son un desastre!

El camarlengo, una vez recuperado el valor, se apresura a alcanzar de una vez el fondo de la larga sala. Y deja morir la conversación. Tenía que tocarle a él aquel cónclave, a él que no veía la hora de retirarse a sus campos de Arcetri, entre las colinas de su Toscana... ¿Por qué precisamente a él?

¿Y ahora? ¿Qué se hace en un baño turco? ¿Cómo tendrá uno que comportarse entre tantos hombres desnudos? Porque los cardenales no tendrán nada que los distinga del resto de los hombres, allí, en ese lugar...

Se arma de valor a raudales y abre la boca.

—Nasalli Rocca... Entre usted también en el baño turco... —y el tono es tan humilde e implorante que durante unos segundos el ingeniero siente lo embarazoso de la situación. ¿Qué podría contestarle a aquel viejo tembloroso? Y Nasalli Rocca, que es un hombre de cincuenta y dos años, de un metro noventa de altura, apuesto y vigoroso, buen conocedor de la naturaleza humana, recupera toda su agudeza y su desenvoltura:

—Naturalmente, eminencia, aunque tendrá que prestarme una toalla porque no llevo nada conmigo.

—¿Una toalla? ¿Por qué? ¿Es que se pone uno toallas?

—Toallas o albornoces, por lo demás veo que la bolsa de su eminencia debe de estar bien equipada.

—Ni siquiera sé lo que contiene, me la ha preparado monseñor Squarzoni. Pero no tengo ni la más pálida idea de cómo debe emperifollarse uno allí. Por eso le rogaría que entrara, usted sabrá sin duda cómo comportarse.

El ingeniero en jefe sonríe ante la ingenuidad e inexperiencia de ese buen hombre que es el cardenal.

Ya se perfila la entrada al último piso del torreón. Por detrás de esa puerta de cristal, nueva y flamante, está la sauna con su baño turco, explica el ingeniero al camarlengo. Pero antes de cruzar el umbral se arma de valor para sugerirle un consejo a Veronelli, algo que ni siquiera él se había sentido con fuerzas de decir, al igual que el purpurado no había osado preguntar qué ropa debía ponerse.

—Eminencia, discúlpeme, pero a propósito de esta invasión de ratones, podría haber un remedio, el más antiguo, mucho más eficaz que la desratización..., aunque tal vez algo inadecuado para este lugar.

—¿Por qué, es que le parece a usted que una sauna es lo más adecuado? A estas alturas ya no me maravillo de nada.

—Los gatos, eminencia, los gatos son el flagelo más seguro contra los ratones, desde que Dios creó el mundo...

—¡Los gatos!... Es cierto, son la perdición de los ratones... También en mi casa, en Arcetri...

—Y Roma está repleta de ellos, hay barrios infestados de gatos que no pedirían otra cosa más que arrojarse sobre nuestros ratones para comérselos de un bocado.

—Es verdad, en Trastevere mi sobrina da de comer a una docena. ¿Por qué no se nos habrá ocurrido antes? Infórmese de cómo podrían capturarse en gran número, prestaremos además un buen servicio a ciertos barrios de la ciudad, podemos pagarlos bien, si es necesario... Si los dueños nos los prestan de buena gana, prométanles que se los devolveremos, garantizando que estarán bien alimentados; si es gente pía, tendrá incluso el consuelo de ganarse una bonita indulgencia por una buena acción en favor de la Iglesia...

—... Y del arte, eminencia, si no son creyentes, no se olvide de los Museos Vaticanos —le corrige Nasalli Rocca.

—Deberán actuar con discreción, de cualquier forma, tampoco en este caso podemos dirigirnos al Ayuntamiento o al Gobierno.

—Destinaré a la caza de los gatos a los más despiertos de nuestros seminaristas y estudiantes, espero que los cantores se las apañen mejor con la captura de felinos que en la caza al ratón.

—Esperémoslo, conde, esperémoslo. Y habrá que hacerlo rápido, no hace falta que se lo diga, rápido...

Cuando el cardenal cruza el umbral de la sauna son las once y media pasadas. Se siente tan aliviado por esa idea que encuentra las fuerzas para sonreír a los dos monseñores en albornoz violáceo que le reciben inclinándose para besarle el anillo.

—Por aquí, eminencia, le enseñaremos su camarín.

—Denle uno también al ingeniero en jefe del Vaticano; quiere ver cómo funciona su obra de arte —se chancea Veronelli. Y sigue de buen grado por el interior del pasillo a los dos monseñores.

8.

—¿Quién? ¿Sólo el cardenal de Praga y el de Varsovia? No, no, el ingeniero no está bien informado, hemos estado toda la tarde muy atareados para atender a tanta gente... —y el rostro cansado del más anciano de los dos atestigua la verdad de sus palabras.

—Ha sido casi... una procesión, eminencia..., pero... —después se contiene, pareciéndole poco delicada esa comparación.

El cardenal camarlengo encuentra sin embargo su tono más desenfadado:

—Claro que sí, una auténtica procesión. Vete a comprender la naturaleza humana... Y yo que tanto temor sentía de que se me reprocharan estas benditas nuevas «instalaciones». A propósito, tendré que bendecirlas.

—Está ya listo el cubo con el agua bendita y el aspersor, eminencia. Aquí está su camarín y ése es el del ingeniero.

—Denme la bolsa. Eso es. Ahora la abriremos juntos porque tendré que dejarle algún indumento al ingeniero aunque no sepa realmente cuál; se ha olvidado su bolsa en casa —preferiría no contar a los dos sirvientes que ni siquiera sabe lo que contiene. Quiere parecer desenvuelto.

De la bolsa de viaje emergen unos calzones de lana con tirantes, dos toallas de rizo blancas, otra más pequeña, un par de calcetines, unas zapatillas de goma, un calzador, un peine, un cepillo, un secador, una crema tonificante y una *eau de toilette*.

Las miradas de los dos monseñores son impenetrables y no sugieren en modo alguno al camarlengo si tal equipo es el adecuado ni, sobre todo, qué prenda asignar al ingeniero. Pero el propio Nasalli Rocca saca de apuros a Veronelli:

—Me bastará con la toalla más pequeña, para ponérmela en la cintura. Si tuvieran además unas zapatillas de goma estaría ya listo.

—Se las buscamos enseguida.

—¿No tendrán un albornoz como el suyo para su eminencia? Creo que sería lo ideal —se permite sugerir el ingeniero en jefe.

—No del mismo color. A los cardenales les corresponde blanco. Aquí lo tiene, eminencia. Cuando luego esté dentro podrá quitárselo y colgarlo de un perchero.

—Coja de todas formas una de sus toallas también, eminencia —añade Nasalli Rocca—, le vendrá bien si se desprende del albornoz. Dependerá del calor de la sauna y del vapor. Si mis obreros han trabajado bien, debería hacer un calor tal como para no resistir con el albornoz.

—Han trabajado estupendamente —replica uno de los dos monseñores—, los purpurados del este han dicho que tiene la temperatura ideal; y ellos de esto entienden.

—Entonces, vamos, que ya es tarde. Pero ¿hay alguien dentro todavía?

—Naturalmente, eminencia.

El viejo cardenal y el ingeniero en jefe se retiran a sus camarines. El primero en salir es Nasalli Rocca, con la toalla de color ciruela en los riñones y las zapatillas en los pies. No siente frío, como en cambio temía, el ambiente está muy caldeado; a lo lejos empieza a percibir una ligera música de fondo, una música de órgano ya conocida, Haendel quizá, *El Mesías* quizá, pero no está del todo seguro. Al cabo de más de diez minutos, se abre la otra puerta y sale Veronelli, embutido en su albornoz blanco, con las zapatillas en los pies, que le quedan algo grandes.

—Escuchen, la bendición de los locales ya vendré a impartirla en otro momento, cuando se me advierta de que no hay nadie; podrá venir monseñor Attavanti, si yo no pudiera, con todo lo que tengo que hacer en estos días. Ingeniero, pero ¿no tiene frío?

—No, estoy perfectamente, eminencia.

—Le seguimos, monseñor.

—Por aquí, por favor.

El pequeño grupo se desplaza hacia una puerta giratoria que se halla al final de la sala. La música que llega de esa puerta aumenta. El monseñor ugandés entra el primero, seguido por Nasalli Rocca y por el titubeante camarlengo.

El interior, muy húmedo, está más bien en penumbra. Mejor, piensa de inmediato el cardenal, así no se nos reconoce. Le late fuerte el corazón, y por un instante siente la tentación de volver atrás, girándose para echar un vistazo a la puerta giratoria. Pero una mano, delicadamente, le roza el brazo.

—¿Tú también aquí, querido Vladimiro?

Delante de él, envuelto en un albornoz abierto, apenas apoyado sobre los hombros, hay un hombre más bien pequeño y rechoncho, que no se distingue bien bajo la luz mortecina. Desde una puerta que se abre y se cierra de repente, un chorro de vapor anula las ya exiguas posibilidades de reconocer al hombre, pero Veronelli capta por la voz su identidad. Es Celso Rabuiti.

He aquí, sin embargo, que en la ambigua penumbra, desgarrada a trechos por borbotones de luz concedidos por el expandirse del vapor, ante las pupilas del aturdido camarlengo aparecen otras formas blancas, en movimiento, mientras la música aumenta de volumen. Y es sin duda alguna *El Mesías* de Haendel, en su pasaje más glorioso, el

Aleluya; alguien ha interrumpido la sinfonía pastoral del *Mesías* para poner en onda ese gran final.

—Querido Vladimiro, es para ti, se ha difundido enseguida la noticia de que estabas aquí...

Veronelli, que suda y ya no sabe hacia dónde mirar porque sus ojos empiezan a acostumbrarse a la penumbra y divisa a muchos de los conclavistas desnudos como el Señor los trajo al mundo, reconoce la voz de barítono de Siro Ferrazzi, arzobispo de Bolonia.

Quienes tienen ajustado a la cintura el largo albornoz no pueden dejar de evocarle, en esa atmósfera onírica, la suprema dignidad del traje que a uno de ellos le tocará llevar. Esas vestiduras que están ya listas, en tres tallas, según la complexión física del elegido.

Ahora ya no puede soportar el calor. Y se desata el cinturón, dejándose colgado de los hombros el blanco indumento. Siente como si llevara encima una capa de plomo —la misma que en la *Divina Comedia* con su terrible temperatura martirizaba a los hipócritas— revestida con oro por fuera.

—Debes acercarte allí, donde está la sauna finlandesa —es la voz de Rabuiti la que lo invita.

—Nasalli Rocca... ¿Dónde está usted? —implora, y se siente sin rumbo, incapaz de proseguir sin su guía, el hombre que lo había acompañado en su metamorfosis de camarlengo a un cuerpo que se desnuda y absorbe los vapores: el único testigo que en ese momento puede tranquilizarlo y no dejarle dudar de que está viviendo una de las más angustiosas pesadillas de su vida.

—Eminencia, estoy aquí, detrás de usted. ¿No me ve?

—¡Ahora sí, ahora sí! Temía haberle perdido.

Ah, pero si sale de esa aventura, la primera persona que se las pagará será esa mente turbada de Paide: por su culpa ha caído en una trampa... ¿A quién podrá confesar su culpa, sin embargo? ¿Quién podrá absolver a su conciencia de haber cedido al convertir el palacio apostólico en un lugar de curas y baños? ¿Y cómo es posible que sus hermanos deambulen ahí dentro, como sombras seráficas del paraíso?... Y ese *Aleluya* que ahora está llegando al culmen de su fuerza jubilosa... ¿cómo pueden haberlo recibido con ese pasaje? Él se había limitado siempre a escucharlo, desde la gloria de los altares, revestido con los paramentos más suntuosos, incrustados de piedras preciosas, bajo una mitra de bordados dorados, en las festividades más solemnes, cuando, ayudado por dos obispos, concelebraba. Y ahora se lo entonan mientras estaba medio desnudo y el cansancio de la carne le invitaba a desnudarse incluso de lo poco que defendía su decencia... Y ese hábito blanco, ¡ese hábito blanco, sobre las carnes desnudas o semivestidas! Pero si hace ya tanto calor en esta antecámara, ¿qué clase de horno habrá allá dentro? Detrás de esa puerta nadie podrá soportar el albornoz... Y en un desesperado intento de rebelarse, abre la boca:

—Nasalli Rocca, pero ¿no había un baño turco también? Lléveme allí, haga el favor.

—Entonces venga por aquí, sí, por donde antes salió ese chorro de vapor...

Sigue al conde Nasalli Rocca y cruza una puerta de madera clara con un ventanuco redondo que no consiente que se divise nada.

La penumbra cede ahora ante una luz artificial azulada, que no se entiende de dónde llueve, entre otras cosas porque el abundante vapor no consiente distinguir demasiados detalles. A lo largo de tres lados de la vasta habitación hay una especie de asientos donde están sentadas algunas personas sin el albornoz blanco. Por lo menos esa blasfema semejanza de vestiduras se ha desvanecido. Pero ¿quiénes serán éstos? Ve que se ponen de pie... Dios mío, me han reconocido y quieren rendirme honores... Ahí están las últimas notas del *Aleluya*...

—Qué honor, Vladimiro....

—Bienvenido, bienvenido, querido Vladimiro.

—¡Qué placer verte!

—No os molestéis, os lo ruego, permaneced sentados.

Ha reconocido, entre las voces aflautadas, la del hombre que ha provocado todo eso, Matis Paide. Pero he aquí que Nasalli Rocca le invita a sentarse a su lado:

—Relájese, eminentísimo camarlengo, lo mejor del baño turco es el alivio que proporciona a las carnes cansadas como las nuestras. Siéntese aquí, a mi lado, deje que le cuelgue el albornoz, quédese sólo con la toalla en el regazo, pero déjela suelta, la circulación debe ser libre, sin vínculos ni ataduras, así.

Se deja guiar como un niño, su última resistencia cede. Se sienta junto a Nasalli Rocca y se abandona a la tibieza del ambiente, a la caricia cálida de esos chorros que, con un ritmo continuado, brotan de dos aberturas situadas en lo bajo. Ahora la música sigue siendo de Haendel, pero el pasaje es un recitativo lento y comedido, lejos de toda entonación triunfal. Y es placentero seguir esas notas mientras una languidez creciente va relajando sus miembros rígidos, borrando poco a poco las últimas sombras que lo atormentan...

Los ratones y su invasión bíblica. Los gatos que hay que robar en la ciudad para hacer de ellos los paladines del Vaticano. Las noticias del exterior, en las recientes llamadas telefónicas con los inquietos poderosos de la tierra. Los acuerdos no respetados para las votaciones de la mañana. La animación y las polémicas que siguieron a la candidatura palestina.... Todo por fin se esfuma, ya no hay nada por lo que merezca la pena seguir atormentándose, si la carne, su vieja carne de setenta y ocho años, responde con tanta prontitud a la concesión de una pausa, en aquel tremendo cónclave...

Entrevé entre las volutas del vapor una forma que sabe que pertenece a Paide; incluso el resentimiento contra ese hombre se desvanece y deja espacio a algo distinto, más parecido a la conmiseración y a la complicidad.

La alegría de la clausura... Rememora las palabras del nórdico: «Es necesario ayudar a los sentidos a reconocer esa alegría», había dicho... Y se sorprende apenas de no haber hecho caso a las miradas, a la clase de miradas que más temía en un lugar como aquél. Ahora mantiene los ojos cerrados, ya no tiene ganas de seguir mirando, de perseguir las leyes de la realidad, basta seguir las volumetrías de la libre asociación de la mente, él ya no es el camarlengo, no es nadie, bajo los párpados...

Cuando vuelve a abrirlos, distingue la voz lenta y suave de uno de los cardenales francófonos, está hablando del próximo escrutinio, votará al primado de España, junto a muchos españoles y franceses…

Eso es, vuelve la idea del mañana...

Pero la manera en la que hablan de ello parece tan distinta del tono que los domina cuando están vestidos, hay casi una simplicidad y una falta de ojeriza, una ausencia de competición... La voz carece de matices, sin embargo no conseguiría distinguirla. Sigue escuchando la conversación de un hispanoamericano, el cardenal de Bogotá, el tono sereno de quien no se toma demasiado en serio... ¡Así que la mutación parece haber tenido lugar! Durante unos instantes han dejado de representar, aquí dentro, desnudos, no se acuerdan ya, como ocurría en la Sixtina, de quié-

nes son, de qué papel revisten ni de cómo deben ser trata-
dos por los demás; mejor dicho, de cómo esperan ser tra-
tados por los demás.

Sus ojos se abren de par en par cuando en la penumbra, entre el vapor que ha ido despejándose un poco,
reconoce, sobre la pared de enfrente, las formas desnudas
de un pequeño crucifijo.

Es casi la una de la madrugada cuando, acompañado por el ingeniero en jefe del Vaticano y por tres purpurados, Vladimiro Veronelli abandona el torreón de San
Juan para regresar a sus habitaciones.

Hacía mucho tiempo que no se sentía tan bien.
Contempla durante unos instantes las instalaciones de las
que está saliendo, mientras los dos monseñores, filipino
y africano, se inclinan para besarle el anillo.

Tiene un instante de melancolía, ante ese gesto que
le restituye toda la gravedad de su papel, la conciencia de
que, junto al hábito que ha recompuesto su persona y la
de sus compañeros de aventura, pronto caerá sobre su mente también la horrenda necesidad de representarse. Y comprende que el lugar que le había inspirado tanta repulsión
se parece a un cónclave en el cónclave. *Cum claude,* encerrado con llave. Pero en el corazón del hombre, en la desnudez de la carne, no en la efímera duración de los papeles asignados a las máscaras por el poder, el director de
escena de tantos espectáculos de la historia.

Sólo en ese instante, mientras le besan el anillo,
comprende que los dos monseñores tal vez hayan aceptado el encargo por no ser insensibles a la mirada más temida
por él en aquel lugar. Y por primera vez siente que puede
sonreír ante lo que le asusta, y se detiene para bendecirlos
paternalmente.

9.

El conde Paolo Nasalli Rocca, al día siguiente de
la inauguración de la sauna y del baño turco, mientras los
príncipes de la Iglesia buscaban nuevamente un acuerdo
acerca del nombre del futuro pontífice, guía en persona
una batida por los lugares de Roma más atestados de gatos.

Y es una caza en plena regla, que da a muchos de
entre los romanos más ancianos la impresión de revivir la
amenaza de la carestía, flagelo de la urbe en los últimos
y terribles meses de guerra. Sólo las ollas, en efecto, pueden ser el destino de esos pobres animales. En los barrios
designados —en los alrededores del Panteón, en el Foro
romano, en la plaza Argentina, en la cuesta del Grillo, en
la plaza Vittorio, en la plaza Sallustio— se ven aparecer
esa mañana algunos enormes automóviles negros de an-
dadura lenta y furtiva. De ellos salen larguiruchas figuras
de pálidos jóvenes desorientados, pero todos dócilmente
obedientes a la guía de un hombre que conoce bien Roma
y va y viene entre uno y otro grupo.

Atrayendo a los felinos con latitas de exquisitos co-
mestibles colocadas en puntos donde el olor a pis de gato
traiciona su presencia, se arrojan sobre los animalillos, absortos en devorar aquel maná, con enormes redes. Force-
jeando y maullando ferozmente, desaparecen todos después
en los grandes maleteros de esos coches que al cabo de pocas
horas vuelven a los lugares de caza tras haber depositado en
el patio de San Dámaso la preciosa presa. Sólo en algunos
casos surge una discusión entre esos jóvenes de cordiales ma-

neras propias de cura y la gente. Son las gateras de las zonas más populares de Roma, insensibles ante las generosas ofertas de dinero para compensarlas por las pérdidas de algunas de sus criaturas. Pero las más indómitas consiguen volcar el saco ya lleno en la calle, liberando a los gatos enfurecidos.

Hay quien nota que no todas las matrículas son de Roma; algunos de esos coches furtivos tienen, efectivamente, matrícula del Vaticano. Más extravagante aún resulta que éstos parecen vehículos de ceremonia, con un sitial en lugar de los asientos traseros, que recuerda a cierto vehículo con absoluto derecho de precedencia en el convulso tráfico de Roma.

Esa misma tarde, aunque la caza prosiga en el curso de la noche, los gatos hacen su solemne entrada en el Vaticano, tomando posesión de él.

A oleadas, hasta el alba, mientras algunos automóviles siguen yendo y viniendo de la ciudad a los pasadizos de las murallas de León IV, los jóvenes seminaristas del coro sueltan a los felinos de los sacos en distintas plantas de los palacios apostólicos.

Los cardenales, advertidos por la Secretaría de Estado de la estratagema para liberarse de los ratones, se retiran prudentemente con antelación. No todos tienen la misma familiaridad con los felinos y algunos, ante la idea de tener que ocuparse de ellos y de dejarles vagar por sus habitaciones entre sus propias cosas, no dejan de experimentar cierta irritación.

Casi nadie puede pegar ojo esa noche. Porque los pobres animales maúllan desesperados, perdiéndose en los vastos espacios de aquel palacio, más parecido a un angustioso laberinto que a una morada para seres vivos, olvidándose de comer y de beber de las escudillas distribuidas aquí y allá. Buscan la salida del cónclave, ignorando que es difícil de hallar incluso para los cardenales... Los más salvajes, enfurecidos por el frío, por la oscuridad, por el hambre, apenas divisan las purpúreas vestiduras de algún prelado, bufan, y si el desventurado osa acercárseles demasiado intentan arañarlo, aferrándose a sus vestiduras.

Al día siguiente, muchos de ellos son encontrados muertos de terror, demasiado viejos para renunciar a la suciedad y a la libertad de las calles y de las plazas romanas.

Sin embargo, al cabo de dos noches tan sólo, las cosas empiezan a cambiar. La atávica guerra entre felinos y roedores explota con toda su violencia, para enorme satisfacción del Sacro Colegio. Y en términos tan directos y tan carentes de vacilación que persuade al camarlengo de la necesidad de localizar un buen pelotón de gatos y encaminarlo de inmediato hacia los Museos Vaticanos también. Porque una vez que han empezado a ambientarse, caídas las primeras víctimas del rapto, la vitalidad y el instinto depredador de aquellos animales no tardan en atisbar la presencia inquietante y deliciosa de tan magníficos ejemplares del enemigo. Y da comienzo una de las más infernales zarabandas que puedan imaginarse.

Por todas partes, debajo de las camas, encima de los armarios de los paramentos sacros, sobre los altares de las capillas, en los grandes crucifijos colgados de las paredes, por encima de los baldaquinos de los sitiales de la Sixtina, en los reclinatorios, por las escaleras, en las cocinas, en las armerías de la guardia suiza, en las habitaciones de la residencia del pontífice, en el patio de San Dámaso; en cualquier lugar se asiste a espantosas batallas hasta la última gota de sangre.

Los ratones, aterrorizados por aquel enemigo presente en masa, parecen hallar en la amenazada herencia genética extraños recursos que estimulan sus chillidos de agudos tonos. Y, ante el espanto de la muerte inminente, ante el olor de un final que sólo puede ser demorado, se yerguen sobre las patas posteriores alzando el hocico demacrado de largos bigotes, lanzándose al ataque desde lo alto, buscando siempre la ventaja de la sorpresa, dirigiendo sus agudos dientes hacia los ojos y la nariz de los felinos.

Los sacros palacios están atestados de ratones muertos, de gatos destrozados, de señales de una batalla que va adquiriendo cada vez más las características de un choque anómalo y siniestro.

—¡Basta! Esto es insoportable, esto es insoportable, Cerini, tenemos que decidirnos, llegar a un acuerdo de inmediato, en caso contrario enloqueceremos aquí dentro —comenta en esos días el cardenal de Dublín con su colega de Milán, mientras es embestido por dos ratones que se han arrojado desde una araña del techo sobre un gato blanco a sus pies. Y mientras observa las gotas de Bohemia de la lámpara seguir oscilando y crear extraños juegos de luz en las paredes forradas de seda roja, no puede creer en las palabras de respuesta del purpurado milanés:

—Estimado John, esto es sólo el principio...

—¿Cómo que el principio? ¿Por qué, no te basta?

—¡Porque desde esta noche mi habitación está infestada de escorpiones!

—¿Estás de broma?

—Pueden testimoniártelo mis dos secretarios, que me han ayudado a dar caza a esos peligrosos insectos durante horas.

—¿Escorpiones? Pero eso es terrible...

—Verás, tendremos que luchar también contra este flagelo del Maligno. Porque son de un color especial, no propiamente negro, sino verde oscuro, un verde iridiscente que recuerda las escamas de las serpientes.

—Qué horror...

—Cuando los ves todos juntos, a legiones, como los he descubierto yo debajo de mi cama, en el suelo del baño y en el armario de mi ropa, así a montones te parecen francamente viscosos y como sierpes...

—Tal vez sólo estén... en tu cuarto, Alfonso. Es posible que sea algo que no funcione en los desagües y en las alcantarillas de esa parte del palacio.

—Lo espero yo también, por todos nosotros.

No es un caso aislado, por el contrario, el que se verifica en el alojamiento del cardenal ambrosiano.

Los escorpiones, poco a poco, van dando muestras de su presencia en las plantas más bajas de los sacros palacios, primero; después, tentados por vertiginosas esperanzas de nuevas conquistas y de más altos dominios, van tomando posesión de la tercera, de la cuarta y de la quinta planta, hasta los apartamentos privados del pontífice en la última planta.

Y todos son de aquel extraño e innatural color verde oscuro con iridiscencias tornasoladas en las tenazas y en la cola.

El camarlengo es el último en rendirse a la nueva plaga, cuando los descubre en su alojamiento de la quinta planta, poco antes de retirarse a decir misa, en vísperas de la votación de la mañana. Está poniéndose los zapatos de hebilla de plata cuando suelta un grito: en el zapato un escorpión le ha picado en el dedo gordo.

—¡Squarzoni, llame al médico! ¡Dese prisa!

El corpulento médico en jefe tarda su tiempo a causa de una avería en el ascensor que le obliga a subir las escaleras a pie. Un ejercicio, a los setenta años, bastante fatigoso y no aconsejable por sus problemas de corazón. Pero el deber profesional y el alto cargo del enfermo no consienten demoras. Cuando entra en la habitación del camarlengo, está tan pálido que monseñor Squarzoni se pregunta si no hará falta llamar a otro médico para socorrer también a ese hombre.

Pero el fatigado anciano desciende de uno de los pontífices más nepotistas de la historia, Clemente VIII, y no se deja abatir. Extrayendo de su maletín una jeringuilla y un frasquito, prepara de inmediato una inyección para contrarrestar el veneno, ya puesto en guardia por el capellán. Apenas tiene tiempo de inyectar el líquido en el brazo del camarlengo cuando debe pedir un asiento. Sólo una vez cumplido su deber, se abandona en la silla para recobrar aliento.

Al difundirse la noticia del repentino incidente del camarlengo que hace que se aplace la votación del cónclave, la iniciativa de una serie de cardenales da a Veronelli la medida de cuán peligroso puede resultar para la unidad de la Iglesia el cariz que están tomando los acontecimientos.

Los cardenales de la India, del Japón, de Australia, de Filipinas, con un documento unitario proponían a todos sus colegas el nombre del cardenal uniata ucraniano, Wolfram Stelipyn. Una nueva provocación, como la de elegir a Nabil Youssef, el palestino, piensa enseguida Veronelli al recibir una copia del documento.

—Dígale a Rabuiti que reúna a los italianos. Quisiera verlos después de cenar, esta noche, Squarzoni, pero no aquí, en mis habitaciones..., en el torreón de San Juan.

Veronelli, a quien se le ha asegurado que podrá recuperarse en pocas horas gracias a la tempestividad de Aldobrandini, da orden de que se reúna el cónclave a las cuatro de la tarde, en un intento de recuperar tiempo, dada la posibilidad de que se consiguiera votar dos veces, antes del atardecer. Pero la noche estará dedicada a profundizar en esa problemática candidatura con sus más íntimos, siempre que no emerjan novedades irreparables, esa tarde, gracias a ese nombre eslavo.

Una vez organizada minuciosamente la agenda del día, Squarzoni aparece en la puerta para anunciarle una llamada telefónica de Nasalli Rocca.

—Pásamelo enseguida... Diga...

—¿Qué tal, eminencia? ¿Se va recuperando?

—Me da la impresión de que sí. Hoy por la tarde procuraremos votar dos veces. Me agrada volver a escucharle.

—Tengo una propuesta que podría ayudarnos a resolver el problema de esos escorpiones —y el ingeniero sonríe, recordando la resistencia del camarlengo a admitir aquel nuevo problema, en los días anteriores.

—Usted se las apaña muy bien para resolver ciertas situaciones, lo reconozco. Con los gatos estuvo usted extraordinario; pero a veces me desconcierta, parece haberle cogido gusto a... ciertas situaciones escabrosas... He llegado a dudar de usted..., una noche soñé que había sido Nasalli Rocca quien había infestado de ratones los sacros palacios, trayendo de vuelta nuestros coches cargados de esos animales en vez de gatos. ¿No recibirá del Ayuntamiento algún pellizco por lo de los gatos?

El ingeniero estalla en risas.

—Entonces me tomará por un criador de pollos cuando escuche mi nueva propuesta.

—¿Por qué? A ver, dígame...

—Porque el más natural enemigo de los escorpiones son las gallinas, animales mucho menos estúpidos de lo que se cree y en todo caso los más valientes contra esos insectos infernales. Sus picotazos son mortales.

—Ahora que lo pienso, vuelve usted a tener razón. Recuerdo bien el gallinero de mi madre, en el campo; ella soltaba las gallinas de vez en cuando en casa también, precisamente ante esa eventualidad.

—Entonces podríamos soltarlas también en los sacros palacios...

—¡Pero sería algo abominable!

—Puedo conseguir ya algunos miles. Me he informado en un criadero de pollos, aquí cerca, en Colleferro. He calculado también cuántas dispondremos en cada planta, aparte de la Capilla Sixtina.

—¿En la Capilla Sixtina? ¿Pero está usted loco? ¡Gallinas en la Sixtina, jamás!

—Eminencia, tal vez no le hayan referido que esta mañana han aparecido allí también y... que amenazan los frescos, a los que ya se han subido..., y siguen una extraña geometría, en su tarea de devastación: raspan sobre todo las partes en alto respecto a quien mira, donde el color es más claro...

—No sabía nada, en cuanto pueda ponerme de pie, correré a la capilla... Pero si a las cuatro tenemos la votación, ¿qué vamos a hacer? Son ya las once...

—Para esa hora, si me lo autoriza, tendremos ya nuestras gallinas manos a la obra, son robustas y bien rollizas, acostumbradas a que se las despierte en plena noche para que coman más, creyendo que es ya de día. Verá, realizarán un trabajo magnífico.

El cardenal camarlengo de la Santa Iglesia Romana, mientras escucha al inefable ingeniero volar derecho hacia sus conclusiones con su habitual carencia de prejuicios, piensa en la mítica figura del arcángel Miguel, el más seguro enemigo del diablo, que supo, él también, devolver las fuerzas de las tinieblas a donde habían venido.

—Eminencia, ¿me está escuchando?

—Claro que le escucho, Nasalli Rocca, nuestro gran patrón..., en el fondo es usted como el arcángel Miguel para este cónclave amenazado por el... —y no tiene valor para terminar la frase, para precisar por quién está amenazado.

—Me limito a hacer mi trabajo, nada más. No me atañen los poderes que me atribuye, aunque se lo agradezco. Entonces... ¿puedo seguir adelante?

—Adelante pues, déjeme solo algo de tiempo para advertir a mis más estrechos colaboradores, no será fácil hacer que entren en el cónclave... ¿Cuántas gallinas ha dicho?

—Tres mil setecientas, eminencia, al menos por hoy.

—Confiemos en que sean suficientes.

—Yo haría que pasaran por la estación vaticana, para llamar menos la atención, en un vagón mercancías de víveres. Ya sabe, no son precisamente animales silenciosos.

—Me parece bien pensado.

—Gracias, eminencia, hasta luego pues, y mis mejores deseos para su salud. Corro a Colleferro, a ver a mis gallinas.

¿Qué dirían ahora sus colegas ante esta nueva iniciativa, tan poco en consonancia con la dignidad de aquel ilustre y autorizado simposio? No había faltado quien le hubiera reprochado la presencia de esos gatos. Tenía aún en los oídos la atronadora voz del español Oviedo, el cardenal de Madrid, reprochándole el haber creado una atmósfera imposible con esos animalejos luchando entre sí, poco después de haber sido arañado por un enorme gato negro.

Se sentía sin ánimo de imaginarse qué desbarajuste causaría ahora un cónclave humillado a la condición de gallinero. De no haber sido por la inquietante alusión de Nasalli Rocca a la erosión del fresco del *Juicio universal,* jamás se habría decidido a admitir a las gallinas, promovidas a ayudantes de los ángeles contra las fuerzas del Mal.

10.

He aquí al cardenal camarlengo, puntualísimo, hacer su entrada en la Sixtina, acompañado por el decano y por los dignatarios que sostienen el paraguas simbólico de la Sede Vacante y llevan los cartapacios de terciopelo rojo con los documentos secretos del cónclave. No ha hecho más que cruzar el umbral cuando de inmediato, ante la vista del gran fresco del fondo, se bloquea, petrificado por el horror.

Toda la parte alta de la maravillosa pintura, donde los bienaventurados se alinean junto al Salvador, a medida que se despiertan a la eternidad espabilados por las trompetas de los ángeles, es un inmenso hervidero verde y tornasolado, un único tapiz monstruoso de escorpiones que impiden ya la vista de los colores y de las formas.

Las caras de los cardenales están dirigidas hacia arriba; algunos menean la cabeza sin conseguir resignarse, otros tienen las mejillas surcadas por lágrimas, hay quien se derrumba anonadado en su asiento tapándose los ojos con las manos, otros parecen buscar entre la multitud a alguien, acaso al propio camarlengo. Porque es precisamente a él, cuando lo divisa en el umbral, a quien se dirige tembloroso el cardenal Ettore Malvezzi.

—Van al ataque del Bien solamente, sólo de los santos... ¿Qué hacemos? ¡No podemos quedarnos aquí con las manos cruzadas!

Veronelli, que siente aún por las venas un ligero efecto del antídoto, siente un momentáneo mareo. ¿Qué quieres que hagamos? ¿Que cantemos el *Veni Creator* como en ocasiones anteriores? ¿Que pidamos ayuda para limpiar las paredes, con el riesgo de estropear las pinturas?

Malvezzi nunca le ha servido de ayuda.

—Ya lo veo yo también, Malvezzi. Si vuelves a tu sitio y no perdemos la calma, si me dejas subir al altar, encontraremos juntos una salida. Pero de aquí no nos marcharemos antes de haber elegido un nuevo papa.

Y se dirige decidido hacia el fondo, abriéndose paso a duras penas entre la multitud de los cardenales, que aún no han tenido valor para ocupar su lugar entre los sitiales, como los otros días.

Ni siquiera el ejemplo del camarlengo los empuja a sus asientos. La atmósfera es la de una asamblea demasiado trastornada y disgregada por las emociones para poder ser gobernada. Pero Veronelli no cede y va directamente a sentarse sobre su sitial de presidencia, en el altar. Con un gesto, reclama junto a sí a monseñor Squarzoni.

—Vaya a hacer una señal a Nasalli Rocca para que haga entrar a esos animales por la puertecilla que está aquí a mis espaldas, dese prisa, porque aquí se está perdiendo la luz de la razón.

Y sabe que tiene a sus espaldas, por encima de su cabeza, a esas repugnantes metástasis del Mal. Con el rabillo del ojo, echa un vistazo hacia lo alto y consigue distinguir, intactas aún, las santas formas del Salvador y de su veneradísima Madre. Se repite el fenómeno de las pinturas sacras en los Museos Vaticanos. Se siente espoleado para continuar con esa lucha, convencido de que las fuerzas del Bien prevalecerán.

Como si estuviera en trance le brotan de la boca, más gritadas que pronunciadas, bien perceptibles hasta el fondo de la capilla, las palabras latinas: «*Vade retro, vade retro, Satana!*».

Es en ese preciso momento cuando, ante los trastornados cardenales disgregados en la Capilla Sixtina, unos en el pasillo central entre los sitiales, otros en su lugar, otros en la salida, otros en las escaleras de intersticio entre los asientos, otros en torno al altar, aparece una miríada de gallinas blancas, empujadas hacia el interior, en medio de un ensordecedor alboroto en el que se pierden incluso las últimas palabras latinas del camarlengo.

El espectáculo visible entonces para los príncipes de la Iglesia parece casi la dramática parodia de cuanto había movido la fantasía de Miguel Ángel a dar forma al *Juicio universal*.

Una ola inmensa de color verde, fluctuante como agua de mar, se anima y se agita sobre la pared de los bienaventurados, mientras las gallinas, enloquecidas ante el olor de aquellos aéreos escorpiones, parecen haber cumplido su antiguo sueño de volver a abrir las alas. Los pobres cardenales se retiran aterrados al fondo opuesto de la capilla, hacia la salida. Los ratones que quedan en la Sixtina, todos refugiados bajo el andamio de madera de los sitiales, huyen intentando ganar las salidas, acosados por hileras de gatos. La furia de los felinos es tal que derriban a muchos de los purpurados más ancianos, mientras se consuma la masacre de las ratas.

Pero el pavimento es ya el reino de los gallináceos: las aves se lanzan sobre los escorpiones que caen en racimos de los frescos y empiezan a liberar los rostros de los elegidos, de los ángeles, de los muertos que corren a reencontrarse en el valle de Josafat. Algunas, en efecto, con revoloteos que hacen dudar a los asistentes de sus propias pupilas, han conseguido ensartar a picotazos a los escorpiones situados más abajo; ello parece bastar a toda la infernal cordada para perder vigor y empezar a despegarse a oleadas de los muros.

A duras penas reconocible, en el altar, se halla el severo grupo del camarlengo y de los prelados que no se han movido, en aquella algarabía, auténtico grupo estatuario de estoica virtud, enfrascados en rezar, siguiendo las palabras latinas del camarlengo, palabras que nadie sabrá nunca. En el vano de una de las puertecillas traseras, por donde aquella furia gallinácea ha hecho irrupción, apenas visible por la polvareda que amalgama el aire hasta hacerlo casi irrespirable, se distingue la figura maciza del gran director de escena de esa liberación del Mal, el conde Nasalli Rocca, el arcángel Miguel del cónclave.

Pero es el tumulto de los conclavistas lo que hace aún más intensa la consonancia con el gran fresco de Miguel Ángel. Las toses de los ancianos cardenales, de respiración fatigosa, las invocaciones de ayuda de quien, caído por el suelo, ha sido arrollado por gallinas y gatos, los maullidos rabiosos de los felinos, el aletear furibundo de centenares y centenares de pollos, los chillidos desesperados de los ratones atrapados por el cuello, los lamentos de quienes —hombres y animales— se sienten picados o mordidos, componen un dramático universo sonoro.

Deberán pasar horas antes de que el silencio y la paz vuelvan a reinar en el lugar más sagrado de los palacios vaticanos. Horas en las que, a las órdenes del infatigable Nasalli Rocca, todo el personal de servicio en el cónclave es llamado a socorrer a los pobres príncipes de la Iglesia.

Ninguno de los socorredores, a la vista de lo que ha ocurrido allí dentro, sabe reprimir un ademán de horror; algunos de los más débiles se desvanecen tras dar unos cuantos pasos en el interior de la capilla. Hace falta toda la férrea determinación del ingeniero en jefe de la Ciudad del Vaticano, asistida por la estoica firmeza del camarlengo, inmóvil en su puesto pero capaz de dirigir con los ojos cada una de las operaciones, para poner orden allí, en el infierno que lentamente empieza a retirarse a su mitad asignada desde el principio de los tiempos.

Se debe transportar con urgencia a los más graves de los purpurados a la enfermería, solicitando auxilio a los hospitales más cercanos. El camarlengo, apenas se da cuenta de que la tormenta ha terminado y puede bajar otra vez del altar, transmite a la sala de prensa la orden de bloquear las comunicaciones telefónicas y de apagar los ordenadores con conexión a internet. Pero no quiere abandonar el campo de batalla antes de haber visto despejar la Capilla Sixtina de los últimos animales muertos y de los últimos cúmulos de escorpiones. A los gatos y las gallinas victoriosos, supervivientes del choque, da orden de empujarlos, atrayéndolos con carne y pienso, hacia las sacristías y los jardines vaticanos, los espacios en los que debían ser instalados casetas y gallineros. Asume la responsabilidad de la anómala decisión, incomprensible fuera del Vaticano, en el mundo que ignoraba y debía seguir ignorando la verdad de aquel escrutinio fallido. El sexagésimo sexto desde que fueron cerradas las puertas del cónclave.

Sólo cuando, al cabo de varias horas, todo vuelve a estar tranquilo, en el aire purificado por las ventanas abiertas, sobre el pavimento barrido con serrín, en el altar donde las velas son encendidas de nuevo, en los sitiales arreglados y limpios, Veronelli decide obedecer a Squarzoni y a Nasalli Rocca, cada vez más preocupados por su palidez. Y, cediendo ante su insistencia, extenuado por la fatiga y las emociones, acepta regresar a sus apartamentos montando en la silla gestatoria. Por el camino, mientras el balanceo de la silla inutilizada desde hace muchos años va acunándolo hasta hacerle casi entrecerrar los ojos, la repentina vista de la puerta tras la que estaban los retratos de cardenales devastados por los ratones vuelve a evocarle la imagen de las obras de arte dañadas en los Museos Vaticanos. Se informa enseguida de qué ha sucedido allí también, donde Nasalli Rocca había mandado buena parte de los gatos. Y recibe la consoladora noticia de que los ratones casi han desaparecido y todas las obras supervivientes se hallan, al menos por el momento, a buen recaudo.

Son ya las ocho de la tarde cuando se echa sobre la cama, en su habitación.

Squarzoni ha hecho que encuentre la chimenea encendida, el fuego crepitante que emana un agradable calor. Hay una nota para él de parte del cardenal Malvezzi. La abre: «Has estado formidable. Ahora sé que no nos iremos de aquí realmente hasta que no hayamos creado un nuevo papa. Que podrías incluso ser tú».

Hay otra del cardenal de Palermo: «No sé cuántos de nosotros esta noche, después de cenar, conseguirán arrastrarse hasta el baño turco, como nos habías pedido, pero yo procuraré estar allí».

Ah, ya, olvidaba que había convocado a los italianos, todos juntos, en aquel lugar. Pero aún no había sucedido nada, cuando lo había pensado. El secretario le pasa después la lista de las llamadas telefónicas recibidas, antes de que fuera dada la orden de bloquearlas. Es tan larga que sólo es capaz de echar una ojeada a los primeros nombres. Llaman de todas partes del mundo. Durante un instante, afloran en su mente cansada todos los distintos horarios de la tierra, los husos que cortan en gajos temporales el globo y crean tantos problemas en las comunicaciones internacionales. No contestará a nadie. Sin embargo, da la orden al teléfono, a la centralita y a la sala de prensa, de retomar el contacto con el mundo a partir de la medianoche en punto. Es de temer que ese silencio pueda ser equívoco y tomado por la señal de una concluida elección papal, si se prolonga.

Relee las dos notas de los purpurados. Malvezzi es el inconstante de siempre. Ahora propone incluso su candidatura... Como si no fuera notorio a todo el mundo que tiene una edad demasiado avanzada. Como si no se supiera que es considerado un político de curia de visión rígidamente centralista. Malvezzi sí que tiene la edad adecuada, con sólo sesenta y tres años. Pero ¿cómo se les habrá ocurrido a los asiáticos proponer la candidatura ucraniana? Si la Iglesia uniata es un auténtico polvorín, podrían volver a abrirse las heridas con Rusia... Le hace verdadera falta ir a reponer fuerzas al baño turco, para saber qué plan traman esos cardenales...

—Squarzoni, prepáreme la bolsa, voy al torreón de San Juan. Dentro de media hora venga a llamarme. Comeré algo cuando vuelva.

Al quedarse solo, entrecerrando los ojos, revive el terrible espectáculo de la Sixtina. Y estalla finalmente en un llanto liberador, del que no había podido beneficiarse en aquella hora tremenda, a diferencia de tantos otros cardenales. La escena infernal le había traído a la mente el *Dies irae,* la oración latina que él, junto a sus prelados, había seguido recitando durante todo el interminable momento de la lucha, inmóvil y ajeno a la zarabanda de la Sixtina...

Y poco a poco, recordando las palabras latinas de aquel himno, cae en un sueño tan profundo que monseñor Squarzoni no tiene el valor de despertarlo cuando regresa al dormitorio, con la bolsa preparada para su eminencia y un plato frío, para cuando volviera del torreón de San Juan.

El cardenal camarlengo del cónclave duerme, por fin. Y en su sueño, está soñando.

Se halla aún en el altar de la Capilla Sixtina, pero lo que sucede en el aula donde desde hace siglos se celebran los cónclaves posee un sentido más conforme con el evento y no exige ya sus oraciones.

Delante de él, discriminados en dos hileras, hay una multitud de mujeres y de hombres desnudos o semivestidos, envueltos por las mismas volutas de vapor del baño turco. Los reconoce, empezando por el réprobo de la izquierda, que mantiene abierto un solo ojo, lleno de terror. Han bajado todos de las paredes del fresco a sus espaldas, los bienaventurados y los réprobos del *Juicio universal*.

Las floridas carnes de las bienaventuradas, pero más aún las vigorosas y morenas de las réprobas, soportan mal los taparrabos y velos de las partes pudendas que Daniele da Volterra, por orden del papa, pintó, estando aún vivo Miguel Ángel. Tienen todos la misma expresión de espera, a pesar de la distinción entre redimidos y repudiados de la que continúan siendo conscientes. Ha sido obtenida una tregua en la ejecución de la pena. Una pausa, entre el tiempo y la eternidad, hace descansar al Juez y a quienes son juzgados.

Las mujeres siguen masajeándose los senos y las piernas, el cuello y los brazos, al tibio calor del vapor, y entrecerrando los ojos sonríen. Algunas dirigen la mirada hacia el altar, en dirección a él, pero no buscan su figura, sino la de alguien que debe de haberse escondido o tarda en aparecer. La turbación del camarlengo ante aquellas mujeres apenas queda templada por su conciencia de ser invisible. Él sabe que aguardan al Juez, sabe que con los ojos buscan al Salvador y están embelleciéndose para él.

Entre las más jóvenes hay una que atrae su atención, en la primera fila, con sus cabellos rubios, tan largos que casi le llegan hasta las rodillas y celan su desnudez. Tiene la cabeza reclinada y canta, porque mueve los labios, absorta...

Por esa joven solamente querría ser visible, poder hablar. Un hombre está a su lado, dando la espalda, se ven sus fuertes glúteos y una ancha espalda musculosa. Tiene un brazo apoyado en el hombro de su compañera y por un instante el camarlengo se pregunta si no será un réprobo que se despide de la mujer a la que había amado, ahora separada de él por el juicio de Cristo, un último gesto de afecto...

La carne blanca de ella y la más oscura de él parecen las cifras del Bien y del Mal en la luz de los colores del *Juicio universal.*

Pero el compañero de la mujer hace ademán de volverse y con extrema lentitud, sin separarse jamás, cambiando de brazo para seguir apoyándose en su hombro, tuerce el busto y se da la vuelta.

Es Matis Paide, desnudo como lo había visto en la sauna pero «con el cuerpo glorioso, el de la edad más joven, en el máximo de nuestro vigor», como había dicho una noche, hablando de la resurrección de la carne... Y la joven, encantadora figura que está a su lado, con la cabeza reclinada, y canta, es su hermana Karin, esa hermana que, según le había contado Paide, era la única niña que él vio durante años en su isla báltica.

Ahora, sin embargo, sucede una cosa que desbarata el fresco de Miguel Ángel convertido en vivo y palpitante; porque Matis Paide lo está mirando fijamente como si lo viera, es más, lo reconoce incluso, porque después de algunos gestos con la mano con los que le invita a bajar del altar y a acercarse, oye nítido su nombre, silabeado con su acento nórdico:

—¡Vladimiro, ven!...

Pero él no puede separarse de su sitial, no puede ir a su encuentro, no puede separarse de la vida, convertida en inmóvil como lo era antes el fresco de Miguel Ángel, hay una infinita distancia entre los muertos y los vivos...

—¡Vladimiro, ven!... —continúa el joven, hermoso Matis Paide, ciñendo ahora con todo el brazo los hombros de su hermana—, ¡Vladimiro, ven a escuchar a mi hermana!

Se da cuenta entonces de que está moviendo los labios para contestar que no puede moverse, pero la voz no le sale, ni tan siquiera un sonido inteligible... Una voluta de vapor más densa que las demás se interpone y por un instante deja de ver a los dos hermanos mientras un olor acre y punzante empieza a ofender sus narices... Helos ahí otra vez, mientras el vapor clarea. Había temido perderlos, verles desvanecerse, porque algo le sugiere que no son de verdad, y pueden desaparecer de un momento a otro. Y no quiere que sea así, quiere que sean de verdad, que se dejen acariciar por él, que se deje oír Karin, y pueda escuchar su canto... Y como si su oración fuera escuchada, por fin oye la voz de la hermana, distingue las palabras que antes se deslizaban de sus hermosos labios mudos: «*Wir sind durch Not und Freude / gegangen Hand in Hand...*»[*]

Pero el olor intenso que aflige sus narices está creciendo, la visión de los réprobos y los bienaventurados empalidece, la voz de la joven hermana de Paide se atenúa hasta apagarse, algo está borrando el fresco vivo de la muerte, destiñendo los colores y las voces, él ya no se encuentra en la Sixtina...

Ahora está despierto en su habitación y el olor que ha vencido el sopor y disuelto el sueño es el hedor de tres gallinas que escarban cerca de su cama en busca de los últimos escorpiones.

---

[*] «Hemos atravesado dolores y alegrías / juntos, dándonos la mano...», de los *Vier letze Lieder* de Richard Strauss. *(N. del A.)*

Rememora que Nasalli Rocca le había recordado, durante el trayecto desde la Sixtina, la oportunidad de soltar los animales, tanto gallinas como gatos, en todos los espacios del cónclave para librarlos de los otros animalejos; y él había asentido distraídamente desde la silla gestatoria.

11.

Al iluminarse la ventana de los cristales amarillos frente a la suya, como otras muchas mañanas, Ettore Malvezzi se despierta. Las sombras en movimiento detrás de aquellos vidrios opacos le recuerdan la nueva jornada que le aguarda. ¿Qué ocurrirá hoy, después de la zarabanda infernal de la Sixtina?

El obstinado maullido de una gatita roja y blanca absorta en restregarse contra sus mantas le recuerda que los felinos esperan algo de comer. A estas horas Contarini estará preparando ya el altar para la misa y el pienso para las gallinas. Se han repartido las tareas, dado que su capellán siente una verdadera animadversión hacia los felinos. Pero ya está ahí, llamando. Son las seis y media.

El cardenal se levanta y bebe el café de cebada preparado por el capellán. Menuda cara de sueño que tiene Contarini... Y el pelo, vaya, qué desorden, rebelde a la gomina que lo mantenía siempre en perfecta simetría, con la raya en medio... No es propio de Contarini un aspecto semejante.

Pero con lo que está ocurriendo, es natural que incluso las costumbres más íntimas, los ritos del despertar y de la cotidianidad experimenten una derogación.

La solicitud que le oye plantear, sin embargo, le deja francamente de piedra:

—Eminencia, antes de la misa quisiera confesarme...

No se lo había pedido nunca en todos esos años. Le responde, al cabo de algunos segundos, que lo hará con mucho gusto.

Y la cara, fuera de sí, de monseñor Contarini, quien entrecierra los ojos, como si un alivio mezclado con una grave turbación se apoderara de él ante el consentimiento de su arzobispo, asombra de nuevo a Ettore Malvezzi. Mientras se lava sin perder de vista la gallina acuclillada sobre un taburete, repasa el comportamiento de Contarini durante ese mes y siete días de cónclave, bastante más misterioso que el que manifestaba en casa. Sobre todo por las compañías hacia las que había mostrado propensión, él por lo general tan solitario, como los jóvenes de la guardia suiza, invitados a menudo a cenar. Últimos destellos de juventud, no cabe duda.

Afeitado, perfumado, peinado, envuelto ya en los paramentos de la misa, el cardenal de Turín está sentado junto al reclinatorio, donde Contarini, más que arrodillado, se ha catapultado en cuanto lo ha visto dispuesto, bajo el gran crucifijo gótico.

—¿Hace cuánto tiempo que no se confiesa?

—Desde que entramos en el cónclave, eminencia.

—¿Y qué tiene que confesar ante Dios?

—Negligencia en mis obligaciones, y los cigarrillos, eminencia, no tiene usted idea de cuántos he fumado a escondidas, en este periodo.

—Te equivocas, estoy perfectamente al corriente. Como eximente tuya, el no fácil ambiente que reina aquí. Pero no deja de ser una culpa, hacia ti mismo, en primer lugar; disculpe, Contarini, se me ha escapado el tuteo, como si le estuviera echando el sermón a mi sobrino, que tiene el mismo vicio.

—Pero no es la culpa más grave, eminencia..., y no sé cómo podrá perdonarme jamás lo que tengo que decirle...

—Dios perdona todas las culpas, si la confesión es sincera, pero hábleme, hábleme sin demora, entre otras cosas porque ya es tarde y no podemos llegar impuntuales, esta mañana menos que nunca —y el pensamiento, mirando de reojo la péndola que da las siete y cuarto, corre a la Capilla Sixtina.

—Aunque no sea más que de deseo, he fornicado, eminencia, he fornicado; es una tentación que no me da tregua ni siquiera en estos momentos.

De modo que lo que atraía allí a esas alegres pandillas de guardias suizos eran las aventuras que vivían juntos..., pero ¿con qué mujeres?... ¿Y por qué tanta insistencia en precisar «en estos momentos»? Y menudos ojos tiene Contarini mientras mira fijamente a las dos gallinas, que se acercan cacareando a picotear algunas migas cerca del confesionario. Cómo las contempla...

—Contarini, pero ¿qué le ocurre?

—Nada, eminencia, pero ya ve usted también a esas impúdicas, ¡cómo se complacen en provocar, cómo muestran sus vergüenzas, inclinando el cuello!

El cardenal se vuelve a mirar mejor los inocentes animales que se han desplazado hacia el centro de la habitación y, mientras siguen picoteando, experimentan un leve temblor antes de liberar por el trasero, hermosamente a la vista, su doble tributo a la naturaleza, de una rosada consistencia. Incluso el cardenal sabe que esas preciosas aves tienen una única solución para sus necesidades.

—Disculpe, Contarini, pero ¿qué tiene contra esos pobres animales? No querrá que les pongamos calzones, sabe usted perfectamente a qué debemos el honor de su visita en los sacros palacios.

—Pero ¡eminencia, eminencia! ¡Son mujeres, son mujeres desvestidas, desnudas que se han plantado aquí y no dejan de tentarnos..., no sé hasta cuándo podré resistir aún! —y estalla en llanto, sujetándose la cabeza entre las manos.

Había habido siempre algo extraño en este buen muchacho de misterioso pasado, trastornado por su tragedia conyugal. Ahora sale a flote toda su fragilidad, su afectividad reprimida y problemática. ¡Ah, ese cónclave, cuántos daños provocaba en la psique de los huéspedes más débiles!...

Y el pobre confesor, que sin embargo gozaba de fama de ser maravilloso en el cumplimiento de aquel piadoso ministerio, hasta el punto de haber tenido el honor de una llamada de Roma, para confesar al papa, cita frustrada al final por la muerte de éste, se ha quedado sin palabras.

Si devuelve a la realidad el alma agitada del capellán, negando aquella conturbadora asociación gallinácea y mujeril, teme desatar una violenta reacción y, ¿quién sabe?, verle ponerse en pie y abrazar a una de las gallinas para demostrar toda la verdad de su obsesión, con gran alboroto y espanto del animal, objeto de atenciones exclusivas, que podrían atraer gente y granjearle una acusación de maltrato. Si condesciende a la locura del secretario, teme verle ampliar su campo, en los días siguientes, y perjudicar tanto las posibilidades de recuperación de esa hermosísima inteligencia como el tranquilo vivir de la larga convivencia, sobre la que carece de fantasía para imaginar una posible sustitución.

Vence la pereza, el miedo al cambio, el temor a deber renunciar a tan preciosa compañía.

—Pero, Contarini, ¿es que cree que no me he dado cuenta yo también? ¿Cree que no veo cómo se comportan las desvergonzadas? ¿Cree que no sé que han sido enviadas aquí con el pretexto de dar caza a los escorpiones, pero en realidad para tentarnos a nosotros, pobres sacerdotes? Pero, pese a todo, haga lo que yo, ejercite la virtud de la paciencia, refuerce su castidad con la oración, procure evitar el permanecer solo con ellas. Verá, saldremos santificados de estas pruebas: este cónclave es una suerte de gigantesco examen acerca de las virtudes heroicas de la Iglesia, a través de sus ministros. Considérelo un privilegio usted también, el haber participado en él, como lo considera su indigno arzobispo. No olvide que sólo a los santos eremitas, a Pacomio, a Antonio Abad, les fueron concedidas las tentaciones en forma de mujer, como a nosotros... —y viendo deshacerse poco a poco la expresión trastornada del pobre curilla, notando cómo se le van relajando las arrugas de su rostro y se recompone en su habitual compostura, sin demora, mirando la péndola, imparte la absolución.

—Ahora celebremos la misa y pidamos al Señor todas las fuerzas necesarias para afrontar un nuevo día. Como penitencia me entregará todos los cigarrillos que tiene escondidos y recitará diez avemarías a la Virgen.

—Naturalmente, eminencia, pero... a ésas... ¿podría encerrarlas antes allí?...

—Haga lo que le parezca mejor, Contarini, pero considero que deberíamos demostrar desde ahora mismo nuestra fuerza de ánimo, sin dejarnos condicionar, como si no existieran, como si sólo fueran gallinas.

Y ve al secretario inclinar la cabeza, tras una ojeada furtiva a los animales, que andan correteando en torno a la mesa de trabajo del cardenal, espulgándose de vez en cuando con el pico.

Durante la misa, Contarini muestra una compostura normal. Podría pensarse que la confesión ha beneficiado a esa mente turbada. Sin embargo, mientras el prelado recibe su ayuda para desvestirse de sus paramentos, una frase del joven monseñor lo cerciora de que no está en cambio del todo tranquilo:

—Zaira y Zenobia se han comportado bien durante la misa. No nos han molestado en ningún momento, no se han movido de su rinconcillo.

Lo mejor será secundarlo también esta vez, piensa Malvezzi, y replica con aire indiferente:

—Un comportamiento digno realmente de ellas, estimado Contarini, no cabe duda. Promete que sabrán contenerse también en sus propuestas amorosas. Pero vámonos ya, por el amor de Dios, que si no llegaremos tarde.

Zaira y Zenobia, pero ¿de dónde los habrá sacado?

La primera no sabe asociarla a ningún personaje, la segunda sí, debe de haber sido alguna reina de Palmira, rebelde ante Roma, recuerda Malvezzi, mientras se bebe su café con leche. Y vuelve a pensar en esa extrañeza que ahora deberá secundar, si el tiempo no la cura. Lo mejor será hablar con el médico, previendo que pueda agravarse y hacerse más molesta.

De esa oportunidad debe acordarse más tarde Ettore Malvezzi cuando, al llegar con cierta ansiedad a las puertas de la Sixtina, encuentra un gran cartel en las puertas cerradas:

El cónclave ha quedado suspendido a causa de la urgente restauración de los frescos de la Capilla Sixtina. Los eminentísimos y reverendísimos cardenales recibirán a lo largo del día la debida información relativa al lugar donde tendrán lugar las nuevas sesiones plenarias, en caso de prolongada inaccesibilidad de la capilla.

Vladimiro Veronelli,
camarlengo de la Santa Iglesia Romana

No es tanto la noticia —de por sí bastante perturbadora— de la suspensión de los trabajos lo que le desasosiega, cuanto, en el gentío de purpurados hacinados ante la entrada clausurada, captar al vuelo entre susurros, confidencias y comentarios, la certeza de la difusión de un malestar muy parecido al de su Contarini entre muchos otros jóvenes prelados encerrados allí dentro. Primero es un comentario bastante vago del arzobispo de Rennes:

—Nunca hubiera creído que ciertas alucinaciones pudieran difundirse incluso aquí.

Después, el mismo tema retomado de manera bastante más explícita por parte del prelado de Dublín, primado de la Iglesia de Irlanda:

—Gallinas en forma de odaliscas..., no es increíble..., es lo que ven mis colaboradores, incluso el joven corista que es más inocente que Abel; ¡tendríais que escucharlo describir las gracias de esas lascivas!

También el arzobispo de Westminster aparece consternado por las mismas razones mientras escucha a su colega de Montreal:

—Es una alucinación que nos deja inmunes, quién sabe por qué, a nosotros los viejos... y contagia solamente a los más jóvenes.

Llegados a ese punto, Malvezzi está decidido a consultar a los médicos para saber cómo comportarse con su secretario. El problema, en todo caso, es de orden general, aunque de la incredulidad de alguno, como Rabuiti y Cerini, pueda argüirse que aquel contagio alucinatorio no ha afectado realmente a todos los jóvenes prelados.

Pero ¿con qué estratagema convencer a Contarini para que se deje visitar por un doctor? ¿De qué forma plantear el tema?

Confía al cardenal Lo Cascio estas preocupaciones mientras se dispone junto a sus colegas a volver sobre sus pasos.

—¿No podríamos idear algo que obligara a todos nuestros colaboradores a una visita médica? Qué sé yo, ¡una circular del prefecto de la casa pontificia o del director de los servicios sanitarios que imponga una revisión a causa de los riesgos higiénicos de la convivencia con las gallinas?

—Pero si es precisamente eso lo que deberíamos evitar, nombrar a las gallinas, hablar de higiénicas insidias causadas por esas criaturas. Se inquietarían aún más, sospechando algún embaucamiento de nosotros los viejos para gozar de sus encantos, tal vez... ¡Pídele a Dunvegan que te cuente lo que dicen los suyos!

—Ya lo he oído. Pero entonces no hay nada que hacer, ¿qué pretexto podríamos encontrar para una consulta médica? —insiste Malvezzi, que ha perdido el sosiego a causa de su Contarini.

—Escúchame, para ser sinceros, no veo la necesidad de una consulta médica en esta atmósfera, ¿cómo decirlo?, algo alucinada en su conjunto. Tengo la impresión de que a todos nosotros nos haría falta un médico que nos prescribiera una buena cura... ¿No te parece? —replica Lo Cascio, mientras esquiva la furiosa persecución de unos ratones por parte de una hilera de gatos que zigzaguean entre las túnicas de los cardenales.

—Lo mejor será seguir así, conviviendo con nuestros achaques; a veces los remedios son incluso peor... No serán eternos, ya verás, con la elección del papa se desvanecerán.

—Ya, pero ¿cómo salir de esto? ¡Porque ésa es la cuestión! *Facilis descensus averni,* pero salir de esto, de esta... cosa, si es que sigue siendo un cónclave, parece cada vez más difícil —comenta alusivo y misterioso Alfonso Cerini, que se ha acercado tras escuchar la última parte del diálogo entre Malvezzi y Lo Cascio.

Con su acostumbrada agudeza, el arzobispo de Milán —aún el candidato italiano más acreditado— ha expresado el temor que se va reforzando entre varios centenares de personas, desde hace treinta y siete días: el miedo a no volver a salir de aquellas habitaciones, transformadas en un laberinto de visiones y pesadillas angosto como una cárcel.

Son muchos los que piensan de nuevo en ciertas indiscreciones provenientes de la sala de prensa, donde internet recoge los ecos del mundo. Una multitud de manifestantes de Comunión y Liberación, fieles del Opus Dei y monjas y curas polacos había desfilado en aquellos días ante la columnata de Bernini, con grandes pancartas de protesta contra la inercia de los cardenales, el increíble retraso de su decisión, la irresponsabilidad de una actitud que amenazaba con provocar laceraciones irreparables en el corazón de la Iglesia. Porque desde algunas Iglesias nacionales, sobre todo de África y de Iberoamérica, empezaba a difundirse la amenaza de elegir al papa en otra parte, con una asamblea de obispos y sacerdotes.

Con todo, no era este temor a un cisma el síntoma más inquietante que llegaba del exterior. Casi más preocupante era otro, con signo opuesto, de progresivo desinterés por el cónclave, demostrado por muchos periódicos y televisiones extranjeras, pero sobre todo por la italiana. Ya no eran las primeras páginas las que se ocupaban de lo que se tramaba en el Vaticano detrás del portal de bronce. Empezaba a perfilarse el fenómeno de un cierto cansancio de las más importantes fuentes de información, propensas a aplazar a mañana y después a otro día el artículo sobre el cónclave, en espera de síntomas y noticias más concretas y definitivas. Se podía argüir así que nada se había filtrado de los extraordinarios acontecimientos que habían desquiciado a aquellos pobres sucesores de los apóstoles, y deducir de ello, por una parte, el alivio de una menor presión pública en sus decisiones, pero, por otra, la duda de un retraso en el conocimiento de la verdad provocado por un poder maligno y misterioso. No era normal, en efecto, que no se hubiera filtrado nada de cuanto había sucedido en la Sixtina, delante de cientos de testigos. No podía bastar, como explicación, la prudencia loable del camarlengo que durante doce horas había vedado las comunicaciones. Y, pasado ese intervalo de tiempo, ¿cómo creer que a la tentación de difundir noticias tan golosas para la prensa hubieran sabido resistir absolutamente todos, hasta el punto de que ni un solo chisme se le hubiera escapado a nadie en un ambiente tan desgarrado por luchas y rivalidades, tan permeable a envidias y desquites como era el Vaticano?

De ese modo, el debilitamiento del interés de la prensa, que publica sólo en días alternos las noticias y les reserva espacios cada vez más angostos y menos importantes, en vez de difundir la tranquilidad de espíritu que al principio del cónclave hubiera sido tan bien recibida, después de lo ocurrido comprometía su serenidad, haciendo que subiera la fiebre del desasosiego y la conciencia de vivir casi sin imágenes, carentes de ventanas y puertas al mundo.

12

Empiezan a manifestarse inmediatamente después de la clausura de la Capilla Sixtina, a casi cuarenta días del inicio del cónclave, algunos síntomas evidentes de esa claustrofobia.

Quienes la padecen de forma más aguda son los más ajenos a las «delicias» de la clausura tan querida por el cardenal Paide: los purpurados acostumbrados a vivir en el centro de la realidad de las más importantes diócesis, entre teléfonos, faxes, móviles, correos electrónicos, aviones y automóviles siempre listos para llevarlos a cualquier rincón de la tierra.

Se registran los primeros casos de hospitalización urgente en la enfermería vaticana. La cual, al estar orientada a los jardines privados del pontífice, desde sus ventanas provoca la ilusión, con la espesura de los plátanos teñidos de rojo de noviembre, de una apariencia de libertad y apertura al mundo imposible de captar para los cardenales desde sus alojamientos.

Pero es la tentativa de fuga desde una de esas ventanas, en el segundo piso, por parte de dos conclavistas, Horace Winnipeg de Nueva York y Anthony O'Hara de Filadelfia, lo que da la medida de hasta qué punto las dolencias de los distintos hospitalizados no son más que manifestaciones psicosomáticas de un único mal: el miedo a permanecer entrampados allí dentro, el loco deseo de huir.

Los dos purpurados, de setenta y tres y sesenta y nueve años, se habían puesto de acuerdo para intentar la fuga durante la noche, cuando la vigilancia del personal de enfermería era más limitada.

Escogida la ventana, que daba a un tejado situado tres metros más abajo desde el que podían deslizarse hasta el suelo por un canalón rico en asideros, habían lanzado desde la ventana una suerte de rudimentaria cuerda formada por todas las sábanas enrolladas. En la oscuridad, sin embargo, no habían podido controlar bien dónde iría a caer la improvisada soga. Había sido el alboroto de los pollos el que lo revelara, pero para su desgracia atrayendo también la atención de los enfermeros medio adormilados. Era uno de los vastos gallineros montados por el conde Nasalli Rocca, en el exterior del palacio. Allí se concentraban los refuerzos de gallinas traídas de Colleferro, de Zagarolo, de Frosolone, para compensar el desguarnecimiento de las filas de los animales a causa de las picaduras de los escorpiones que daban en el blanco, pero también para consentir el plan de una cada vez más exhaustiva y racional presencia de las aves en toda la Sede apostólica.

Los habían descubierto poco después, en chándal y zapatillas de deporte, con sus respectivos pasamontañas negros cubriéndoles la cara para hacerlos menos reconocibles en el trozo de los jardines que habrían debido simular que recorrían como entrenamiento, en el caso de que a esas horas se hubieran encontrado con alguien.

Un cómplice debía estar listo para recogerlos con un enorme coche plateado descapotable, a la salida de la estación ferroviaria vaticana; un vehículo de matrícula americana, en efecto, había suscitado una enorme curiosidad entre los guardias de servicio en aquella entrada, por lo prolongado de su parada y el nerviosismo de su conductor, que no dejaba de mirar el reloj.

Ante la evidente turbación de los enfermeros que ayudaban a los cardenales a retirar la larga cuerda, los eminentísimos habían opuesto un desdeñoso silencio. No estaban seguros de deber rendir cuentas de su comportamiento ni siquiera al cardenal camarlengo.

—Si me hubiera hallado con mejor salud, lo habría intentado yo también —confesaba desde una cama cercana Di Sacramento, el cardenal de color de Luanda, observando a los fallidos evadidos atareados en deshacer las sábanas—. Y habéis tenido muy mala suerte —añadía sonriendo—, qué se le va a hacer, ya os saldrá mejor la próxima vez.

Los dos estadounidenses no habían contestado nada, distraídos por el trasiego que empezaba a notarse al final de las escaleras, más allá del ingreso a la sala.

Aparecían precisamente en ese momento el comandante de la guardia suiza con dos soldados de altura verdaderamente notable. Traían a los dos purpurados de Nueva York y Filadelfia la orden de seguirles al apartamento del cardenal camarlengo.

La noticia estalla en el interior del cónclave como una bomba. El pobre camarlengo está intentando aún asimilarlo del todo.

¡Un escándalo inaudito, dos cardenales que intentan huir del cónclave! No había ni sombra de precedente en la historia de la Iglesia, por lo menos en la postridentina. Jamás había sucedido un hecho tan grave. Con todo, lo que más aflige a Veronelli, fulgurado por la noticia que provenía de la enfermería al alba, es la previsión de sus consecuencias psicológicas en muchos otros conclavistas.

—Pero ¿cómo han podido hacerlo? —insiste en preguntar Veronelli a monseñor Squarzoni mientras se pone a toda prisa el batín.

Squarzoni, quien a diferencia de muchos jóvenes colegas privilegia en sus alucinaciones a los gatos, captando en los felinos una presencia más efébica que femenina, un objeto de deseo de identidad indefinida, responde acariciando entre sus brazos a un enorme gato negro de ojos amarillos que ronronea en total abandono.

—Casi, casi, hubiera preferido que hubiesen usado esa soga de sábanas para ahorcarse —exclama el camarlengo, sin contenerse ya delante de su secretario—, un suicidio hubiéramos podido hacerlo pasar por una muerte natural, no es la primera vez que ocurre. Pero este escándalo contagiará a las almas, se esparcirá como mancha de aceite; serán muchos los que intenten huir. Los veo ya abandonar la nave que se hunde y dejarme aquí solo.

Tras dar la orden de conducirlos lo antes posible ante su presencia, en la espera manda enseguida al prefecto de la casa pontificia a pedir información de los trabajos de restauración que no habían conocido tregua; se había trabajado en la reparación de la sala incluso de noche. Busca entre sus papeles la lista de los daños que le había sido presentada, pero no la encuentra. Espanta las gallinas que se habían acuclillado sobre el sillón de al lado de la chimenea y encuentra la carpeta que buscaba. Coge un aerosol de desodorante y esparce perfume de rosas por la habitación que apestaba a causa del hedor. Termina de vestirse.

Squarzoni regresa con una noticia positiva, por fin, la primera de la mañana: la Sixtina está lista, los daños se han revelado bastante menos graves de lo previsto. Sólo queda un inconveniente que aún no se ha logrado evitar, manda decir el prefecto de la casa pontificia: la persistencia, poco agradable desde luego, del hedor causado por los animales que por prudencia se ha decidido que sigan vigilando la capilla. Por mucho que se procure perfumar con incienso el aire de la Sixtina, gallinas y gatos continúan pagando su deuda con la naturaleza y ensuciando, por lo tanto, el pavimento y apestando el aire. En todo caso, un batallón de sirvientes no dejará de estar presente con escobas y recogedores, serrín y grava para intentar contener el desagradable fenómeno.

—¡Qué se le va a hacer! ¡Adelante con el cónclave entre gallinas y gatos, hay males peores!... —comenta el camarlengo ante tales puntualizaciones. Y añade—: Vamos, Squarzoni, llame a los dignatarios y a los prelados del séquito. Dígales que estén listos a las ocho y media, aquí en mi habitación, para el ingreso oficial en el cónclave. ¿Cómo? Ah, ¿que ya están aquí? Bien, hágales pasar enseguida.

Monseñor Squarzoni lo interrumpe para anunciarle a sus eminencias los arzobispos de Nueva York y Filadelfia, que aparecen en ese momento en el umbral del despacho, escoltados por los dos guardias suizos.

Lo primero que llama la atención es la ropa con la que se han presentado. La misma de la fuga, al no haber tenido tiempo para ponerse la veste talar. El neoyorquino lleva un chándal azul de rayas horizontales negras con el símbolo de una famosa marca de neumáticos; el prelado de Filadelfia, un chándal rosa con un pentagrama que reproduce el principio de una canción, *Cheek to Cheek*.

No debe de ser una conversación carente de momentos difíciles la muy larga que tiene lugar entre los tres cardenales: las voces se elevan hasta alcanzar los oídos de los dignatarios que van apareciendo mientras tanto para escoltar al camarlengo. Hasta el punto de inducir, para tapar las palabras, a Antonio Leporati, que guía el séquito, a aprovechar aquella espera para realizar de inmediato los ensayos del *Veni Creator Spiritus* con algunos jóvenes coristas. Con el resultado de que, mientras dejan de oírse las voces de los tres cardenales, se elevan rabiosos maullidos de algunos felinos asustados mientras algunas gallinas, quién sabe por qué, se sienten invitadas a cantar como si acabaran de poner un huevo.

—¡Menudo vocerío el de aquí dentro! —exclama
Veronelli, abriendo de par en par las puertas y dejando salir a los dos colegas en chándal.

Pero el espectáculo que se le presenta es aún más
inadecuado para la vista de cuanto resultaba al oído el con-
fundirse de voces humanas y animales. Porque los jóvenes
coristas parecen sucumbir a la seducción de esas mujeres que
a sus ojos son las gallinas subyugadas por su *raptus* canoro;
intentan evitar la tentación de mirarlas, pero equivocan las
entradas, pierden el compás, retrasan los tiempos, haciendo
que el cardenal decano se ponga hecho un basilisco.

—Dejémoslo estar, Leporati, dejémoslo estar. Es
mejor que no canten ni siquiera en la capilla: allí también
tendremos que albergar a nuestras buenas guardianas...
—sugiere al oído del decano el camarlengo, horrorizado
ante la perspectiva de que se renueven esas escabrosas visiones.

Y el cortejo se mueve mientras los dos cardenales
que acaban de recibir la reprimenda corren a sus alojamientos para ponerse el hábito talar bordado de rojo, más
acorde con su dignidad. Sólo cuando ha salido el último
corista se atenúa el alboroto de gatos y gallinas.

El espectáculo que, por el contrario, se ofrece al camarlengo apenas cruza los umbrales de la Sixtina, abarro-
tada de cardenales, parece tranquilizador.

La teoría de sitiales a derecha y a izquierda parece
perfectamente en orden, al igual que el pasillo de en medio,
donde a cada metro un prelado de servicio está enfrascado
en ayudar a los eminentísimos a localizar su sitio o a subir, en
el caso de los más ancianos, aquellas escaleras algo angostas.
Reina, por encima de todo, el murmullo laborioso de una
asamblea llena de fervor que se dispone al trabajo con un espíritu aún no del todo tranquilo, pero que promete no dejar
nada por intentar para el objetivo al que ha sido llamada.

El maravilloso fresco del *Juicio universal,* liberado de toda monstruosa metástasis de su grandiosa alegoría de la lucha entre el Bien y el Mal, se exhibe nítido y limpio, sin sombra de escorpiones. Y es tal la alegría por volver a verlo tras recuperar la grandiosa figuración que desde hace más de cuatro siglos ilumina las elecciones de aquella asamblea, que puede soportarse incluso el hedor a orines de gato y estiércol de gallina que de inmediato ha embestido a las narices de los cardenales, según iban entrando.

Aquí y allá, entre las cátedras, por las escaleras, en el pasillo y frente al altar se nota, si uno se fija bien, la discreta presencia de algunos ancianos prelados —ha sido prohibida esa función a los más jóvenes por prudencia, dada su vulnerabilidad— con recogedores, escobas y pequeños cubos, enfrascados en contemplar con escrúpulo el suelo. Los objetos de tanta atención, los felinos y las gallinas, pasean por la capilla, con la seguridad de una costumbre ya apaciguada, olvidados casi ya de sus calles y plazas romanas, de sus acogedores cobijos allá en Colleferro.

Un gato enroscado en el asiento de un sitial escruta con desconfianza al viejo que se acerca antes de escoger un lugar distinto para la siesta, después de haber devorado el último ratón.

Una gallina corretea desconfiada entre un escalón y otro de las escaleras, sacudiendo con el movimiento acostumbrado de su raza la cabeza atónita, el ojo que no olvida nunca la presa que de vez en cuando osa aún desafiar su dominio. Porque algunos escorpiones que han sobrevivido, aprovechando la oscuridad de algún recoveco en el zócalo de las paredes húmedas y desconchadas, siguen meditando su proterva revancha. Y así, de vez en cuando, muestran desde el agujero en el que se han cobijado la amenaza de su aguijón, agitado como un trapo rojo delante de un toro o como bandera de desafío. Ante tal visión, las gallinas pierden la escasa luz de la razón con la que la naturaleza las ha dotado incluso a ellas y se arrojan con las alas abiertas contra la madriguera del enemigo, golpeando la mayoría de las veces contra el suelo, en vano.

Veronelli, sin embargo, no puede disfrutar largo rato del placer del recobrado orden de las cosas, incluso de las cosas últimas, como el *Juicio universal*. Porque de inmediato se agita viendo al director de la capilla musical pontificia, el maestro Antonio Liberale, invitar a los jóvenes coristas a entrar para el canto del *Veni Creator*. Y sin embargo, sus órdenes al cardenal decano habían sido claras.

—Squarzoni, vaya a decirle que esta mañana no se canta, ¡del modo más absoluto! ¡Vaya, vaya enseguida, haga el favor, antes de que entren los jóvenes!

La cara perpleja y mortificada del maestro Liberale le asegura que la orden ha sido entendida.

Pero uno de los coristas, tal vez el más diligente, el más deseoso de mostrar a sus eminencias reunidas la belleza de su voz, ha tenido tiempo para entrar. Y, concentrado en leer la partitura del canto, no ve los gestos de su maestro ni los de Squarzoni. Sólo otro canto hace que levante la cabeza, demudado por el estupor, como todos por lo demás allí dentro, y le permite recibir, entre el desconcierto y la contrariedad, la invitación para que se retire.

Un gallo que ha conseguido no abandonar a sus gallinas ni siquiera en el cónclave, pasando inadvertido tal vez al control de los hombres destinados a ello por Nasalli Rocca, canta. Y canta con tal gloriosa ostentación de fuerza y alegría, con un tan seguro convencimiento de llamar al sol y ayudarlo a surgir —mejor dicho, a resurgir también en esa sala atestada de viejos, entre nubes de incienso, gatos, ratones, escorpiones y algunas caras inmóviles en las paredes, tensas como si no esperaran más que una seña para dejarse caer—, que por un momento nadie se mueve.

Entonces, como desafiado por esa doble inmovilidad, la de los vivos en la capilla y la de los muertos que están en las paredes, en la duda tal vez de no haberse empleado a fondo, renueva su fuerza, ayudado esta vez también por otros dos gallos que se ocultan entre las gallinas. ¡Tendrán que saludar todos a la vez la llegada del sol!

No es un despertar parecido a los que está acostumbrado, en su harén de Colleferro, donde la luz se derrama de repente, en el corazón de la noche, sobre la multitud de sus hembras. Es un gallinero triste, éste, en el que cuesta trabajo hacer que discurra la luz; por ello le han llamado a él y a todo su pueblo de hijas e hijos del sol. Porque su canto hace que baje incluso el sol, lo sabe, no hay gallo que cante como él..., ni siquiera esos dos gallitos que ahora le sirven de acompañamiento, no osando sobreponer sus notas a las suyas, sino tan sólo reforzarlas, en los momentos de pausa de su himno al sol.

Los cardenales estaban en silencio, escuchando aquella extraordinaria variación del programa musical de la capilla. No faltaba quien evocaba en ese canto la triple admonición al primer pontífice romano, a Pedro, que había renegado tres veces el nombre de Cristo. Otros miraban en lo alto las sibilas y los profetas, pensando a qué inusual asociación se constreñía aquel cielo de santos, héroes y majestad del espíritu. Otros en cambio cerraban los ojos, y se preguntaban asustados qué nuevas pruebas deberían soportar en aquel cónclave, antes de ver al nuevo Pedro. Estupefactos y aturdidos acaban de entrar los dos fallidos evasores, los purpurados estadounidenses, cuando se oye, interrumpiendo la estática escucha, la fuerte exclamación de una voz:

—¡Haced que se calle de una vez!

El acento toscano lo denuncia como italiano.

Es, efectivamente, el cardenal Zelindo Mascheroni, prefecto de la Congregación para la Doctrina de la Fe, hijo de una portera de los condes Cenami de Luca, uno de los más rígidos paladines de la ortodoxia católica.

Era él quien había inspirado las rígidas tesis sobre la ética de la familia defendidas por el difunto pontífice. A él se debían los más furibundos ataques contra la legislación civil a favor del aborto, del control de la natalidad, del divorcio y de las uniones de hecho.

13.

El cardenal Mascheroni no se limita a conminar silencio al gallo impertinente, que mientras tanto es buscado entre las gallinas por los más diligentes prelados domésticos. En efecto, tomando la palabra antes incluso de que el camarlengo se la conceda, entre el estrépito de los pollos que protestan al ser incomodados por los inquisidores de ese Giordano Bruno de los gallináceos, se lanza a una severa reprimenda.

Y la toma con todos. Con el camarlengo, con el decano, con los demás cardenales, y en particular con quienes han intentado evadirse y con quienes se fingen enfermos. Con los coristas, con los jóvenes capellanes, con Nasalli Rocca, con el jefe de la sala de prensa, monseñor Michel de Basempierres. Con quienes han obtenido más votos entre los purpurados.

Nadie se salva. Todos se han comportado mal, desencadenando la justa ira del Señor sobre ese simposio de hombres medrosos, sensuales, débiles, indignos de recibir en el corazón y en la mente al Espíritu Santo. El cardenal camarlengo de la Santa Iglesia Romana ha convertido sin duda el cónclave en un gallinero, pero no tanto porque esos animales, a causa de una discutible decisión del conde Nasalli Rocca, aflijan las narices y ofendan la santidad del lugar. Más bien porque su indecisión y su incapacidad de conferir una dirección a la tambaleante barca de Pedro han rebajado a charloteo de gallinas las votaciones del augusto simposio. Sí, en un auténtico vaniloquio de pollos se ha convertido el cónclave.

Y, casi como para glosar las palabras del cardenal, resuena más agudo, más estridente, más irreverente e imperativo que nunca el último canto del gallo, antes de caer en las garras del acólito ceroferario monseñor José Felipe Gómez, justo mientras el terrible purpurado de Luca repite la metáfora del vaniloquio gallináceo de sus eminentísimos colegas.

¡Otros camarlengos ha habido que supieron guiar a la Iglesia en momentos no menos delicados, demostrando todo el temple que era necesario! Así se ensaña el cardenal Mascheroni, mientras el pobre Veronelli alcanza por fin su sitial junto a sus aturdidos dignatarios. Y como si verlo retrepado en su asiento, resignado a escuchar, le hubiera saciado de golpe, hete ahí al cardenal Zelindo Mascheroni, prefecto de la Congregación para la Doctrina de la Fe, volverse hacia otra ala de la capilla, a sus espaldas, donde están tomando asiento los dos arzobispos de Filadelfia y Nueva York.

Y de inmediato aborda el tema que muchos preferirían que no aireara. Sea el camarlengo, por temor a sus efectos en quien aún estuviera a oscuras de ello; sea los dos culpables, que ya han prometido a Veronelli hacer enmienda, garantizándole no volver a intentar más la fuga; sea a todos aquellos purpurados que comprenden las razones de los dos americanos y prefieren ocultar en el silencio la desazón de sus conciencias divididas.

El cardenal de Shanghai, Zacarias Fung Pen-Mei, que está sordo, empeora las cosas, cuando en el silencio en el que caen las palabras de Mascheroni, apenas alterado por la persistente agitación de los pollos, chilla casi su pregunta a un vecino: «¿Cómo? ¿Quién se ha evadido?», y su colega de Venecia, Aldo Miceli, tiene que susurrarle varias veces que no se ha evadido nadie. Hasta que el mismo Mascheroni, harto de aquella interrupción y del repetido conciliábulo entre el sordo y el veneciano, grita la respuesta al chino:

—¡Sí, eminentísimo, son nuestros hermanos de Filadelfia y Nueva York quienes han intentado evadirse!

La expresión de extravío del arzobispo de Shanghai satisface las ansias teatrales de Mascheroni. Pero el chino, que no ha oído bien, se vuelve de inmediato a su colega de Venecia, para comprender las razones del intento de fuga de los dos cardenales. No tiene constancia, en efecto, de que hayan sido condenados alguna vez a prisión, como le ocurrió a él, que languideció durante años en las cárceles chinas. Los conoce, son dos buenas personas... Y no está al corriente de persecución religiosa alguna en Estados Unidos, donde vive exilado desde hace muchos años...

Pero entretanto, Mascheroni se ha lanzado a todo trapo contra los dos culpables. Y aventura hipótesis horripilantes acerca de su suerte si hubieran conseguido evadirse del cónclave. El ridículo que caería sobre el Sacro Colegio, que se declaraba inspirado por el Espíritu Santo. La funesta orgía televisiva de entrevistas, a la que no podrían sustraerse, que les torturaría y marcaría de por vida. La instrumentalización de su caso, por parte de esos enemigos de la Iglesia que no esperan otra cosa para mostrar la Casa de Dios minada desde sus propios cimientos...

Los dos imputados han dejado de masticar chicle a medida que se hilvana el ardiente discurso, durante el cual no han tenido valor para fijar la mirada en su acusador. Pero una escena se anuncia ahora ante sus ojos que les devuelve las ganas de levantar la cabeza, aunque la sorpresa les impida seguir masticando.

Justo encima de la cabeza del cardenal Mascheroni, en lo alto del friso que embellece el baldaquín del tronillo, está acuclillada una gallina blanca, la cual, visceralmente conmovida por las continuas sacudidas que la pose declamatoria y el ímpetu de su gesticular transmiten al sitial del purpurado, o por molestia y hastío de aquella altura que le impide una operación más terrestre, desde lo alto de su superioridad, asomando bien el trasero, acierta con una rosada emisión en el cráneo pelado de Mascheroni, interrumpiendo su discurso.

El incidente resta vigor y dramatismo a su protagonista, quien, mientras se limpia con un pañuelo, no puede dejar de advertir algunas risitas y el gesto de muchas manos llevadas a los labios para ocultar la expresión de los rostros. Desde el fondo de la Capilla Sixtina, por detrás del altar, en el silencio que sigue pueden oírse el alboroto y el aleteo del gallo, entre las manos de su carcelero, monseñor Gómez, quien intenta atarle las patas antes de sacarlo de allí, tras haber sido picoteado varias veces.

El camarlengo, a quien no se le ha escapado nada de la escena, no puede dejar de asociar los distintos momentos... ¡Quién sabe cómo habrá conseguido esa gallina llegar hasta allá arriba, sobre la cabeza de quien ha exhortado al silencio!... En cualquier caso, la criatura que llama al sol, siguiendo su inocente instinto, ha sido vengada por la gallina juiciosa...

Más tarde, el cardenal Mascheroni prosigue con su discurso. Pero no tiene ya el poder de morder e inquietar a las conciencias como antes de que la maliciosa gallina lo eligiera como depositario de sus más viscerales confidencias.

Y así puede tocar la tecla del comportamiento de los coristas, que han cedido a la más inverecunda de las lujurias, abandonándose a fantasías más dignas de las geishas que hechizan a sus clientes en ciertas casas de Shanghai con el arte del *fan-chung* que de jóvenes seminaristas vaticanos. Puede, por las mismas razones, escandalizarse de que hombres de tan intensa experiencia religiosa como los secretarios de los cardenales hayan podido ceder a la tentación de ver por doquier hembras al acecho. Puede reprochar al conde Nasalli Rocca un pragmatismo más digno de una asamblea ferroviaria que de un cónclave de cardenales de la Santa Iglesia Romana. Puede arremeter contra la ineptitud de quien dirige la sala de prensa del Vaticano, monseñor De Basempierres, por estar perdiendo el contacto con el mundo, que se ha vuelto menos atento y menos partícipe en el máximo acontecimiento religioso de Occidente. Puede, al fin, arremeter contra el arzobispo de Milán, reo de paralizar en distintas votaciones el cónclave, a causa de sus ambiciones personales, y contra el cardenal palestino Nabil Youssef, culpable de haber arrojado sobre la navecilla de Pedro el peso de la política. Después pasa a destruir una a una todas las facciones que se han ido delineando en los ya más de dos meses de cónclave, arremetiendo contra sus exponentes más acreditados y relevantes y con algún cardenal que había obtenido más votos. Pero no consigue recobrar la misma atención.

Durante todo el largo discurso del cardenal Zelindo Mascheroni, la tensión —que hubiera debido suscitar reacciones de resentimiento, contraataques y defensas— parece en cambio materializarse en las miradas de los purpurados y de los prelados de servicio, que están unánimemente cautivadas por un solo objeto, en lo alto, sobre la cabeza del orador. La gallina irreverente y pensativa sigue acuclillada en el baldaquín, no impresionada en absoluto por la gravedad de los temas planteados por el cardenal, y la espera de una posible réplica de su gesto disipa los sentimientos de culpabilidad, diluye en el ridículo cualquier pasaje provocativo de aquel vibrante discurso, apaga las ganas de responder y de defenderse.

Así que nadie, aparte del prefecto de la Congregación para la Doctrina de la Fe, se asombra cuando, pasada aquella borrasca, la voz del camarlengo se eleva para agradecer a Mascheroni su generosa intervención, dando de inmediato la facultad a quien lo desee para que tome la palabra.

Pasan largos minutos de silencio, roto apenas por el murmullo de los cardenales del lado de la entrada, donde entretanto se difunde el rumor de que una gata, en el interior de una caja de cirios vacía, ha parido cinco preciosos gatitos.

De inmediato algunos purpurados se ven inmersos en una animada discusión acerca de la oportunidad de esterilizar a sus gatas, dado que muchas están preñadas y no tardarán en parir.

La cuestión replantea de manera distinta y paradójica esos principios éticos fundamentales que el propio cardenal Mascheroni había defendido, provocando a menudo, sobre todo en el área norteuropea y sudamericana, críticas e incomprensiones que rayaban en el desgarro. Si no les era consentido a las hijas de Eva, ¿es que podía serlo a las gatas? ¿Cómo debía plantearse el problema de la limitación de los nacimientos en el mundo animal?

El cardenal Veronelli, en el otro extremo de la Sixtina, no puede darse perfecta cuenta de la razón por la que se prolonga la espera de un orador. Pero la persistencia de los murmullos, que crece y parece animarse cada vez más, le da a entender que algo le ha robado, a la ya demediada autoridad de Mascheroni, la palma de la atención general.

—Eminencia, han nacido cinco gatitos... —susurra a su oído Thomas Tabone, prelado de honor maltés.

—¿Cinco? ¿Y dónde?

—Aquí dentro, eminencia, en la entrada de la capilla, en una caja de cirios..., las gatas buscan siempre lugares resguardados para sus gatitos.

Alguno de los cardenales más cercanos al sitial del camarlengo debe de haber oído la conversación y, dirigiéndole una sonrisa de asentimiento, quiere tranquilizar a Veronelli acerca de que tal curiosa e imprevisible novedad ocupa por el momento la atención de muchos conclavistas.

—Si viera lo bonitos que son, uno es atigrado como su madre, los demás son... —pero ahora el camarlengo ya no escucha nada más, estudiando la expresión ceñuda y ofendida del cardenal Zelindo Mascheroni, que sin duda alguna de gatas y gatitos no quiere oír hablar en el cónclave.

Mira hacia lo alto por encima de la cabeza del cardenal. Alguien está alejando con una pértiga apagavelas a la amenazadora gallina que ha atentado contra su dignidad y disuelto en una risotada la tensión.

¿Qué hacer ahora? Pero el maltés Tabone cautiva ya el oído de Veronelli, haciéndole saber que el nacimiento de esas criaturas ha planteado la cuestión de la oportunidad de esterilizar también al resto de las gatas y que el principio de la defensa de la dignidad está dividiendo los ánimos también en el cónclave.

¿Qué hacer ahora?

Jamás un camarlengo de la Santa Iglesia Romana debió plantearse semejante problema.

Se debe pasar a la votación, pero le corresponde a él saber prepararla y no sacarla a la palestra antes de que aquel ocioso problema de los felinos deje de preocupar a los cardenales. Y es necesario intentar algo lo antes posible, porque allí, alrededor del cardenal Paide, la discusión se está enfervorizando, involucrando a Rabuiti y a algunos otros italianos, acaso poco animalistas. Además, la cara cada vez más oscura de Mascheroni, habiendo sido advertido de qué nimiedad le ha robado la primacía de la atención, no le deja escapatoria. Los dos ojos se clavan en el camarlengo, apremiándole a expulsar de la Sixtina aunque no sea más que la mera sospecha de semejante inconveniencia.

Pero alguien se levanta de repente para tomar la palabra.

Solicita al camarlengo permiso para hablar en latín, no sabiendo expresarse en un italiano perfecto.

¿Quién es el que tiene el coraje de hablar después de Mascheroni? ¿Es posible que se trate del cardenal arzobispo mayor de Lvov de los ucranianos? Alfeñique y tímido como es, no se hace notar. Se le conoce en cuanto nombre y carta por jugar más que como persona. De salud no muy buena, en ocasiones se ha visto incluso obligado por el médico a permanecer en sus habitaciones, durante las votaciones.

El arzobispo uniata de Lvov de los ucranianos abre su discurso con un homenaje a la prudencia del cardenal camarlengo de la Santa Iglesia Romana, que ha recibido el no fácil encargo de guiar la asamblea en uno de los momentos más delicados en la historia de la Iglesia.

A continuación rinde enseguida homenaje el cardenal Zelindo Mascheroni, prefecto de la Congregación para la Doctrina de la Fe, cuya noble ansia por la suerte del cónclave no puede dejar de ser compartida por quien ha sido elegido por Dios para aquella difícil tarea. Todo es oscuro y sin precedentes, en aquellas horas. Sobre la Sixtina y sobre el palacio apostólico parecen cernirse fuerzas amenazadoras, que evocan espectros de otros tiempos de la Iglesia, cuando las fuerzas del Mal parecían prevalecer, entre cismas y divisiones que incluso habían alejado la sede de Pedro de Roma, llevándola a Aviñón.

Pero ¿dónde está hoy una santa Catalina Benincasa que sepa aconsejar y seguir los movimientos de la Iglesia, si su Cabeza adoptara decisiones inspiradas más por el diablo que por el Señor?

La palabra «diablo» es arrojada por el purpurado en la asamblea como una piedra en un estanque, de propósito, con el fin de provocar diversos círculos concéntricos en las aguas antes tranquilas. Porque el purpurado la recalca y la repite tres veces, permaneciendo después en silencio mirando fijamente con intención el fresco de Miguel Ángel, en su parte inferior, la de los réprobos y los diablos.

Retomando la palabra, después de haber bebido un vaso de agua, vira decidido hacia las propuestas que ha de dirigir a sus eminentísimos hermanos, cuyo ánimo suspendido por la extraña intensidad de aquellas sencillas palabras silabeadas en un latín más digno de San Jerónimo que de Santo Tomás, aguarda sus conclusiones.

—«*Summa hac Ecclesiae Magistrae tempestate novam animam in proximo pontifice necesse esse...*» para renovar las fuerzas debilitadas por la lucha contra el antiguo adversario. Y su alma más joven es África, la tierra donde la evangelización florece con más exuberancia, es cierto, pero también donde el choque entre el Mal y el Bien alcanza el culmen. Allí las guerras raciales y tribales, las luchas inexhaustas del poder tienen el carácter de choques primitivos de una humanidad en la que aún está caliente la creación, apenas exilada del paraíso terrestre. Allí Caín y Abel siguen renovando cada día en el fratricidio las fuerzas opuestas y complementarias del amor y del odio. Allí siguen estando vivos los actores protagonistas de la caída, Adán, Eva, la serpiente... El mundo debe regresar a África, volver a empezar a partir de su terrible inocencia, de su fidelidad a la lucha entre la luz y las tinieblas, que ha sido ofuscada y ocultada por el progreso de Occidente, el gran enfermo de esta tierra... El nuevo pontífice romano debe ser realmente «nuevo», bañándose en las aguas regeneradoras de África para renacer con un verdadero bautismo. El nuevo papa debe emular de aquellas tierras una espiritualidad que no conozca ya dudas y ambigüedades, excepciones y mediaciones, la misma que dio a Tertuliano y a Agustín, que eran de piel negra, la fuerza para batirse como héroes de la *Ilíada* contra el enemigo. El príncipe de las tinieblas ha lanzado ahora su último ataque contra la Iglesia, huérfana de su cabeza, estableciendo allí, en su corazón, en el cónclave, el estado mayor de sus milicias, el arsenal de sus más tenebrosas maquinarias...

Y mientras el cardenal eslavo hace una nueva pausa mientras bebe, sus ojos se vuelven hacia los frescos, seguidos por toda la asamblea, en un silencio cada vez más profundo.

—Acaso os maraville que un hermano vuestro del este, un hombre al que muchos de vosotros habéis privilegiado con vuestra elección, pensando por un momento que podría resolver el problema que aquí os atormenta, se dirija a vosotros así. Acaso lo consideréis vileza, miedo, huida de las responsabilidades. Pero no es así. También mi tierra está enferma, tanto como Occidente. Su corazón cristiano no late ya con tanta fuerza como para convertirse en el ritmo de una nación entera, como en los tiempos de Dostoievski y Tolstoi; el materialismo de la pobreza en setenta años de régimen la han trastornado, al igual que el materialismo de la riqueza ha corrompido Europa. ¡Buscad en África al nuevo pontífice! En un hombre que sepa remontarse hasta las fórmulas más primitivas de la fe, en contacto con las fuerzas más terrestres y originarias, capaz de batirse contra el Mal, con sus armas, y de vencer al diablo que está a punto de apoderarse de nuestras mentes, cautivándonos por cansancio, temor a tambalearnos en la oscuridad, dudas de fe, miedo a la soledad y angustia de terminar en una clausura insensata los pocos días que nos quedan. Hay un hombre que viene de África, y en África es pastor amadísimo, digno de tales esperanzas. ¡A él os exhorto a dar el voto, hermanos queridísimos!

Así concluye su discurso Wolfram Stelipyn, sentándose de nuevo en su sitio, secándose el sudor que el bicoquete escarlata ha hecho que se le deslice sobre la nuca.

No ha pronunciado el nombre del cardenal negro que ha indicado, dejando a la asamblea en la más inquieta de las suspensiones, turbada por la intensidad de aquellas palabras, por la fuerza de un razonamiento que de forma tan rígida y convincente volvía a proponer el dualístico conflicto entre diablo y Dios.

Pero la lisonja de ese regreso a los orígenes, evocado por el retrato de África, les suena a muchos europeos como condena de su formación y de sus decisiones en el gobierno de la Iglesia. Y suscita un fermento y una impaciencia que parecen renovar, en los más inclinados a interrogarse, el conflicto dualístico dibujado por las palabras del eslavo.

14.

¿Por qué razón ese hombre —que incluso a los menos convencidos de su propuesta da la impresión de estar inspirado— habrá evitado mencionar el nombre del candidato africano?

Son muchos quienes se lo preguntan esa noche, en el torreón de San Juan, confluyendo allí para reponerse de las fatigas del día en el baño turco, después de que en ambas votaciones, la matutina y la vespertina, se hubiera dispersado entre los once cardenales africanos y el propio ucraniano los nombres de los papables.

—No ha habido manera de arrancarle de la boca ese bendito nombre —repite, más para sí mismo que para Matis Paide el cardenal de París, De Jouy, mientras entrecierra los ojos abandonándose a la benéfica sensación de calor.

—Lo único que ha dicho es que debemos saber buscarlo..., parecía casi como si tuviera miedo a nombrarlo, como si una sombra de cautela le impidiera cargar con esa responsabilidad —replica Paide.

—Y, sin embargo, la cara dura de decirnos que todos hemos sido superados por la historia, ésa sí que no le ha faltado —observa Rabuiti, que se ha deshecho del albornoz, al no soportar más el vapor.

—Puede que me equivoque, pero ahí debajo hay algún secreto, hay demasiados aires de misterio. Ese uniata oculta algo, tal vez esté enviando algún mensaje en clave... —interviene el cardenal de Bolonia, Siro Ferrazzi.

—Pero ¿a quién? —pregunta Rabuiti.

—A la persona en cuestión, al nuevo Tertuliano o al nuevo Agustín, si lo prefieres —bromea de nuevo Ferrazzi.

—Sí, casi parece como si estuviera invitando a ese hombre a manifestarse —añade Paide—, como si le correspondiera a él mismo nombrarse.

—Entretanto, ha conseguido situar a los africanos uno contra el otro, ése es el bonito resultado de sus silencios —remacha el cardenal de Palermo, dirigiéndose a las duchas, molesto por aquel exceso de calor.

—No es el único resultado. Ha conseguido orientar el cónclave en una dirección, y eso ya es algo. No se volverá atrás de ese surco que ha trazado, hay muchos otros que consideran necesario un regreso a los orígenes que él ve en la opción africana —dice Paide mientras un aria de Albinoni como fondo entra en un movimiento más vivaz—, sólo nos queda comprender si será el pastor de Luanda o el de Kinshasa, o el de Lusaka, o el de Nairobi, o el de Dar es Salam o el de Antananarivo...

—... O el de Maputo o el de Dakar —glosa Ettore Malvezzi, que llega en ese momento y se sumerge de inmediato en la conversación para reprimir sus impulsos de volverse para atrás.

—Me parece que están también los de Addis Abeba y de Kampala —interviene el prelado de Génova.

—Uno está aquí... No hables tan alto... —sugiere Rabuiti, volviendo de las duchas.

E inmediatamente después se abre la puerta de cristal y aparece, con el contraste de su piel con el blanco del albornoz, el cardenal apenas nombrado, pero no bien identificable aún entre las volutas del vapor.

A la vista del africano, la mente vuelve a las horas vividas por la mañana y por la tarde durante las votaciones que siguieron a la invitación del cardenal eslavo. Una invitación que no cayó en saco roto, pero que no supo conciliar acuerdo alguno.

Inmediatamente después de la intervención de Wolfram Stelipyn, el camarlengo había dado las gracias al prelado eslavo y había abierto las votaciones, ordenando que se distribuyeran de inmediato las papeletas en una tentativa de que no se desvaneciese el clima de reflexión suscitado por el discurso de la candidatura de los africanos. No había querido intentar aclarar a cuál de los once prelados de color se había dirigido el imprevisible orador: sin duda alguna, la cautela de Stelipyn habría de revelar poco a poco todo su valor. Si aquel hombre callaba, debía de tener sus razones, y todas a favor de la solución del problema, sin intención alguna de poner un nuevo obstáculo a la iluminación del Espíritu Santo. Por lo demás, cuatro o cinco de ellos, por su avanzada edad, se sustraían por sí mismos a esa posibilidad. El nombre aparecería después de las primeras operaciones de voto, saldría a la luz de las tentativas iniciales de evocarlo, una vez que acabaran en nada. Habían esperado dos meses, podían tener algo más de paciencia.

Cuando le fueron devueltas las papeletas de los ciento veintiséis votantes, mientras las leía en voz alta, había tenido de inmediato la sensación de no haberse equivocado dejando que la verdad de aquel nombre se abriera camino por sí misma en los corazones. Había veintitrés votos para el cardenal de Uganda, veintidós para el de Angola, diecinueve para el de Madagascar, diecisiete para el de Mozambique y nueve para el cardenal de Camerún. Los otros veinticinco votos se dispersaban entre el cardenal de Milán, que seguía acumulando siete, el propio Stelipyn, que tenía tres, y un grupillo de otros que recogían uno o dos, como el palestino, el prelado de Bombay, el de Sarajevo y el de Buenos Aires. Había también un voto para Malvezzi y una papeleta en blanco. Todos eran perfectamente elegibles al tener el más anciano de ellos, el cardenal de Camerún, sesenta y nueve años. Un jovenzuelo, pensando en la media de edad...

Los veintitrés votos para el ugandés, el cardenal Joseph Masaka, constituían el récord de todo el cónclave, porque nadie había obtenido tantos en las jornadas precedentes.

Cuando por la tarde se habían reanudado las operaciones de voto, después de intensas consultas de los cardenales que parecían acelerar la propensión hacia la opción africana, el ansia por el resultado resultaba verdaderamente palpable en el aire. Ya nadie prestaba atención a gatos y a gallinas, nadie se había vuelto a quejar por aquel hedor, que entretanto se había ido agravando. La gran caja de cirios con los cinco gatitos había sido confiada a las monjas africanas de las cocinas. Los gallos habían sido requisados, trasladados al gran gallinero de debajo de la enfermería, donde se habían puesto a cantar de inmediato. Los servicios de limpieza de la capilla, dotados de sus escobas y recogedores de plata, seguían a lo suyo, pero con una discreción que parecían mimetizar los sirvientes y los prelados, habilísimos en moverse de puntillas, aterrorizados por llamar la atención. Se había lanzado incluso la propuesta de cantar todos juntos, en ausencia de los coristas recluidos en sus celdas a causa de las visiones tentadoras, el *Veni Creator Spiritus*. Y las viejas gargantas se habían alzado para elevar al Señor, en un coro fatigado por gallos y desafinamientos, una esperanza unánime.

Había sido el único trance en el que los animales habían dado signos de renovada inquietud, asustados por aquel alboroto; pero la paciencia había prevalecido, y ningún cardenal había protestado por el gato que bufaba o por la gallina que ponía un huevo, conmovida, justo ahí, bajo las sotanas del purpurado. Y el *Veni Creator Spiritus* había conseguido llegar hasta el final, hasta culminar en las últimas palabras gimoteadas con retraso por el cardenal de Shanghai, ya entre el silencio de sus hermanos.

Los resultados del escrutinio habían suscitado no poco estupor. La dispersión se había extendido a todos los africanos, incluso a aquellos que no habían sido votados por la mañana, a expensas del ugandés y del angoleño, cediendo votos también al cardenal de Etiopía, al de Senegal, al de Zaire y al de Tanzania. Sólo mantenía sus posiciones el cardenal de Milán, con sus habituales siete votos. Todos los demás habían cambiado la suya, algunos incluso perdiendo su único sufragio, como Malvezzi, el palestino o el prelado de Sarajevo.

Era evidente que la invitación africana seguía inspirando las mentes de los purpurados, pero precisamente por su poder de atracción, provocaba una lucha interna entre las candidaturas de color. Nadie quería permanecer ajeno a ese pronunciamiento inicial; tal vez demandaran todos el honor de las armas, un posicionamiento al menos en las primeras escaramuzas, que salvara su dignidad, para capitular después a favor de aquel único eminentísimo que Stelipyn debía conocer.

Había sido notoria la ausencia del ucraniano en la segunda votación, pero sus condiciones de salud nunca habían sido estables. O tal vez su ausencia, dadas las presiones que había debido de recibir en esas horas, hubiera sido diplomática, para dejar realmente libre el proceso de reflexión y la maduración de las decisiones. Al aplazar al día siguiente la nueva votación, la octogésima, el camarlengo sentía que las cosas se movían y que la maquinaria había echado por fin a andar, a pesar de los temblores y de los agarrotamientos fisiológicos después de tanta inercia.

En eso están pensando los huéspedes del bastión de San Juan, dispersos algunos en la sauna, otros en el baño turco, cuando con gran emoción se difunde la noticia de que también el purpurado ucraniano va a entrar y que ha recibido ya su blanco albornoz. De modo que sus condiciones de salud no le permitían dejar la cama por el cónclave, pero sí concederse en las últimas horas de «su» día el alivio de un baño de vapor... Quizá en su tierra no fuera más que una costumbre entre otras muchas. ¿O habrá sido tal vez el propio médico pontificio, al visitarlo, quien le haya aconsejado la experiencia?

La simultánea presencia del cardenal negro y del gran inspirador de esa opción allí, donde al cuerpo se le concede el debido alivio al cansancio de la edad, difunde entre los purpurados una extraña agitación. Acaban de maravillarse de ver al cardenal de Turín, que jamás había venido a semejante lugar, y ya vuela por muchos labios la noticia de que está a punto de llegar nada menos que el cardenal Zelindo Mascheroni. Como séquito suyo, algunos guardias suizos están cantando el himno de su cuerpo: *«Notre vie est un voyage / dans l'hiver et dans la nuit, / nous cherchons notre passage / dans le ciel où rien ne luit...».*

¿Qué podrá significar tanto aparato? ¿Y habrá sitio también para los guardias, en esos locales reservados a los purpurados? ¿Y si fuera una provocación del más intransigente de entre ellos para reprocharles la relajación de las costumbres?

De aquel hombre cabe esperarse de todo; por desgracia, no hay en la sauna ni en el baño turco ninguna gallina maliciosa que pueda neutralizar la vehemencia de su moralismo.

Se viene a saber que Mascheroni ha solicitado también para sus cuatro guardias el permiso de entrar y que los dos monseñores, el filipino y el africano, no han sabido negárselo. Y ahora, en el baño turco donde se han concentrado los italianos con Paide y el cardenal de color, se espera de un momento a otro la entrada del arzobispo de Lvov, del prefecto de la Congregación para la Doctrina de la Fe y de los cuatro jóvenes soldados.

La espera, entretanto, arroja el resultado de que sean reconocidas las formas del purpurado africano, al identificar en su ancha carota la expresión sonriente del prelado de Maputo, en Mozambique, Carlo Felipe Maria Dos Angeles.

En la segunda votación de aquel día ha obtenido veinte votos, uno menos que en la primera. Aquel hombre desnudo, que se ha librado del albornoz en cuanto se ha sentado, podría ser el primer papa negro de la historia.

Es una idea que cruza por la mente de todos, apenas lo reconocen, haciéndoles enmudecer. Y la incomodidad de aquel silencio, en contraste con la conversación de la que el africano llega a tiempo para captar algunos fragmentos, hace sentirse azorado principalmente a quien se siente la causa.

Dos Angeles ha aceptado el consejo de Stelipyn de acudir a ese lugar donde puede comprenderse mejor el cariz que van tomando las cosas, sin sospechar que el mismo consejo lo han recibido los otros candidatos africanos. Porque en el curso de unos cuantos minutos hacen su aparición casi todos, apretándose en los bancos que quedan libres. Ahora están ahí los nueve candidatos negros que han recibido votos.

Y ante la sorpresa que no saben ocultar se intuye que no esperaban encontrarse con sus compañeros. Alguno, como el prelado de Luanda, se arrepiente y considera una vez más la verdad de ese pensamiento de Pascal, según el cual la mayor parte de nuestros males nos ocurren por nuestra incapacidad de permanecer solos en nuestra habitación.

La puerta de cristal se abre de par en par y aparece el arzobispo de Lvov enfundado en un albornoz que obstaculiza sus pasos, demasiado largo para su diminuta persona. Apenas cruza el umbral, los nueve cardenales africanos se levantan para cederle el asiento, pero él se siente ofendido por tantas atenciones, yéndose a sentar en un rincón, al lado de Malvezzi.

—Qué hermosa música... ¿Qué es? —pregunta al purpurado turinés, en un italiano de fuerte acento extranjero.

—Debe de ser un músico del siglo XVIII.

—En mi catedral hay siempre música de fondo, como aquí. Mis coristas son muy buenos, hemos hecho que les graben, así no dejarán nunca de cantar.

—Si te apetece un buen masaje, querido Stelipyn, con ramas de abedul, he ordenado que trajeran una buena cantidad. Debes probarlo, sienta muy bien a la circulación de la sangre...

Es Matis Paide quien le anima a intentarlo, mostrándole las ramas amontonadas en el suelo a su lado.

—Qué amable, gracias, me han dicho que eres finlandés, tú entiendes de estas cosas...

—No, soy estonio, de una isla situada frente a Finlandia donde crecen los abedules como aquí las acacias y los tilos.

—Entonces, ¿cómo se hace ese masaje?

—Ya te lo enseño yo. Coge en tu mano una rama y sacúdela despacio pero continuamente, sobre mi piel, en la espalda —y el ex trapense, el más convencido sostenedor de las delicias de la clausura, se desnuda, poniéndose en pie y ofreciendo su dorso a la fusta improvisada de su colega eslavo.

La vista del macizo cuerpo desnudo del cardenal estonio sirve de curioso contraste con el más decrépito y esmirriado de su tímido flagelador, quien, poniéndose manos a la obra con la rama más pequeña que encuentra, empieza a golpearla contra la amplia espalda de aquel hombre, aún vigorosa y recta a pesar de sus sesenta y seis años.

—Más fuerte, Wolfram, más fuerte —ruega Paide.

Y el pequeño ucraniano, quien con la capucha de su albornoz se parece cada vez más a un elfo que a un príncipe de la Iglesia, procura imprimir a su mano una fuerza mayor. La fatiga y el calor le enrojecen la cara, mientras el movimiento le desata el cinturón del albornoz.

Los africanos, sentados enfrente, ya por espíritu de emulación o por vencer su incomodidad con alguna iniciativa, se van levantando uno a uno para coger las ramas de abedul que quedan y, siguiendo los consejos de Paide, empiezan a azotarse recíprocamente. Y Kinshasa azota a Dar es Salam, Maputo azota a Antananarivo, Douala azota a Kampala, Dakar golpea tanto a Addis Abeba como a Luanda.

Poco a poco, contagiados por la silenciosa cadencia de aquellos gestos, también los italianos cogen ramas y, escogiendo su víctima consentidora, se ponen a sacudir espaldas sin perder nunca de vista la pareja de flagelantes que conduce el grupo, Stelipyn y Paide, las dos grandes avanzadillas de la Iglesia del norte. Sólo se oye repetir la súplica «Más fuerte, más fuerte» que el mismo Paide hace a Stelipyn y que, como un mantra, anima aquel ejercicio, evocando en las mentes de muchos las prácticas de mortificación de tiempos antiguos.

Paide sabe que dentro de poco tendrá que invitar a Stelipyn a interrumpir su masaje para darle el cambio y azotarlo a su vez. Pero la debilidad del prelado ucraniano le impide hacerlo, temiendo que no pueda resistir el esfuerzo. Es Stelipyn quien le saca de apuros:

—Ahora me toca a mí —y se despoja del albornoz blanco.

Aquel pequeño cuerpo agarrotado, de músculos inexistentes, piel flácida y amarillenta, con los huesos marcados, encorvado, que se ofrece al insulto de la fusta, no hubiera podido completar mejor ante los ojos de los presentes el clima penitencial. La mano de Paide es más ligera que una pluma, pero no impide que un ligero tambaleo de Stelipyn persuada al estonio para detenerse.

—Más fuerte, más fuerte —es la invitación del eslavo que no quiere perder su carrera de mortificación, mirando a los africanos, cuya energía supera ampliamente, en la fuerza del toque sobre la piel, en la amplitud del gesto, la de cualquier otro príncipe de la Iglesia.

En aquel momento, mientras Stelipyn mira fijamente la desnudez rebosante de energía de aquellos cuerpos negros, la puerta vuelve a abrirse otra vez. Inmóvil en el umbral, paralizado por el estupor, comparece el cardenal Zelindo Mascheroni, prefecto de la Congregación para la Doctrina de la Fe.

Detrás de él asoman las cabezas rubias de cuatro guardias suizos.

15.

El cardenal Zelindo Mascheroni no consigue armarse del valor suficiente para entrar. La escena de los flagelantes desnudos, envueltos en vapores, sobre el trasfondo del crucifijo que entrevé en la pared de enfrente, tiene su culmen de piadosa intensidad en la figura del pobre Stelipyn, que se somete al látigo de ese energúmeno de Paide.

Pero lo que completa el cuadro, evocando escenas infernales afines a las que contempla cada día en los frescos de la Sixtina, son los nueve cardenales negros abstraídos en sacudirse a base de bien. Cierra los ojos el prefecto de la Congregación para la Doctrina de la Fe, rogando al Señor que le inspire las palabras con mayor fortuna que en el cónclave.

Le había costado no poco esfuerzo aceptar la blanca veste de rizo que le parecía irrisoria de la papal. Pero se había impuesto una inspección en ese lugar, habiendo venido a saber que allí concurrirían los africanos y sus sostenedores. Pese a todo, había venido con los guardias suizos y con uno de sus oficiales, temeroso de cualquier clase de inconveniencia que pudiera menoscabar su dignidad y constreñirlo a pedir ayuda. Jamás había estado en un baño turco, pero se había opuesto vivamente a su instauración.

Ahora, frente a lo que se le ofrece ante sus ojos, experimenta la más total desmentida de sus temores. Porque jamás hubiera podido creer que fuese aquél un lugar donde entregarse a prácticas de mortificación tan ascéticas y severas. De este modo, realmente confuso y arrepentido de sus sospechas, no sabe contestar en un primer momento al cardenal de Nápoles, quien lo invita a cerrar la puerta para que no se disperse el calor. Pero se deja empujar dulcemente por la mano húmeda de Rabuiti hacia el interior de la vasta sala de baño. A sus espaldas, deslizándose como sombras, se adentran también los cuatro suizos, fieles a la consigna de no dejar nunca solo al cardenal Mascheroni, aunque se sientan bastante incómodos.

La entrada de Mascheroni provoca el inmediato efecto de interrumpir los masajes de los purpurados con las ramitas de abedul, no tanto por temor ante su presencia como debido a los restos de la conmoción por la escena de la gallina deponiendo sobre su cabeza el fruto de su concentración. De modo que permanecen con las ramitas en la mano, inmóviles. Y mientras todos vuelven a sentarse sonriendo, escrutan con el rabillo del ojo entre las volutas de vapor, por si acaso algún gallináceo se hubiera dejado caer también en esos locales, salvando la vigilancia...

Se levanta Paide para recoger uno a uno los abedules de las manos de los purpurados, notando en los ojos el brillo malicioso de sus esperanzas a expensas del pobre Mascheroni. Éste permanece sentado, rígido y muy tieso, justo delante de la boca de vapor más grande, que le vuelca en pleno rostro sus vaharadas. La tos sacude su pecho cuando se le acerca, con una toalla ceñida a la cintura, el teniente de la guardia suiza Kapplmüller, que ha recibido la orden de escoltarlo, para preguntarle cómo se siente su eminencia.

—¿Que cómo me siento?... Un poco extraño, pero se me pasará —y entre el muro de vapor blanco, que sigue vomitándosele encima, no ve más que una forma indistinta, alta, delante de él, reconocible a duras penas por su voz. Sólo cuando la emisión, calculada por un termostato temporal, termina, empieza a aplacársele la tos y el ojo a acostumbrarse a la penumbra de la sala.

Entonces ve al teniente, el joven Hans Kapplmüller, quien, dándose la vuelta, regresa junto a sus tres compañeros. La vista de aquella espalda de musculatura perfecta, de aquella nuca fuerte coronada por la miel de una melena de rizos, de aquellas piernas sólidas como columnas, le parece insostenible.

Están también ante él, en efecto, dos cuerpos ruinosos, como el rugoso de Wolfram Stelipyn y el del arzobispo de Palermo, reducido por la obesidad a una obscena caricatura. Inmediatamente a su derecha lo rodea el prelado de Nápoles, cuya artrosis ha reducido su silueta a un paréntesis redondo, con el mentón ya definitivamente emparentado con el esternón, los pocos cabellos blancos en desorden a causa del vapor de agua y erizados sobre el cráneo, como un espantapájaros. El paso fatigoso y claudicante del cardenal de Génova parece que no tardará en rendirse a la inmovilidad, mientras su cara morada señala la fatiga de esa respiración que en los jóvenes suizos, junto a su oficial, se asemeja en cambio al soplido natural de una brisa de mar.

¿Qué clase de lugar es ése?

¡A qué tortura se han sometido sus eminentísimos hermanos! Hace falta un enorme valor para mirar cara a cara la verdad de la maduración hacia la muerte, es un auténtico ejercicio de paciencia y mortificación ese de desnudarse todos juntos, digno de San Ignacio de Loyola. ¡Y él, que había temido quién sabe qué inconveniencias a causa del hábito que llevan!

Ahora le impresionaba sólo el espectáculo del contraste entre su propia dignidad, sostenida por el hábito en el esplendor de la púrpura, y la verdad de aquellos cuerpos que ninguna mano había acariciado jamás de noche, en el secreto de un tálamo conyugal. Esas carnes no habían conocido jamás la dulzura que mitiga su decadencia. Y, si habían sido floridas y hermosas, como las de esos magníficos muchachos, no lo habían sido jamás para alegría de los ojos de una mujer. Jóvenes y fecundas para nadie, habían sido ofrecidas a Dios y al tiempo que las consume. Pero la comunidad de los creyentes recibía el tesoro de aquel martirio silencioso; un sacrificio que tenía lugar no ya ante las fieras del Coliseo sino frente al brotar de los amores de hermanos y hermanas, ante el nacimiento de los sobrinos. La Iglesia se enriquecía con aquella renuncia, una herida abierta que había que acostumbrarse a soportar, aunque en ocasiones indujera a pensar cómo hubiera podido ser la otra opción. Esos muchachos que prestan servicio en el cuerpo militar tal vez más antiguo de Europa, como todos los soldados, volverían a casa al cabo de un cierto periodo, y no tardarían en encontrar una mujer. Para ellos aquel servicio, este cónclave, esa larga separación de la otra mitad del cielo, no serían más que un recuerdo de juventud.

Precisamente en ese momento ve al teniente Kapplmüller darse la vuelta, ofreciendo a la vista su rostro empapado de sudor y colorado por la respiración, el pecho de amplia apertura, las caderas circundadas por el borde de rizo enrollado con cuidado sobre el vientre. La sonrisa que flota sobre esos labios, residuo de la conversación con sus compañeros, se está apagando, embebida por la conciencia del deber. El deber de velar por aquellos viejos y por él, sin plantearse demasiadas preguntas, sin comentar ni discutir las órdenes del comandante. ¡Pero qué vergüenza el mostrarse ahora ante aquel hombre con la misma desnudez que los demás cardenales! Cómo siente desvanecerse cualquier atisbo de autoridad sobre ese oficial, habituado a recibir sus órdenes sin tan siquiera mirarle a los ojos, sin tan siquiera detenerse a ver si su rostro trasluce cierto cansancio.

Sentado en su banco, junto a Stelipyn, que está impaciente por hablarle, comprende que, ante aquel soldado en pie, él es demasiado pequeño, pero no de estatura.

Cierra, el cardenal Zelindo Mascheroni, sus viejos ojos que habían desaprendido a amar la belleza, olvidándose del reino del que gozaba sobre esta tierra. Y durante unos instantes, al recibir de nuevo una vaharada más larga y más intensa que las otras, se sumerge en la voluptuosidad de desaparecer entre esas nubes, lejos del insulto de los años y del desierto de la vejez.

—Eminentísimo..., qué contento estoy de que esté usted aquí entre nosotros... —la voz melosa de Stelipyn intenta devolverlo a la razón de su presencia allí. Porque ahora Mascheroni comprende que las indiscreciones sobre la reunión en el baño turco sólo han sido un truco, tramado por el prelado eslavo para atraerlo a él también.

Abre de nuevo los ojos sobre aquel hombre doblado por los años, con ese rostro rugoso que había atravesado tantos inviernos rusos, algunos de ellos encarcelado en tiempos de la persecución soviética. Se prohíbe a sí mismo mirar hacia la parte de los guardias suizos, y responde a los cumplidos del viejo cardenal, que tan fuerte es, a despecho de su senilidad:

—Y yo también estoy contento de encontrarte, querido hermano; pero hablémonos de tú.

—No estamos aquí para tomar un baño turco, como habrás podido darte cuenta. Debemos intentar salir de aquí con las ideas claras, más claras que las de hoy por la tarde.

—Déjame antes que ordene que salgan los guardias, ya no es necesario que permanezcan aquí.

—Pero ¿por qué te los has traído?

—Porque temía que... Pero ya te lo explicaré en otra ocasión. Ahora es tarde, no nos queda mucho tiempo.

Abrochándose su albornoz, el cardenal Mascheroni se dirige al teniente Kapplmüller y a sus soldados, dando unos pasos hacia ellos.

Estaban los cuatro apoyados en la pared de pie, no habiendo osado tomar asiento junto a los cardenales.

Empapadas en sudor, las toallas se les habían adherido a la piel, delineando las caderas en la perfecta forma física de quienes deben mantener adiestrado el propio cuerpo.

Al levantarse en aquel momento uno de los purpurados, de rostro indistinguible a causa de la niebla de los vapores, enseña a través de la abertura del albornoz su sexo. Mascheroni se gira de nuevo, para olvidar la ofensa hacia ese pobre cofrade que le ha infligido sin querer con la indiscreción, tan penosa, de aquella vista. Recuerda el episodio bíblico de Cam cuando descubre la desnudez de su viejo padre Noé embriagado. Es la ofensa del patriarca, humillado. Se vuelve otra vez, para hablar al teniente, y siente una garra asiéndolo en el pecho, conminándole a mirar ese cuerpo, donde el sexo sólo puede ser imaginado. El cerebro se le nubla, mientras con un hilo de voz susurra al teniente Kapplmüller que puede retirarse, junto a sus soldados. Y, no sabe cómo, le sale de la boca que le estará esperando, más tarde, en su celda, para redactar el informe del día.

Se apoya contra la pared. Un gran espejo de frente, encima de un lavabo, le devuelve la imagen. A través del espejo ve al grupo de guardias, a sus espaldas, salir. ¿Qué es lo que le está sucediendo? A sus setenta años, ceder a turbaciones semejantes... ¿Él, que es la medida de la ética? ¿Él, que ha recibido de Dios el poder de escudriñar en el corazón de los creyentes, regulando en su lugar el misterio y el don de la sexualidad? ¿Él, que ha expulsado de la Iglesia a quien se abandona a ese deseo que antes se le ha mostrado también a él con una fuerza espantosa, a la que puede oponerse solamente la voluntad de anularse?

Es esto, pues, lo que sufrían los repudiados, los viciosos proscritos por él de la comunión de los sacramentos. Es este horror el que, en nombre de Cristo, él hacía padecer. Durante toda una vida, desde que en su seminario de Prato, siendo un muchacho, se había demostrado el más implacable acusador del profesor de teología, tendente a ciertas atenciones hacia los jóvenes seminaristas cuando los recibía en su despacho.

Ve aún la barba rojiza del pálido rostro del padre Esmeraldo, el teólogo colombiano llegado a sus cuarenta años a aquel seminario, con todo el aspecto de haber sido ocultado allí por sus superiores. Y siente aún la mano húmeda del sacerdote acariciándole el cuello entre el alzacuellos blanco y la piel, eso es, el escalofrío es el mismo... Y el día en el que fue interrogado por el rector del seminario después de haber denunciado al colombiano, no sintió rémoras en firmar la declaración que hará que expulsen al padre Esmeraldo. Y en su memoria resuena aún la respuesta dada a la pregunta de su compañero de habitación: «Pero ¿qué te había hecho ese pobre hombre? Aunque toqueteara, era un buen profesor...». «No, era un ser repugnante...»

—¿Qué te ocurre, Mascheroni? ¿No te encuentras bien? Tal vez fuera mejor que salieras, es peligroso permanecer aquí dentro más de un cuarto de hora —es Paide quien le está hablando, mientras le toma amablemente del brazo.

Lo retira, como mordido por una serpiente. Y Paide se queda mirándole atentamente a la cara. ¿Qué clase de hombre debía de ser ese Mascheroni, apareciendo por allí con aquel gran aparato de guardias, casi como si hubiera querido echarlos, y ahora tan tembloroso, tan pávido, tan incapaz de ser él mismo, sin los distintivos de su grado? Ni siquiera soportaba que lo rozaran...

—Sí, tal vez sea mejor que salga un momento... Es extraño..., siento una gran sed.

—Es natural, has sudado mucho.

Zelindo Mascheroni sale tambaleándose de la sala del baño turco. Se encuentra enseguida al monseñor filipino que lo lleva a beber, en una salida dotada de frigorífico y bebidas.

Solicita volver a vestirse y es acompañado a su camarín. Cuando sale de él, con el hábito talar, el solideo rojo y la cruz pectoral de brillantes, no se siente mejor, a diferencia de lo que esperaba. El hábito no ha recompuesto junto a su apariencia sus más íntimos pensamientos, donde reina la imagen de aquel cuerpo semidesnudo, del sexo oculto.

Pide de inmediato un espejo.

Conducido ante un espejo, en su imagen va reconociendo lentamente la máscara del hombre que ahora duda poder volver a ser. Y siente de nuevo el deseo de anularse con tal de no ceder al deseo que definitivamente se ha apoderado de él.

Maldice en su corazón la idea de visitar aquel lugar. El sudor le cae a chorros por el rostro, el pañuelo pasa una y otra vez por las mejillas y el cráneo, en el que recibió por la mañana los excrementos de gallina. Realmente parece que la máscara es incapaz de volver a su rostro. Es mejor marcharse, tal vez lejos de allí se recomponga todo.

—Por favor, díganle al cardenal de Lvov que no me siento bien, y que vuelvo a mi celda. Ya hablaré con él mañana.

Nada le importa el cónclave, aunque hubiera acudido allí para ayudar a los cardenales a resolver aquel problema.

Es más fuerte el impulso de huir.

Quiere prepararse para la cita con Kapplmüller, a quien ha convocado para que le dé el parte. No sabe por qué le ha dado esa orden absurda, no es capaz de afrontar el encuentro con el joven teniente, no puede, no puede... No sabe qué palabras podría decirle, solo, en su habitación... Y sin embargo debe correr a recibirlo, debe prepararse para el encuentro... Debe de haber un modo para vivirlo sin sufrir el horror que ha sentido entre las volutas de vapor, mientras espiaba su belleza... Debe de haber un modo para que ese joven pueda ocuparse de él, sin tener que sufrir esa vergüenza... Debe de haber un modo que lo salve todo, su honor, el deseo que lo sacude como una vieja planta alcanzada por el rayo y su vida entera, que se eleva para juzgarlo... Poder aparecérsele sin ficciones, pero desaparecer enseguida, apenas después de revelarse... Un gesto, una máscara, una hora de la vida que estuviera ya fuera de la vida...

La noticia de que Zelindo Mascheroni se ha marchado porque no se sentía bien parece turbar solamente al arzobispo de Lvov. Todos lo han vivido como un cuerpo extraño allá dentro. Uno venido allí para sorprender quién sabe qué secretos o comportamientos, con el mismo aire de superioridad que tenía siempre. Y además, ¡traerse consigo a esos cuatro soldados, qué indelicadeza, qué falta de tacto!... Sólo las suaves maneras de Stelipyn le habían dado a entender su inconveniencia y le habían convencido para que los despidiera.

—Ese hombre no está bien... Y estará aún peor, necesita ayuda... —dice Stelipyn, como si estuviera pensando en voz alta.

—Pero nosotros tenemos que ocuparnos de otras cosas, Wolfram, estamos aquí a causa de nuestros hermanos africanos —dice Malvezzi, seguro de interpretar el pensamiento de muchos otros, que entretanto han ido saliendo del baño turco, algunos para relajarse tumbándose sobre colchones de gomaespuma, otros para pasar a la sauna.

—Temo por lo que pueda sucederle... y que se derramará sobre nosotros... —añade apenas con un hilo de voz el prelado eslavo—, debemos rezar por él...

—Vayamos allí, a la antecámara, aquí no hay quien resista, ven, Wolfram —y Matis Paide ayuda al ucraniano a levantarse y a salir, imitado por quien se ha quedado solo en la sala de los vapores.

Ahora están sentados casi todos en los bancos y en las sillas de la antecámara que da a los vestuarios y a los camarines donde están las camillas. También son llamados los cardenales que se encuentran en la sauna.

—Estamos casi al completo... —se mofa Rabuiti, con el rostro morado como reacción al calor padecido. Y en su corazón maldice esa práctica física, añorando el hermoso sol de su Sicilia, bajo el que uno puede calentarse a la luz y al aire libre.

La conversación que sigue entre los cardenales, todos en albornoz blanco, dedicados a secarse, unos el pelo, otros las piernas y los brazos, otros la cara, es iniciada de inmediato por el cardenal de Kampala, Joseph Masaka, que había obtenido esa misma mañana nada menos que veintitrés votos.

En nombre del resto de los africanos expresa toda su gratitud por la confianza que se ha depositado en ellos. Nadie pretendía sustraerse a sus responsabilidades, pero se permitían expresar algunas dudas acerca de la conveniencia de una elección tan radical. En la antigüedad, las guerras civiles que habían hecho añicos la unidad imperial hasta destruir a Roma, habían dado comienzo cada vez que el trono había sido asignado a alguna de las distintas provincias del Imperio. Y de esa manera había habido emperadores españoles, dálmatas, africanos, árabes, hasta la disolución en manos del bárbaro Odoacre, que había devuelto las enseñas imperiales al emperador romano de Bizancio. El papado a África habría desencadenado en un futuro el derecho de todos los componentes de la catolicidad a heredarlo. Con la consecuencia de una pérdida de la centralidad romana, que, como se había visto ya, había empezado a dar sus discutibles frutos con el desaparecido pontífice. La visión parcial habría de prevalecer sobre la universal, en detrimento de la misión del obispo de Roma. Si uno de ellos resultara elegido, aportaría inevitablemente todo el peso de su cultura, de sus tradiciones, de sus límites.

Porque África no era sólo el mito que el eminentísimo hermano de Lvov había dibujado.

Era también animismo, pensamiento mágico, fe en lo oculto, brujería, rechazo a la racionalidad occidental, cultos tribales, primacía de la fuerza física sobre la razón, derecho del más fuerte, promiscuidad sexual, poligamia, inocencia y crueldad de los sentidos. Ellos se sentían orgullosos de pertenecer a ese crisol de elementos, pero temían que pudiera acarrear daños a la Iglesia, una vez convertida en visión general, desde la cátedra de San Pedro. No eludían nada, lo repetían, estaban listos para el sacrificio, para aceptar la tiara. Pero sentían el deber de hacer que se reflexionara sobre una decisión tan arriesgada, convencidos de que la universalidad de la Iglesia seguiría hallando en la elección de un papa italiano su más válido sostén.

La conclusión del ugandés provoca una no escasa agitación en la sala. Que precisamente de África llegue el apoyo a la causa perdedora de Italia, surte verdaderamente el efecto de una bomba. Cerini, Rabuiti, Malvezzi, Bellettati, Rossi del Drago, Ferrazzi, Capuani, Leporati, Marussi, Lo Cascio se sienten de nuevo en pleno juego, cuando esperaban ver ya cerradas para siempre las puertas a Italia.

Se levanta la primera para replicar la débil voz del prelado ucraniano, suplicando a sus cofrades que lo escuchen.

Es un grave error temer que las culturas locales debiliten el papado. Al contrario, harán que se revigorice.

La centralidad de Roma es sólo una fórmula vacía, un ceremonial exangüe, cada vez más lejano de las jóvenes generaciones, de la humanidad del futuro. Siempre ha sido una presunción de Roma la voluntad de expresar la voz de todos sin ser ninguno de ellos. Tenía sentido al principio de la historia de la Iglesia, cuando era aún heredera del Imperio romano. Pero hace siglos que está superada; ¿o es que fingimos ignorar por qué razón Lutero ha tenido tantos seguidores? ¿Y el cisma de Oriente? Él, que proviene de allí, siente que sólo aceptando la variedad del mosaico puede preservarse el dibujo del conjunto.

Es interrumpido por la reflexión en voz alta del cardenal de Turín:

—Sólo un santo puede salvar a la Iglesia; hace falta un santo en su vértice, que demuestre con la potencia del milagro el origen divino de la Iglesia. El mundo exige lo fáctico, la fuerza de los hechos, la violencia de los argumentos, el escándalo de la razón...

—¿Y es que hay algún santo entre nosotros? —exclama, irónico, Matis Paide.

—Ninguno —responde Stelipyn—, ninguno de nosotros es aún santo. Los santos siempre han sido descubiertos después, cuando la muerte iluminaba su santidad... Y tal vez también entre nosotros esté ya presente alguien que llegue a serlo...

—¿Pero Dios no quiere revelárnoslo, o es que estamos nosotros tan ciegos que no reconocemos su huella estando vivo? Nosotros, que creemos estar iluminados aquí dentro por el Espíritu Santo... —es Alfonso Cerini el que habla, con su habitual dramatismo de voz y de gestos. Y continúa, dirigiéndose a Malvezzi—: En todo caso, querido Ettore, los santos no son de ninguna nación, no pertenecen a la historia, sino a la eternidad, no creo desde luego que ningún santo pudiera gobernar la Iglesia, una institución comprometida con el arte de gobernar a los hombres, que santos no son...

—... ¡Pero un exorcista sí! Ése es quien puede ayudar a la Iglesia en las circunstancias en las que nos hallamos. ¡Ya veis todos en qué estado nos encontramos, oprimidos por las fuerzas del Mal, y no desde luego inspirados por el Espíritu Santo! —exclama Ettore Malvezzi.

16.

En el corazón de la noche, Vladimiro Veronelli es despertado por su fiel Squarzoni.

—Lo siento, eminencia, pero ha ocurrido algo grave..., debería acompañarme...

—Pero ¿qué es lo que ha ocurrido?

—Se trata del cardenal Mascheroni. Me han dicho que sólo le avisara a usted y que le recomendara que acudiese de inmediato a los alojamientos del prefecto de la Congregación para la Doctrina de la Fe. Pero tampoco sé nada más con precisión...

Veronelli se viste no sin esfuerzo, aterido y somnoliento. No hace más preguntas, ese Mascheroni es un enemigo peligroso, es necesario mantenerse en guardia y no infravalorar la amenaza. Y lo mejor será no avisar al decano, Leporati. Complicaría la situación, si lo sucedido exige tanta reserva.

Mientras sigue a monseñor Squarzoni, que lleva una linterna, nota de repente algo que le coge del pelo y que tira de él. Asustado, se detiene y se lleva una mano a la cabeza, para librarse de ese engorro. Y la retira de inmediato, horrorizado por el contacto con un cuerpecillo cálido y aterciopelado, que late entre sus manos y chilla... Es un murciélago... Sólo entonces se da cuenta de que también su secretario está intentando librar sus cabellos de esa rata voladora; la oscilación de la linterna en las manos de Squarzoni hace que el haz de luz recorra al azar el techo, revelándolo infestado de murciélagos.

Son legiones: en las vigas, en la cornisa, sobre los marcos de los cuadros, y ahora, asustados por la luz eléctrica, vuelan y chillan todos a la vez en un concierto insoportable.

De que se trata de una nueva infestación del palacio, el camarlengo obtiene la prueba cuando alcanza el umbral del alojamiento de Mascheroni, donde le aguardan el teniente de la guardia suiza y Tommasini, el secretario particular del cardenal. Ni una de las salas ni de los pasillos se ve libre de esas criaturas que lo han obligado, después de haber liberado el pelo con dificultad de la primera, a mantener constantemente las manos sobre la cabeza para espantarlas.

—¿Qué ha ocurrido para despertarme a estas horas de la noche?

—Venga con nosotros, eminencia, lo verá usted mismo —responde Tommasini, con los ojos relucientes por el llanto.

Cruzan el umbral de la antecámara, pasan al despacho del cardenal, entran en el pequeño dormitorio.

Y el camarlengo comprende la auténtica gravedad de la causa que ha inducido a despertarlo.

Sobre la cama yace, en la inmovilidad de la muerte, el cardenal Zelindo Mascheroni, prefecto de la Congregación para la Doctrina de la Fe.

Está en bata, reclinado sobre el costado derecho, con las manos y los brazos extendidos en el evidente esfuerzo de llegar a tocar la campanilla de la mesilla para pedir ayuda. Pero el rostro no es el del cardenal: es el de una mujer aún no completamente maquillada. Los párpados entreabiertos están pintados, las pestañas de un ojo están oscurecidas, con una ceja marcada como la de una máscara, las mejillas empolvadas y avivadas de colorete, los escasos pelos del cráneo han desaparecido bajo una abultada peluca de color rubio oscuro.

Veronelli no puede contener una lágrima.

Pasan algunos segundos de absoluto silencio antes de que halle la voz. Se la aclara.

—Pero ¿quién..., quién lo ha transformado de esa manera?

—Nadie, eminencia, lo he encontrado así cuando he venido, siguiendo sus propias órdenes, a dar el parte casi a la una de la noche —es el teniente Kapplmüller quien habla—. Debe de haber muerto de infarto, de repente. Dadas las circunstancias, hemos preferido esperarle a usted antes de llamar al médico, entre otras cosas porque no había ya nada que hacer.

—Han hecho bien. Pero... ¿la peluca? ¿Y esos cosméticos?

—Los ha encontrado en la habitación, cerca de las escaleras, donde las mujeres de servicio guardan sus cosas; era él quien les daba instrucciones a veces, las conocía a todas... y dejaron allí sus cosas, antes del cónclave... —añade monseñor Tommasini, consintiendo en dar rienda suelta a sus lágrimas—. La peluca..., la peluca se la ha cogido a la estatua de Santa Zita, de quien tan devoto era..., que está en la capilla... Era de Luca..., había hecho que se la trajeran aquí...

—Recemos por su alma, ahora —y el cardenal camarlengo imparte con lentitud la bendición al cadáver, dando la vuelta alrededor de la cama, mientras Squarzoni recita el *Requiem aeternam* junto a Kapplmüller.

No consigue apartar los ojos de aquel rostro, de esas facciones tan estudiadas, que en la última hora de su vida han debido de ser la única preocupación de aquel hombre. ¿Sería posible que la muerte lo sorprendiera enfrascado en transformar su propia cara, consignándolo para siempre a esa nueva y monstruosa forma?

¿Y ahora quién tendría el valor de deshacer esa máscara? Porque desde luego no podía inhumarse, en la iglesia de la que era titular, la catedral de Frascati, tan obsceno cadáver de un cardenal. Y tenía que ser él quien impartiera la orden.

—Monseñor Tommasini, antes de llamar a los médicos, debo pedirle una obra piadosa hacia el hombre a quien ha servido durante tantos años.

—¿Qué..., qué puedo hacer? —pregunta el secretario particular de Mascheroni.

—No podemos exhibir el cadáver en este estado...

—Ah, ya entiendo, lo haré..., ya me encargo yo.

—Para todos, su eminencia habrá fallecido a causa de una parada cardiaca en pleno sueño, ¿no es cierto, teniente?

—Cierto, muy cierto, eminencia, lo comprendo perfectamente...

—¿Tengo su palabra?

—Puede contar con ella, eminencia.

—Naturalmente...

—Usted, teniente, era el último a quien debía ver, ¿no es así? Había quedado con usted aquí para que le diera el parte, si no lo he entendido mal.

—Sí, así es; nunca antes me lo había pedido. Estábamos en el baño turco, donde empezó a sentirse mal.

—¿Qué tenía cuando le habló? ¿Notó algo extraño?

—Sólo que respiraba con dificultad.

De modo que se había preparado así para el encuentro con el teniente: debía de ser este joven oficial de la guardia suiza la persona ante la que mostrarse con esa máscara fúnebre. Y mientras ve a Tommasini quitar con mano ligera la peluca de la cabeza del cardenal e ir a coger algodón del baño para borrar las huellas de esa grotesca cosmética, limpiando lentamente la cara que se vuelve cada vez más blanca, cierra los ojos.

Cuando vuelve a abrirlos es la fornida figura del suizo la que llena su campo visual. Sin yelmo, con la camisa desabrochada, con el abandono que lo avanzado de la hora consiente... Las horas de la noche, que la casi totalidad de los seres humanos pasan juntos, enlazados en una misma cama, un hombre y una mujer... Y comprende a qué clase de emoción no ha sabido resistir el corazón de Zelindo Mascheroni. Y se conmueve de nuevo, mientras recita el *Requiem aeternam*.

Están llamando a la puerta del apartamento, unas habitaciones más allá.

—No deje entrar a nadie, monseñor, el cardenal Mascheroni está durmiendo, y no quiere ser molestado por ninguna razón en absoluto —insiste Veronelli. Tommasini lo tranquiliza:

—Era el cardenal Malvezzi, que no consigue conciliar el sueño. Pasaba por aquí, ha visto la luz encendida y se ha preocupado: después de lo que le ha sucedido hoy, en el torreón de San Juan, al cardenal Mascheroni, temía que se hubiera sentido mal. Pero le he dicho que se encuentra bien y que está durmiendo. Dice que los murciélagos han invadido todo el palacio y han agredido a los eminentísimos, mientras salían del baño turco.

—Al alba vendrá el médico en jefe a extender el certificado que le dictaré yo. Celebraremos de inmediato los funerales, en cuanto hayan sido advertidos los parientes y las autoridades de Roma. Recibirán instrucciones mías. Por ahora, la consigna es el silencio más absoluto. Hasta mañana, buenas noches, monseñor, buenas noches, teniente. Vámonos, Squarzoni, y que Dios nos asista —concluye Veronelli.

El camarlengo, pese a seguir constipado, quiere reunirse de inmediato con Malvezzi, para saber qué se ha dicho en la reunión del bastión de San Juan y comunicarle, llegado el caso, la trágica noticia, omitiendo ciertos detalles. Necesita experimentar las primeras reacciones y enterarse de lo que ha sido decidido, si es que se ha decidido algo.

Encuentra a Malvezzi recién llegado a sus aposentos, con el pelo revuelto, el bicoquete sucio, los dedos arañados, señales de inequívocas molestias por parte de los murciélagos. Parece contento de verlo, incapaz de conciliar el sueño, deseoso como siempre de desahogar su ansiedad con las palabras. Resume brevemente lo que había salido a flote en el baño turco. Los africanos habían expresado ciertas objeciones, temerosos de la pérdida de centralidad del papado, en el caso de una elección que les privilegiara, y defendían la oportunidad de un retorno a un papa italiano. Pero la resistencia de su «patrón», Stelipyn, había sido denodada y había dado lugar a una conversación llena de contrastes.

Uno de los africanos, el arzobispo de Kampala, se había resentido más que el resto ante las distintas insistencias acerca de su persona, lo que había abierto una auténtica carrera de excusas y de pretextos entre los otros ocho para sustraerse a la candidatura. Había quien aducía el derecho a su inminente jubilación, como el arzobispo de Addis Abeba; quien lamentaba sus condiciones de salud, como el de Kinshasa; quien no podía abandonar un país constantemente situado al borde de la guerra civil, como Mozambique, donde actuaba como árbitro pacificador entre feroces rivalidades; quien acababa de poner en marcha la fase más delicada de una segunda evangelización en un país sacudido todavía por la guerra civil, como Angola. Y quien no dejaba herederos a la altura de proseguir su misión, por ser aún muy jóvenes o inexpertos, como el de Camerún; quien debía perfeccionar aún la traducción al suajili de la Biblia, instrumento indispensable para la difusión de la fe en un país como Tanzania, donde el Islam conseguía cada vez más prosélitos...

En realidad, parecían todos unidos contra alguno de ellos, según Malvezzi, desde que él mismo, en lo más vivo de una discusión sobre la santidad, había evocado ingenuamente, aunque sin intención de emplazar a nadie, la oportunidad de elegir a un exorcista, dado el clima que reinaba en el cónclave...

—Porque durante toda la discusión que se ha desencadenado —precisa Malvezzi—, se miraban unos momentos a los ojos mientras aducían sus distintos pretextos, para mirar fijamente después a la misma persona, como si yo conociera sus poderes y los hubiera evocado a propósito, y ellos no quisieran caer en mi trampa...

—Pero ¿de verdad no sabías que entre los africanos hay un exorcista? —le pregunta entonces Veronelli, que sigue sin fiarse de las formas oblicuas y titubeantes del turinés. Después, ante las perplejidades de Malvezzi, que permanecía mudo, corta por lo sano y le pregunta quién es ese cardenal.

—El tanzano, el arzobispo de Dar es Salam, Leopold Albert Ugamwa —contesta Ettore Malvezzi. Y añade que al final de la discusión, bien entrada la noche, Ugamwa había sido obligado a admitir que había expulsado en su diócesis a los demonios de muchas almas, pero que nunca había sido favorable a dejar que se supiera.

Veronelli intenta recordar las facciones de aquel purpurado africano, pero le cuesta evocarlo, temeroso de confundir su fisonomía entre las de los africanos que se sientan junto a él, en las primeras filas, a la derecha de su sitial en la Sixtina.

Es sólo un detalle de la descripción de Malvezzi lo que le ilumina, cuando se detiene en sus ojos, de una terrible inquietud, grandes, redondos, negrísimos, móviles y, sin embargo, casi siempre mirando hacia abajo, como si tuviera que domar su rebelión. Ahora sí, recuerda el rayo de aquella mirada, que en ocasiones se había cruzado también con la suya...

Quién sabe por qué, es en ese momento cuando la imagen de los párpados pintados, de los ojos sellados por la muerte del cardenal Mascheroni, vuelve a aparecérsele delante. Comunica la noticia de su repentina muerte por infarto a Malvezzi, quien da muestras de no saber resignarse y repite una y otra vez, siguiendo sus pensamientos:

—¡Ésa es la razón! ¡Ésa es la razón!

—¿La razón de qué, Ettore?

—Ésa es la razón por la que quiso marcharse. Ésa es la razón por la que se tocaba a menudo la frente, como si quisiera alejar algo que lo atormentaba; también Paide se dio cuenta y le aconsejó que saliera. Pero la cosa más extraordinaria fue el comentario de Stelipyn, después de que Mascheroni se marchara, un comentario que preveía una tragedia, pero que hacía referencia también a oscuras consecuencias sobre el cónclave...

—¿Qué clase de consecuencias?

—No las precisó, pero recuerdo las palabras de Stelipyn: «Temo por lo que pueda sucederle... y que se derramará sobre nosotros...».

Así que esa especie de *staretz*[*] que es el ucraniano, piensa el camarlengo, está pues dotado de espíritu profético. Mejor, sin embargo, que no haya precisado su dolorosa profecía, consintiéndole así celar la parte de verdad que no puede revelarse.

—¿Y mañana qué haremos? ¿Votaremos de todas formas? —pregunta Malvezzi.

---

[*] *Staretz:* término ruso que designa a una suerte de consejero, perteneciente o no al clero, de quien se valora su capacidad para actuar como guía espiritual. *(N. del T.)*

—No, Ettore, tendremos que observar un día de luto por la muerte de Mascheroni.

—Mejor así. ¿Sabes?, hemos salido todos del torreón con menos certezas que antes. Es como..., como si ese africano que expulsa a los demonios materializara el miedo que todos sentimos aquí dentro.

Pero Veronelli no quiere continuar con esa conversación. Ya hay demasiadas congojas.

Es necesario garantizar de inmediato unas exequias regulares para el cardenal Zelindo Mascheroni, prefecto de la Congregación para la Doctrina de la Fe, uno de los más firmes pilares de la Santa Sede, a despecho de su escandalosa salida de escena. Además, está la nueva plaga de los murciélagos. Pero ya se encontrará un remedio, como para el resto.

Y, además, tiene que buscar a Stelipyn, cuya previdencia puede resultar providencial en ese trance del cónclave y que tal vez haya ofrecido ya sus frutos más preciosos exhortando a una elección africana.

Veronelli se despide pues de Malvezzi, deseándole buenas noches, aunque se entrevean ya las primeras luces del alba y alguien desde la ventana de enfrente, detrás de los cristales amarillos iluminados, dé muestras de encontrarse ya en pie y en movimiento.

El único alivio de haber trasnochado tanto, en esta terrible noche, es que las primeras luces hacen retirarse ya a los murciélagos a sus rincones, dejando el campo libre a gallinas y gatos...

Al volver a su apartamento, encuentra a Squarzoni esperándolo:

—Hay que establecer el programa de los funerales, eminencia, e impartir de inmediato las órdenes.

—Ya, ya, es cierto... Pero ¿sabía usted algo de ese pobre hombre?

—No, eminencia, el cardenal Zelindo Mascheroni era la piedra angular de la severidad en las costumbres, nunca oí hablar de nada que fuera menos que irreprensible acerca de su persona.

—Tenía una hermana y un hermano en Lucca. Comunique usted la noticia, por favor, en mi nombre, con las debidas formas. Me gustaría, además, volver a hablar con el teniente de los suizos; ¿cómo se llama?

—Kapplmüller, Hans Kapplmüller.

—Quién sabe si encontraremos un momento para él, mañana será un día sin un instante de respiro... Ya le he explicado al cardenal de Turín que Mascheroni ha fallecido repentinamente mientras dormía. ¿A usted le ha hecho alguien alguna pregunta?

—Algunos colegas, y les he dado a todos la misma explicación. Sin embargo, es extraño. Parecía como si ninguno sintiera en el fondo curiosidad por obtener mayores detalles, como en cambio nos temíamos.

—Y... ¿por qué, en su opinión?

—No sabría decirlo con certeza... Pero, tal vez... Tal vez porque nadie le quería, a ese pobre cardenal. Podía incluso haber vivido su vida... En el fondo, hubiera resultado más humano...

El camarlengo, que ya se ha quitado la cruz pectoral, el bicoquete y el manto escarlata, se vuelve de golpe:

—¡Monseñor Squarzoni! Haré como si no le hubiera escuchado por esta vez. ¡La mujer del César no puede ser sospechosa de nada! Esa mujer somos nosotros: la Iglesia es la esposa de Cristo. El perdón, sí, la compasión, sí, jamás el consenso, recuerde el hábito que llevamos.

17.

En la Sala Clementina, donde los búhos duermen durante las horas diurnas, como en cada aposento del palacio, se celebran las exequias del cardenal Zelindo Mascheroni. Al despertar, durante la noche, los rapaces proporcionados por Nasalli Rocca reemprenderían su lucha contra las ratas voladoras. Pero el más terrible enemigo de los murciélagos, el fuego, les ayudaría en su guerra con los hachones y las antorchas que se encenderían por todo el palacio para asustarlos.

El rito fúnebre está siendo concelebrado por tres cardenales de la curia —Rondoni, Racanelli y Lo Cascio— que han trabajado durante años junto al difunto, y pese al carácter oficial del lugar donde fue expuesto el cadáver del difunto pontífice, tiene el tono humilde que conviene a un cónclave. Nada de cantos, ningún invitado exterior, ningún representante del Gobierno italiano.

Hasta la familia del desaparecido sólo podrá reunirse con su ser querido en Frascati, cuando sea recibido, en la catedral de la ciudad de la que era obispo, para su solemne sepelio.

El cardenal decano Antonio Leporati ha sido el encargado del discurso de conmemoración. Durante su alocución, frente a todos los purpurados sentados, su mirada, varias veces elevada hacia el techo para vigilar a los búhos, ha obligado también a las de los cardenales a distraerse del féretro, de las velas, de los cuatro guardias suizos que hacen los honores en las esquinas de la alfombra bajo el ataúd todavía abierto.

Desde la primera fila, el camarlengo observa por última vez la máscara cérea con la que ha sido recompuesto, gracias a las piadosas manos del secretario del difunto, el rostro maquillado del cardenal.

Por una singular coincidencia es precisamente el teniente Kapplmüller quien rinde honores al príncipe de la Iglesia, con el rostro semioculto por el yelmo curvo, impenetrable. Parece como si los actores de aquella tragedia, después de la catarsis final, no supieran decidirse aún a separarse, en una extrema despedida de sus secretos espectadores. Desde el fondo de la sala, confundidos entre la pequeña multitud de prelados, monseñor Tommasini y monseñor Squarzoni notan la inoportuna presencia de aquel joven oficial. Se han intercambiado inmediatamente una mirada, en cuanto han visto aparecer al teniente que marca el paso de los soldados. No han cruzado una sola palabra sobre cuanto tuvo lugar aquella noche, pero ambos habrían preferido que se hubiera evitado su presencia.

Antonio Leporati ha terminado su discurso de conmemoración.

Ha hablado difuminando con largas pausas sus observaciones acerca del rigor y la extraordinaria riqueza doctrinal que caracterizaron la vida y el ministerio del prefecto de la Congregación para la Doctrina de la Fe. No ha omitido el recordar, entre las probables causas de una muerte tan inesperada, el afán por contribuir a la resolución de esa elección tan difícil que les ve reunidos en Roma.

Llegados a ese punto, el camarlengo, sentado a pocos metros de Kapplmüller, ha notado un temblor apenas perceptible en el teniente, una mínima oscilación de su alta figura.

En primera fila, a algunos asientos de distancia de Veronelli, está sentado también el arzobispo uniata Stelipyn. Varias veces intercepta Veronelli su mirada conmovida, quizá el único de todos los presentes a quien se le asoman las lágrimas durante el discurso de Leporati. Ese hombre sabe, pese a no haber visto lo que él descubrió cuando fue despertado en plena noche. Debe intentar hablar con él a solas, no negará sus dones de previdente a quien tiene la suprema responsabilidad del cónclave.

Una vez terminados los ritos fúnebres, mientras el cadáver del cardenal Mascheroni sale de las murallas de León IV, los cardenales se retiran a sus celdas.

Otro día en blanco que se está yendo, entristecido por la muerte una segunda vez, después de la del arzobispo de Río de Janeiro, Emanuele Contardi. La sombra de la reclusión coactiva, en aquel lugar infestado de murciélagos como unas auténticas ruinas medievales, presidiado por gatos y gallinas como una fortaleza abandonada, se alarga.

Parece como si la única vía de fuga de ese cónclave infinito fuera la que han abierto Contardi y Mascheroni, el primero tras extenuantes sufrimientos, como si le costara merecerla, el segundo con la velocidad del rayo, como si no quisiera desaprovechar una ocasión irrepetible. Hay a quien le resuenan aún en los oídos las palabras de Stelipyn, justo en el momento en el que Mascheroni abandonaba el torreón de San Juan para marcharse a morir, con la alusión a «lo que pueda sucederle... y que se derramará sobre nosotros». No resulta difícil verificar la credibilidad de esas palabras, en el clima de agravada depresión causada por la desaparición del hombre que, tan sólo veinticuatro horas antes de marcharse, había atronado contra la inercia del cónclave. ¿A quién tomar ahora como referencia, en plena confusión general de los espíritus?

¿A Stelipyn, con su contagiosa carga de aprensión por el futuro de la Iglesia y de la humanidad, que parecen invitar a un regreso a los orígenes, a un estado natural, alejado del progreso? ¿A Leporati, el italiano docto y eurocentrista que devolvería a su auge la centralidad romana y la habilidad de tejer, con una red más de relaciones políticas que de cuidados pastorales, el futuro de la Iglesia?

¿Acaso al arzobispo de Dar es Salam, cuya fama de exorcista ha estallado como un artefacto para evocar poderes mágicos y antiguos Apocalipsis acerca de la presencia del Mal en el corazón de la Iglesia? ¿O al patriarca maronita, Abdullah Joseph Selim, cuya voz se ha elevado para traer la aportación de una sabiduría teñida de un sentimiento del tiempo tan fatalista y rendido a los designios de Dios?

¿O tal vez al antiguo trapense, al cardenal Paide, quien, pese a su enorme ascetismo, nutre la fe con una visión abierta al diálogo ecuménico? ¿A Nabil Youssef, el palestino, cuyas posibilidades de subir al trono de Pedro se fundan en el sentirse pastor de un pueblo en lucha, convertido en símbolo de todas las opresiones y todas las revanchas en nombre de la justicia?

Como si una única consigna flotara sobre las mentes de tantos hombres separados del mundo, esa noche, en muchas habitaciones del cónclave se celebran reuniones y encuentros con el pretexto de la cena.

En el despacho del comandante de la guardia suiza, Kellerman, que cada noche volvía a casa, con su familia, el teniente Kapplmüller entretiene a los miembros con menos autoridad del cónclave, tan influyentes, sin embargo, sobre quienes deben votar al papa. Al menos una treintena de capellanes secretarios y una decena de prelados domésticos se han congregado allí, trayendo cada uno su propia contribución de alimentos o bebidas a aquella reunión. La sala de reuniones, con una larga mesa, ha sido cuidadosamente liberada, por esa noche, de cualquier presencia animal.

Monseñor Giorgio Contarini hace los honores de casa junto a Hans Kapplmüller, en la puerta del despacho, recibiendo bebidas y bandejas de comida, que desaparecen de inmediato en las cocinas. En espera de los espaguetis con tomate, la conversación florece entre los comensales sentados a la mesa.

Parece dominar la conversación una consciente esquizofrenia, porque cada secretario, al revelar a un amigo aspectos privados del cardenal a quien presta servicio, confiere a sus propias palabras un regusto vagamente delator. Resentimientos, celos, signos de impaciencia se confunden con vanagloria, admiración, afecto. Es un inquirir cruzado, un repetirse de detalles íntimos, unas risas ostentosas, un asombrarse y escandalizarse teatrales, un llamar a otros amigos como testigos de cuanto es revelado, un apostar, un jurar. La tapa levantada de una olla en ebullición no liberaría tanto vapor.

A menudo Kapplmüller, ante el vocerío cada vez más fuerte, siente la tentación de reconducir al silencio a sus invitados. Pero un no sé qué indulgente y afectuoso lo refrena siempre. Esos rostros poseídos, esos ojos febriles, esas manos diáfanas que revolotean por el aire para atrapar las figuras que las palabras inventan, esos cuerpos indóciles a los hábitos negros, que traicionan un residuo de juventud, la más reticente a la mortificación de los sentidos en cuanto último rayo de sensualidad antes de la rendición, le infunden respeto y pena. Conoce a muchos de ellos que, en tres meses de cónclave, se han abandonado con él y con sus soldados a numerosas confidencias. Las alucinaciones que padecieron ante gallinas y gatos no le sorprendieron; no le resultó difícil seguirles la corriente para no irritarlos, y también a causa de un gusto sutil e inquieto por el conocimiento.

Se pasaba horas enteras, en el alojamiento de Contarini, hablando de las aventuras sentimentales de su juventud, en Basilea. Era la única manera de afrontar los relatos de Giorgio, cuando fantaseaba sobre lo que Zaira y Zenobia le habían dicho aquel día, proponiéndose esas hembras siempre de forma embarazosa y provocadora, dejándose ver en los sitios más impensados, como si fuera él el objeto fijo de sus seducciones... Cuando volvía a su alojamiento después de aquellas veladas, al intercambiar unas palabras con sus soldados, a menudo provenientes de otras locas conversaciones semejantes, escuchaba en sus relatos un eco de lo que acababa de oír por boca de Contarini.

Y allí estaba, en la otra punta de la mesa, su amigo Giorgio, pendiente de preparar la cena, de responder a los muchos que se dirigen a él, de plantear preguntas, de abrir la puerta a los últimos que llegan con retraso.

Aparece en la mesa, en ese momento, la gran fuente de servir con los espaguetis humeantes. Se eleva unánime un coro de elogios. Los comensales son servidos con rapidez, entre mil comentarios, hasta que el silencio se impone de nuevo, mientras uno a uno van concentrándose en el placer de comer. En la cocina, mientras tanto, arrecian los preparativos para la sorpresa del segundo plato: lechón asado a la romana. El aroma que se difunde desde la puerta de la cocina, a menudo abierta, mientras los espaguetis van acabándose, invita a hacer apuestas acerca de qué exquisitez aparecerá pronto sobre las bandejas. El placer de comer todos juntos, en aquella segregación de meses, a muchos les devuelve la vitalidad y la alegría perdidas, alejando los fantasmas de la soledad.

Acabado el primer plato, el tono de la conversación cambia. El placer inconsciente de desvelar la vida privada de cada uno de sus propios dobles, esos ciento veinticinco cardenales encadenados a ellos, en aquella cárcel, se diluye en las ganas de hablar de sí mismos esta vez. El baricentro de la conversación se desplaza, vuelve a aparecer el espejismo del futuro, de la vida que discurre allá afuera y discurrirá de nuevo para cada uno de ellos, muy pronto.

Toda clase de noticias y las más fútiles vuelan de un extremo a otro de la mesa: fútbol, política, deporte, aumento de la gasolina, reducción de los tipos de interés bancario, nuevos episodios de guerra en Oriente Medio, la Bolsa de valores, el euro en pugna con el dólar, el último concierto de Lucio Dalla, el presentador escogido para el festival de Sanremo... El idioma que prevalece sigue siendo el italiano, pero ya con escaso margen de ventaja, porque el inglés lo sigue muy de cerca, entre los muchos secretarios y capellanes extranjeros.

Los efectos de una reclusión de meses se evidencian en el hambre de futilidad, de las más efímeras y volátiles noticias, consagradas por esa maestra de la información sobre la nada que es la televisión. Porque no falta quien, como Contarini, no puede evitar pensar que aquella orgía de noticias se elide algebraicamente en el cero del resultado final, al igual que cada una de las etapas provisionales de ese desordenado camino hacia el final de todo que es la vida.

Por un instante, Contarini intercepta la mirada de Kapplmüller y en la sonrisa de su amigo capta su misma sombra de molestia y de diversión ante esa vivaz asamblea de colegiales hambrientos, deseosos tan sólo de regresar a la normalidad después de tanta vida de excepción. Pero quién sabe si Kapplmüller podrá advertir también la repentina nube de hastío que invade a su amigo, ante la idea de tener que volver allá fuera, a la tan anhelada vida normal.

Se teme que no, Contarini, se teme que la vida del teniente no se resienta de ese gusanillo que amenaza la suya. Y tal vez muchos de esos colegas que sueñan con evadirse, como no sintieron temor en demostrar dos cardenales intentando incluso la fuga, en cuanto sean devueltos a las jaulas de sus costumbres sentirán los primeros zarpazos de ese mismo hastío.

Aparece por fin en la mesa el lechón asado a la romana, recibido por una verdadera ovación para monseñor Bini, erguido en el umbral de la cocina junto a sus dos ayudantes, con delantal y gorro de cocinero. El cochinillo lleva en la boca un grueso limón y parece esperar el toque de una varita mágica para volver a respirar, asombrado y hechizado como está en su pose, sorprendido por la muerte. Otra vez, mientras las botellas de vino van y vienen, la conversación experimenta una demora, el vocerío se apaga, apenas compensado por el tintineo de los cubiertos. Hay quien mira ya el reloj, pensando en el madrugón que le espera. Pero por nada del mundo quisiera abandonar la sala, dispuesto a trasnochar cuanto haga falta con tal de aferrar alguna información preciosa, algún indicio que dé a entender lo que todos, al final del segundo plato, vuelven a preguntarse: ¿hacia dónde va el cónclave, a quién elegirán?

Así, mientras se anuncian, al acabar el cochinillo, guarnición y postre, con esa pacificada concentración que la tripa llena deja en muchos comensales, se vuelve al tema.

Las miradas de muchos van hacia los dos secretarios de color, el del prelado de Dar es Salam y el de Luanda. Pero las bocas negras permanecen cosidas, aunque con una sonrisa que jamás se atenúa ante las pullas de las insistentes preguntas, a las que responden con monosílabos, sin dejarse atrapar jamás. El secretario del cardenal de Hong Kong, que es de Zanzíbar y habla suajili, no puede contenerse ya ante esa ostentosa indiferencia y, queriendo provocar a sus silenciosos conterráneos, da comienzo a una extraña serie de gestos acompañados por la rítmica repetición de una frase, de una suerte de cantilena que se concluye siempre con un breve agudo de la boca y un movimiento del pie que golpea en el suelo. Como contagiados por el gesto y por la cantilena, los otros dos africanos responden con un zapateo, en el exacto momento en el que el zanzibarés Augustine Marangu da el suyo, después del breve agudo. Y el crescendo del ritmo, que no parece experimentar la menor interrupción ni causar el más mínimo embarazo a sus autores, tiene el efecto de hacer enmudecer a todos los presentes, bloqueados observando la escena.

Después sucede lo que durante tanto tiempo dará qué hablar.

Uno a uno, los presentes se sienten invadir por un frenesí con mayor fuerza que su capacidad de control. Y empezando por los que ya están en pie, arrastrando después a los sentados, que se van levantando todos de la mesa, se extiende un irrefrenable deseo de acompasar los pies con los de los tres cantores africanos, quienes han intensificado entretanto, bajo la dirección del de Zanzíbar, los agudos, el zapateo.

El canto se ha convertido definitivamente en una danza que contagia a más de la mitad de la sala; nadie es capaz ya de quedarse quieto y todos mueven brazos, manos, pies y dedos, casi como si siguieran las atentas indicaciones de un invisible director de coro. El fenómeno más incomprensible es que todos tienen la certeza de seguir las palabras en suajili, y responden con sonidos absolutamente inventados pero que, sin embargo, deben de tener sentido para los oídos de los tres africanos, cuyas manos, entretanto, han empezado a emplear la mesa como un tambor, repiqueteando con ritmo sobre la superficie de madera.

Ahora también los últimos irreductibles, venidos de la cocina con la guarnición y el postre, monseñor Squarzoni y sus ayudantes, se ven arrastrados por el vórtice de las danzas, a las que se unen, sosteniendo en sus manos las bandejas con inesperada habilidad, sin dejar que se derrame ni una sola gota de su contenido.

Augustine Marangu pasa ahora a un ritmo más complejo y, cogiendo de la mano a sus dos dóciles y bien acompasados coristas, da comienzo a un baile que hace que le tiemble el cuerpo de cintura para abajo, dando rienda suelta a la voz cada vez más alta. A un gesto de los tres, todos los presentes, cogiéndose de las manos, se entrelazan en una cadena que empieza a girar alrededor de la mesa, al principio lentamente, después más rápido, hasta adquirir un ritmo frenético que empieza a sembrar sus primeras víctimas.

Algunos, en efecto, incapaces de soportar el esfuerzo del canto y de la danza, caen al suelo, saliendo de la infernal sardana demudados, con la respiración entrecortada, aturdidos por la fatiga y esforzándose, sin embargo, por seguir con la mirada a los tres africanos.

De golpe, como por arte de magia, todo se detiene: un agudo más desgarrador que nunca de Marangu bloquea la danza y las voces. Los primeros que se lanzan a socorrer a los más malparados, sentados en el suelo, son los guardias suizos y Kapplmüller, quienes, con todo, tampoco han sabido resistirse al hechizo del contagio.

18.

Pero no es más que una breve pausa de pocos minutos, la interrupción de un baile que no ha hecho más que empezar su contagiosa seducción.

Porque al dar las doce de la noche, como si un acuerdo secreto coordinara con los tres prelados negros a los portadores de las antorchas, listos a esa hora para encender en todas las alas del palacio el fuego que espante a los murciélagos, todo se reanuda con el más endiablado frenesí. Los tres monseñores africanos, a un gesto de Marangu, vuelven a acompasar voz y cuerpo, con un contrapunto aún más sabio de agudos y zapateos, señalando la puerta. Alguien consigue abrirla. Y la hilera de los coribantes, arrastrando de nuevo a todos los presentes entrelazados por una cadena de manos, sale a paso de danza de la sala del comandante de la guardia suiza.

Enfila el largo pasillo que lleva al patio de San Dámaso, toma luego por la larga escalinata que conduce al primer piso y allí se demora invadiendo las dependencias y las salas de las distintas oficinas de la Secretaría de Estado. El espanto induce a las gallinas a esconderse, huyendo del insoportable clamor. A los gatos les ocurre otro tanto, agazapándose bajo los armarios, sillones, cortinajes, dondequiera que haya algo que ofrezca un escudo contra las criaturas que han invadido su campo.

Consumada la primera ocupación del palacio, la furia dionisíaca de los danzantes, tras un gesto de monseñor Marangu, reemprende su ascensión hacia la segunda planta, donde ya dormían en sus habitaciones algunos de los eminentísimos cardenales. Los cuales, despertados en el corazón de la noche por aquella agitación que se anuncia desde el final de las escaleras como una nueva violencia, llevan ya el rosario en la mano, al abrirse de par en par las puertas. La mayoría, presagiando una nueva prueba con la que enfrentarse, debido al cansancio de sus fuerzas, se han confiado a sí mismos a María Santísima. Y mientras una suerte de fiebres tercianas empieza a azotar sus miembros, así, en pijama y camisón, tal y como están, se unen a la hilera de los danzadores, avanzando junto al capellán, a quien reconocen a duras penas, despeinados, con la ropa en desorden y los pies descalzos. Antes de perder la conciencia de lo que hacen, intuyen sin embargo que el hechizo tiene su origen en los tres prelados negros, en esa África que ellos encarnan con la fuerza de una de sus más oscuras magias.

El cortejo de los coribantes ocupa pues la tercera planta, y la cuarta después, sin dejar de enrolar en cada nueva ala del palacio a nuevos contagiados por aquella difusa peste motriz y canora, y no hay cardenal que pueda librarse, víctima de la más absoluta de las irreverencias, de la más demente de las fiebres del cuerpo, rendido a la necesidad de expresarse, no ya con palabras sino en la gesticulación de una danza hipnótica y contagiosa que va desnudando a sus danzadores en el vórtice de los gestos y dura toda la noche, hasta las primeras luces del alba, iluminada por los hachones y las antorchas, ante los ojos abiertos de par en par de los búhos, despertando uno a uno, con meticulosa precisión, a los eminentísimos cardenales, sin hacer excepción de cargo alguno, sin excluir ni tan siquiera al cardenal camarlengo.

La loca posesión parece respetar a un hombre solamente, que dormía sueños tranquilos en sus habitaciones de la quinta planta, donde quien ha guiado aquel desenfreno ha evitado constantemente subir. Es el cardenal arzobispo de Dar es Salam, Leopold Albert Ugamwa, el exorcista que el buen Stelipyn había soñado con ver encaramado al trono de Pedro. Pero su eminencia no tiene un sueño tan pesado como para no advertir el creciente ruido que proviene de los pisos inferiores, hacia las seis, cuando cada mañana acostumbra a preceder al despertador y a su secretario. Y algo del confuso clamor que sube desde las habitaciones inferiores empieza a agitarlo en el duermevela. Porque va reconociendo en las tonalidades de la música, en los intervalos fijos de aquellas voces, un eco notablemente familiar. Dudando de que se trate sólo de un fragmento del sueño que ha tenido esa noche, ambientado en la escuela misionera de su infancia, en Dodoma, donde de niño cantaba con sus hermanos, intenta conciliar de nuevo el sueño. Hasta que lo despiertan bruscamente una palabra y una voz que conoce demasiado bien: esa voz repite una palabra que sólo en sus exorcismos osa repetir.

Y se levanta de inmediato, cogiendo los primeros vestidos que encuentra en la silla al lado de la cama, colgándose por último la cruz pectoral del cuello. Y corre hacia la puerta, después, siguiendo el ruido que subía, se precipita hacia el piso inferior, recorriendo dos larguísimos tramos.

Y por fin ve lo que está perturbando el palacio apostólico: trastornada y poseída por una fuerza cuya naturaleza él conoce bien, la multitud de sus pobres hermanos se le anima delante. Pero como por arte de magia, ante el mismo grito que unas horas antes durante unos instantes la había liberado, ahora se aplaca frente a un amplio gesto de sus brazos que acompaña ese agudo.

Como para querer garantizar su absoluta eficacia, el cardenal Ugamwa lo repite, al cabo de unos minutos, hasta estar seguro de que el sortilegio se ha desvanecido.

Mientras todos se desploman, unos por el suelo, sobre el pavimento o las alfombras, otros sobre una silla, otros apoyando la espalda contra la pared, se eleva una jeremiada de llantos, exclamaciones, invectivas e insultos dirigida contra los tres africanos que han guiado la danza. Los cuales, maravillados y perdidos, como si ellos también se despertaran de una pesadilla, están ahora frente al cardenal Ugamwa, en actitud de profunda contrición, escuchando sus severas palabras.

Pero ya se entrevén entre la multitud las alabardas de los guardias suizos que, al mando de su coronel, Tobias Kellerman, vienen a arrestar a los tres prelados, reos de haber turbado la paz del cónclave. Y el coronel, visiblemente alterado, empieza una visible discusión con el cardenal de Dar es Salam. El oficial no quiere atender a razones ni a atenuantes; esos hechiceros dejarán inmediatamente de estar en condiciones de dañar el cónclave que debe señalar a la humanidad expectante el nombre del sucesor de Cristo.

Van apareciendo entretanto por las escaleras y los ascensores más guardias suizos, los prelados domésticos, los médicos del cuerpo sanitario vaticano, el médico en jefe, el príncipe Aldobrandini, los coristas, el conde Nasalli Rocca, todos aquellos a quienes la peste del baile no ha contagiado aún en el sacro palacio. Y, a la vista de aquella miserable multitud, se quedan sin palabras. La discusión entre el cardenal Ugamwa y el coronel Kellerman se va haciendo cada vez más animada: Ugamwa ha comprendido lo que debe de haberles ocurrido, a su pesar, a los tres africanos, pero necesita verificar sus sospechas en una discusión más apartada. Para complicar las cosas, las reacciones de muchos capellanes de los cardenales se vuelven cada vez más amenazadoras. Se hace necesario poner a salvo a esos tres de la furia de los más decididos a recurrir a las manos, como los italianos, que han empezado a abofetear a Augustine Marangu, el secretario zanzibarés del cardenal de Hong Kong. Entre la urgencia de comprender y la oportunidad de proteger a los tres desgraciados, prevalece en el ánimo del cardenal negro lo segundo.

De este modo, los tres «hechiceros» son escoltados rápidamente, entre una multitud que los acosa, hacia los calabozos del cuerpo de guardia, donde nunca antes había sido retenido sacerdote alguno.

Mientras los pobres cardenales, con sus secretarios, empiezan a desalojar esa planta del palacio apostólico para volver a sus alojamientos, Ugamwa se acerca al arzobispo de Lvov, Stelipyn, que yace exhausto sobre un sofá.

—Perdónalos, querido Wolfram, recibirán en cualquier caso el castigo que se merecen.

—Ya los he perdonado, sólo hago votos para que no vuelva a repetirse... Han perjudicado mucho a la causa de África, y temo que se trate de sabotaje —replica con un hilo de voz el eslavo.

—No lo sé, sin duda se les ha escapado una fórmula de un rito antiquísimo, una danza que expulsa a los espíritus del mal, en la noche... Es una manera de asustarlos pero también de anular la noche, poblándola de sonidos...

—¿Por qué no la han detenido cuando han visto los estragos que hacía entre nosotros?

—Me han dicho que no sabían cómo hacerlo, que lo intentaron, pero advertían una poderosa fuerza contraria, más fuerte que la fórmula que ellos conocían..., y puedo imaginarme de quién se trataba...

—Pero ¿por qué darnos una demostración de esos poderes?

—Wolfram, eso es lo que aún debo verificar, aunque por determinados indicios tengo la sospecha de que se trataba solamente de una broma de alguien que había bebido vino algo más de la cuenta y quería librarse de la excesivas atenciones de sus colegas.

—Lo malo de este cónclave es la falta de secretos: el palacio está lleno de agujeros, todos espían. ¡Si nuestros secretarios y capellanes, pero también nuestros hermanos, supieran echar el freno a la lengua, no se verificarían semejantes contratiempos!

Las palabras han sido pronunciadas por un camarlengo trastornado, con el rostro aún morado, los hábitos reducidos a harapos empapados de sudor, la respiración todavía irregular, la muñeca entregada al médico que controla su pulso.

—Me encanta que emplees el eufemismo «contratiempos», querido Veronelli, eres realmente inefable. ¡Yo usaría términos distintos para el sabbat infernal que África ha sabido evocar entre estos muros! —tampoco el cardenal de Milán sabe renunciar a desahogarse, utilizando lo sucedido en el sentido que a Stelipyn más le había espantado. Pese a lo afanoso de su respiración y al desarreglo de sus vestes, sorprendido como había sido en el sueño, mantiene incluso con un camisón desgarrado un rayo de su dignidad.

Pasan en aquel momento algunos prelados domésticos para apagar los hachones y las antorchas encendidas con el fin de alejar a los murciélagos. Los búhos vuelven a quedarse dormidos en cualquier rincón de la larga sala y en la antecámara, esparciéndose hasta donde es visible el laberinto de las habitaciones de la quinta planta. El regreso de las gallinas y de los gatos, llamados por el mismo personal para su habitual comida, parece una costumbre amable, el divertido episodio de un cuento, en comparación con cuanto había ocurrido. Tal vez solamente el horror de los escorpiones sobre la pared del *Juicio universal* en la Sixtina podría sostener la equiparación.

Esa mañana se celebran las misas con el máximo fervor en todas las capillas privadas. Se capta en el aire la necesidad de recogimiento y de oración, nunca antes tan sufrida.

El camarlengo advierte sin duda esa exigencia de recogimiento, esa oportunidad de consentir a todos sus cofrades una pausa de silencio para reencontrarse consigo mismos. Y los exime durante todo el día del deber de reunirse en la Capilla Sixtina para la enésima votación, a punto ya de cumplirse el tercer mes de cónclave. Los eminentísimos y reverendísimos cardenales no son convocados hasta el día siguiente, a las nueve de la mañana y a las cuatro de la tarde, en caso de fumata negra en la primera votación.

Pero al pobre Veronelli no le queda aquel día demasiado tiempo para dedicarse a la meditación, a diferencia de sus colegas.

Del exterior, del mundo que queda más allá del portalón de bronce, llegaban renovadas señales de alarma e impaciencia ante el largo retraso en la proclamación del papa. Inmediatamente después de haber escuchado la misa de monseñor Squarzoni, puesto que no tenía aún fuerzas para sostenerse de pie y celebrarla él mismo, le es entregado el correo que la Secretaría de Estado ha recibido de algunas embajadas. Nada menos que tres jefes de Gobierno, dos reyes y el presidente de una república transmiten al eminentísimo camarlengo la grave incomodidad de sus pueblos ante aquella ausencia del guía espiritual más escuchado en sus países.

Dos de ellos, con singular sintonía, ponen de relieve el mismo preocupante fenómeno: la tendencia de las comunidades católicas más integristas de buscar en su propio interior, entre los obispos que atienden a sus diócesis, una autoridad que sustituya al obispo de Roma. La amenaza de un nuevo emerger de las libertades galicanas, en el cuadro de las Iglesias nacionales, no debía infravalorarse en absoluto en aquellos momentos. No podía callarse, continuaban las cartas, el creciente fenómeno de la conversión a religiones y filosofías de alta espiritualidad distintas al catolicismo. Las cada vez más frecuentes invitaciones en sus estados, por parte de círculos religiosos, al decimotercer Dalai Lama, Tenzin Gyatso, en busca de prosélitos para su campaña antichina y para la defensa del pueblo tibetano bajo la amenaza de la limpieza étnica, eran notablemente significativas.

El rey del más católico de los tres estados, el de España, hacía notar asimismo que la propia política de ecumenismo religioso del desaparecido pontífice había favorecido ese trasvase hacia otras fes del afán metafísico que siempre está en la base de la proyección religiosa.

El cardenal camarlengo, desde la cama donde está hojeando las cartas entregadas por la Secretaría de Estado, levanta la mirada para contemplar el gran crucifijo de su habitación. Deposita las cartas sobre el cándido pliegue de las sábanas, a su derecha, se quita las gafas.

Sufre aún en sus carnes la postración del baile de siete horas; el sueño tarda en llegar debido al horario tan distinto de lo habitual. Las horas diurnas no le permiten conciliarlo, pero esas misivas se lo roban definitivamente. La responsabilidad de un cisma o de varios cismas pesan sobre su alma. Pero no debe, no puede dejarse arrastrar por la desesperación. Tal vez pueda ser jugada aún la carta africana, debe comprender de qué naturaleza son los poderes de los pastores de esa parte del mundo. O tal vez, si esa posibilidad se cierra después de la monstruosidad de lo sucedido aquella noche, es providencial que África haya revelado su verdadera alma.

Suspendido entre distintas hipótesis, el camarlengo ni siquiera se percata ya de que las gallinas han vuelto a picotear cerca de las faldas de la colcha de damasco, entrando por la puerta entreabierta...

Quien en cambio se da cuenta y las expulsa sin vacilar de su habitación es, en su alojamiento de la quinta planta del palacio apostólico, el cardenal de Dar es Salam, mientras aguarda para recibir a los tres prelados negros. Ha obtenido la posibilidad de poder interrogarlos solo, en sus habitaciones, tras una nueva discusión con el comandante de los guardias suizos. Ha amenazado a Kellerman con recurrir a la autoridad del camarlengo, cuyos poderes con la Sede Vacante son casi absolutos, ante el abuso de autoridad de esa reclusión, y se ha salido con la suya.

Ahora que se los ve aparecer por el hueco de la puerta, en su despacho, donde no hace mucho que ha celebrado misa, por un momento se extravía ante la idea de lo delicado de la discusión a la que debe enfrentarse y ante la conciencia del irreparable daño infligido al carácter sacro de aquel lugar y de aquel cónclave por el comportamiento de esos tres monseñores.

—¿Podría saber cómo se les ha ocurrido organizar algo semejante?

—Eminencia, ha sido culpa mía... Quería provocar a mis amigos.

—Yo tuve que seguirle, después del primer movimiento...

—Pero era la única manera de hacer que se callaran, ya no éramos capaces de soportar sus preguntas..., estábamos seguros de acordarnos de la fórmula entera, y en cambio... —insiste el secretario del prelado de Luanda.

—¡Hablen de uno en uno, por favor! Hay ya bastante alboroto aquí dentro —despotrica el cardenal, que ha notado cómo las gallinas, obstinadas, regresan, atraídas por la vista de algunos escorpiones entre las grietas de las paredes—. Hable usted, Marangu, pues parece ser el autor de esta bonita proeza —añade, bajando la voz.

Y la larga, confusa explicación que sigue certifica sus sospechas. A ese hombre que conoce los secretos rituales de una cierta magia, aprendida de las mismas antiguas fuentes tribales de su estirpe, se le había ido de las manos la fuerza a la que había invocado, casi en broma y acaso con un toque de exhibicionismo. No era ese palacio en el que pudiera jugarse impunemente con esas fuerzas.

Lo que dondequiera hubiese podido incluso ser una inocua manifestación de la capacidad de dominar los ritmos que laten en el cuerpo y gobiernan su voz, aliento, paso, tonalidad, ganas de levantarse y ganas de dormir, se había convertido en ese lugar en algo muy diferente. Porque quien había levantado en los sagrados palacios sus terribles garras para ofuscar el fresco del *Juicio universal,* lanzando esa horda de animales infernales precisamente contra la parte de los justos, se mantenía siempre al acecho ante cualquier otra repetición de la necesidad abierta por la caída de Adán: la elección entre el Bien y el Mal. Ésta gozaba de una tregua sólo en los instantes en los que el ser se libera de las cadenas del devenir. Y era el poder que tenían los ritos transmitidos desde otros siglos de historia, desde otros lugares de la tierra alejados de Roma, donde el Señor había mostrado de otra manera su rostro: liberar la pureza del ser de la cárcel del devenir, salir de los surcos del tiempo, ascender de nuevo hacia lo eterno, durante unos instantes, lo que monseñor Marangu, asistido por sus ayudantes, había sabido suscitar, en el frenesí sin tiempo, sin memoria, sin conciencia, de una danza. Y que, sin embargo, captado por quien no deseaba la redención de la lucha entre el Bien y el Mal, había padecido su acecho, haciendo palanca sobre la fragilidad de la memoria del pobre Marangu.

El prelado, nacido en la misma región de África que el cardenal, escucha la severa respuesta a su relato, junto a sus colegas, sin replicar jamás, tal vez sin comprenderla en su totalidad. Al final, sin embargo, le sale de la boca una pregunta más dirigida a sí mismo que al arzobispo:

—¿Por qué nos habrá hecho el Señor tan débiles?

Pero a Ugamwa se le viene de inmediato a los labios la respuesta:

—Porque nos ha hecho libres, Marangu.

19.

    «Deus amentat quos vult perdere...», leía esa noche, ya tarde, en un viejo comentario de los *Sermons* de Bossuet, el cardenal de Milán, Alfonso Cerini.

    La cita latina del comendador, del *Libro de Zacarías* de la Biblia, no puede ser más pertinente. Sí, es así, Dios arrebata el juicio a quien quiere condenar... Es lo que, entre estos muros, está sucediendo, piensa, sentado ante la mesa atestada de volúmenes, desde hace tres meses su compañía preferida en esa reclusión, volúmenes que no son más que una pequeña reserva traída consigo de su gran biblioteca, en Milán.

    Ahora se ha colmado la medida; ¡esa danza infernal por las habitaciones de los sacros palacios! ¿Quién puede dudar ya de que el Maligno se ha asignado otro punto, en la lucha que ha sido capaz de desencadenar en el corazón de la cristiandad?

    ¿Es que el aislamiento del mundo no es ya la condición sabia e ideal que la tradición aconseja que se siga en un cónclave? Ahora se le aparece a Cerini como la trampa en la que hacer caer, por miedo, a los llamados a esa prueba. Sabe que los contactos con el exterior están flaqueando. Sabe que desde distintas partes del mundo va emergiendo una tendencia a imaginar una posible autonomía respecto a Roma. Siente el olvido y el desinterés enraizarse como mala hierba en torno a las murallas del Vaticano. Y la estrategia del Mal ha sido muy sutil, suspendida entre juego y terror, malicia y violencia, diversión y locura, alusión y forzamiento. *«Deus amentat quos vult perdere...»* Es cierto...

Como un encantador, ha actuado sobre los sentidos, reblandeciendo las severas costumbres con prácticas físicas indignas de los ministros de la Iglesia que habían reunido en el torreón de San Juan a muchos de ellos, seduciéndole a él también. Ha presionado la imaginación, evocando espectros de bíblicas plagas, como la infestación de animales infernales como las ratas, los escorpiones y los murciélagos. Ha hecho palanca sobre su atenuado sentido de la realidad, suscitando reacciones de fuga, a causa de la claustrofobia que poco a poco había ido asustando sus almas, como en el caso de los dos hermanos suyos que habían intentado la evasión. Ha procurado alterar su equilibrio con la horrenda visión de su potencia encomendada a las hordas de escorpiones sobrepuestas al fresco del *Juicio universal*. Ha jugado con su inteligencia, embotándola con la extenuante sucesión de efímeras alianzas que por la mañana borraban los designios de la noche anterior. Por último, ha tomado posesión de forma violenta y desacralizadora de sus viejos cuerpos, con esa especie de baile de San Vito de una noche entera, que había herido en el corazón la dignidad del Sacro Colegio. Pero la malicia más atroz había sido levantar las más altas esperanzas con la elección de un purpurado de África, para hacer que se precipitaran de golpe precisamente en virtud de esa elección. Y aún más, el mandoble atestado al cónclave por el misterio de esa muerte tan repentina, tan silenciosa, tan inesperada de Zelindo Mascheroni, piedra angular de la ortodoxia católica, justo al día siguiente de aquella vibrante intervención suya en el cónclave. Dos de sus hermanos se habían ido, durante aquellos tres meses: el prelado de Río de Janeiro y Mascheroni. También ese espectro flota en las mentes de quienes se sienten por edad cerca del final. Y ese pensamiento acerca de la locura, que ahora vuelve a encontrar en los *Sermons* de Bossuet, conjura para confundir poco a poco su inteligencia de las cosas. ¿Qué desaventura les lloverá encima, tras la picadura de tarántula de ese baile? No, no es perseguir la juventud del mundo, refugiarse en el arcaísmo de África y en su pensamiento mágico, no es la regresión al estado natural lo que salvará a la Iglesia con un papa africano. Si acaso, será necesario apuntar mucho más alto, al romanismo de la tradición, a ese divino equilibrio entre mundo moderno y mundo bárbaro del que nació la modernidad, sin dejar de vivir la herencia del apóstol Pablo, el ciudadano romano de Tarso que había llevado la supremacía de Roma tan alta como una bandera. Al mundo sigue haciéndole falta un centro, un faro, un pastor. Todo el mal que la Iglesia había compartido con la historia de la humanidad es el precio pagado para poder guiar sus pasos, para no dejarla sola. Es ingrato darle ahora la espalda por haberse manchado de tantas culpas, por amor hacia la defectuosa naturaleza humana. Es vil volver a la ilusión de una segunda juventud, bañándose en las aguas de África. La tradición no se ha evaporado con el tiempo, el pasado no es un arabesco de humo que debe dispersarse para liberar la mirada en una nueva comprensión de las cosas. El pasado es una roca, la tradición es tesoro. Por eso el heredero de San Ambrosio y de San Carlos Borromeo sigue creyendo en su candidatura al papado.

Mientras el cardenal arzobispo de Milán está absorto leyendo, en el corazón de la noche, el suntuoso francés de Bossuet, demorándose en la frase latina del comentario, a breve distancia de allí, en el mismo palacio apostólico, Contarini regresa a su alojamiento. Vuelve del cuartel de los guardias suizos, donde ha estado cenando, invitado por Hans Kapplmüller. Tras la abundante libación no le sostienen del todo las piernas. No fiándose de su equilibrio, presta mucha atención a dónde pone los pies, temeroso de despertar al cardenal Malvezzi. Sería el último de sus deseos el que le sorprendiera en ese estado.

Acerca el oído a la puerta que da al despacho de su eminencia. Silencio absoluto. La abre con cautela, temblando por el chirrido de los goznes.

Un rayo de luna llueve sobre el escritorio y sobre el suelo de madera. Todo está en perfecto orden: periódicos, misal, documentos, cartas, volúmenes, plumas, gomas, lápices, medicinas, el marco con la imagen del cardenal entre los jóvenes de su seminario, en Turín; todo como lo había colocado él mismo, pocas horas antes de salir, sin precisar a qué hora volvería. La luz que proviene de la rendija de la puerta, en el suelo, le confirma que la costumbre de su eminencia de leer hasta tarde no se ha alterado ni tan siquiera la noche sucesiva a la danza infernal.

Por la ventana entra la luz de los cristales amarillos de la habitación opuesta a la del cardenal.

Cuando por la mañana suena el despertador a las seis, por unos instantes no reconoce su habitación, de lo profundamente dormido que está. Seguiría durmiendo de buena gana; las secuelas de la bebida se dejan sentir. Pero del otro lado del apartamento llegan los discretos ruidos de quien ya está en pie y, caminando arriba y abajo por la habitación, está esperándolo. Coge el paquete de cigarrillos que le ha dejado Hans Kapplmüller. Sonríe. La vista de las primeras gallinas del día le deja indiferente... Se levanta para dar de comer a los animales... Ha pasado todo...

Durante la misa, en la que ayuda a su arzobispo, muy constipado por la sudadera de la larga danza, hace esfuerzos de todo tipo para que note su indiferencia ante el ir y venir de los pollos por la habitación. Le sigue preocupando lo que Hans le confió anoche, a propósito de un plan de sustitución de los secretarios y capellanes más jóvenes por otros más ancianos, llamados de las distintas diócesis.

Y Ettore Malvezzi, con alivio, nota la curación de ese secretario suyo tan precioso como imprevisible, que durante toda la noche había estado ausente, sin decirle adónde se dirigía... Había apagado la luz sólo cuando le oyó regresar.

Están ambos, puntualísimos, a las nueve menos cinco, a las puertas de la Capilla Sixtina, donde tendrá lugar la votación frustrada el día anterior.

Apenas el camarlengo acaba de pasar lista cuando se levanta pidiendo la palabra uno de los cardenales de las últimas filas, hacia el fondo, cerca de la balaustrada de mármol.

—Es el cardenal de Brasilia —le susurra uno de los dos purpurados escrutadores, Luigi Lo Cascio.

—Tiene la palabra, eminentísimo —responde el camarlengo, que nunca le ha oído hablar en público ni en privado, pero desconfía de la precipitación con la que el conclavista se ha anunciado. E inclinándose hacia el otro escrutador, Attilio Rondoni, antiguo vicario general de la Ciudad del Vaticano, le pregunta si tiene atisbos de lo que el brasileño se dispone a decir.

—No, Vladimiro, pero no es un tipo fácil, por lo general maniobra en la sombra... y esta noche sé que en su celda se han reunido todos los cardenales de Sudamérica.

Debe de ser realmente un gran urdidor el cardenal José Maria Resende Costa, porque en su discurso, tranquilo y analítico, por muy impaciente que hubiera podido parecer en anunciarse, sabe proponer razones distintas y, pese a ello, muy convincentes para destruir las últimas esperanzas de la facción africana; contraponiéndoles sin embargo, por vez primera, las aspiraciones y las ansias de justicia de otra nueva, que nadie había tomado hasta ahora en consideración, la hispanoamericana.

Va presentando, uno a uno, a sus hermanos, a los veintidós purpurados que defienden la parte del mundo más vejada por el imperialismo económico de los Estados Unidos de América, donde millones de personas viven en el hambre, en la prostitución, en la esclavitud de los niños, en el tráfico y comercio de drogas, en una inhumana explotación del trabajo para consentir que el pueblo estadounidense disfrute de su preeminencia. La verdad de esa monstruosa falsedad que sigue ofreciendo de Estados Unidos la imagen del guardián de la paz y de la justicia sobre la tierra, la conocían a la perfección en las plagas de sus diócesis.

Y uno a uno los va nombrando, haciendo que se pongan en pie, como si se tratara de la presentación ante un supremo tribunal de justicia de los testigos de cargo, llegados allí, ante el supremo juez, para un juicio que ya no puede aplazarse más.

Y se levantan, reconociendo la verdad de muchas de las terribles acusaciones que atormentan a tantos de sus hijos, los pastores de Buenos Aires, Bahia, Bogotá, Tegucigalpa, Santa Cruz de la Sierra, Belo Horizonte, Caracas, Medellín, Lima, São Paulo, Brasilia, Ciudad de México, Quito, Aparecida, Managua, La Habana, Córdoba, Guadalajara, Monterrey, San Juan de Puerto Rico, Santiago y Port Louis. La muerte acaecida durante las primeras semanas del cónclave justifica la ausencia del decimoctavo pastor, Emanuele Contardi, arzobispo de Río de Janeiro.

Desde hace siglos, a ese maravilloso rincón de la tierra le estaba negado su destino de prosperidad y expansión, dados los copiosos dones que el Señor había concedido sea a la naturaleza de sus llanuras, de sus mares, de sus montes, sea a sus laboriosas ciudades, a causa de ese dogal que le ceñía el cuello, de esa triste servidumbre que aún oponía los derechos del más fuerte a los del más débil. Sudamérica nunca había sido libre, el mensaje de Simón Bolívar y de San Martín aún debía ser recogido porque sólo sobre el papel las naciones de la revuelta contra España habían conquistado su derecho a la autodeterminación. Quien fuera el primero, en aquel continente, en levantar la justa protesta contra el opresor, expulsando a Inglaterra con una larga guerra, inflamado por el ansia de libertad e igualdad, en nombre del derecho a la felicidad, fue el primero en traicionar más tarde esos mismos ideales. Porque se los había negado a la otra parte del continente, sustituyendo la tiranía del rey de Inglaterra por la del presidente de Estados Unidos. Si el cónclave pudiera representar —y ellos lo creían así— el lugar donde el Espíritu Santo inspirara un más ancho rayo de su potencia redentora, la elección de uno de ellos resultaría providencial. Porque ofrecería a la Iglesia la posibilidad que ninguna fuerza progresista política había sido capaz de obtener en dos siglos. El Espíritu Paráclito no podía manifestarse en los poderes de la magia negra que había afligido aquella noche el Sacro Colegio. El horror de aquella danza tribal que había minado sus carnes había sido un mensaje hasta excesivamente claro. África no estaba madura, podía aguardar su turno para ofrecer uno de sus pastores al vértice de la Iglesia. Pero atención a caer víctimas de la fascinación de esos siniestros poderes. ¿Un papa exorcista? Sería como retroceder a las horas más oscuras del medievo, cuando Gregorio VII fue acusado por Enrique IV de ser un...

El cardenal de Brasilia no ha terminado aún su frase cuando se elevan unos gritos del fondo y del centro de la sala. Las manos que señalan, los rostros desencajados, todos fijos en el mismo punto, demuestran que ya nadie puede seguir escuchando.

El fresco de Miguel Ángel del *Juicio universal* se está desvaneciendo lentamente, como una visión que se fuera evaporando en el aire. Los rostros de los santos y de los réprobos se han vuelto plúmbeos, ya sin fisonomía, sin ojos ya, sin arrugas, sin color carne. Bien y Mal se confunden.

Desaparecen las vestes, las trombas de los ángeles, la barca y los remos de Caronte, las ruedas y las flechas del martirio, la columna de la flagelación de Cristo y la cruz de su crucifixión, las nubes, las tumbas, la piel de San Bartolomé con el rostro de Buonarroti impreso en él, las barbas, las cabelleras, las manos, los muslos, las piernas, los trapos que habían revestido las partes pudendas.

Solamente los rostros de María y del Salvador resisten en el centro de esa inmensa sombra gris que, para el imaginario de millones de hombres, ha estado bien viva durante siglos en las formas del juicio que aguarda a la humanidad al final de los tiempos. También los profetas y las sibilas de la bóveda sufren el mismo horrendo fenómeno. Las paredes desnudas vuelven a tomar posesión de la Capilla Sixtina a manos de otro pintor que pinta la Nada y la enseña como si la tierra ya no fuera más que un desierto, apagada la humanidad, deshechos por el suelo los monumentos y las obras que habían aliviado la vida, sin ultramundo alguno.

—¡Ugamwa! ¡Haz algo! ¡Detén todo esto! —se oye gritar en inglés.

—¡Pero si es él quien lo está destruyendo! ¡Con una de sus magias, es él, es él! —despotrica por otro lado, en alemán, el cardenal de Colonia.

El cardenal camarlengo se levanta y, dando grandes voces, llama al eminentísimo cardenal de Dar es Salam, cediendo por vez primera ante el ambiente que prevalece en el simposio de los cardenales:

—¡Eminentísimo Leopold Albert Ugamwa! ¡Haga algo para poner fin a todo esto!

En el tumulto que sigue a esas palabras, he aquí que la alta figura del prelado negro se levanta de su sitial y, protegido por los guardias suizos, se abre paso para bajar al pasillo.

Un cuerpo contundente, lanzado desde algún escaño, le roza la cabeza, sin acertarle: alguien le ha arrojado un misal.

Se le ve darse lentamente la vuelta en dirección hacia donde ha partido ese lanzamiento. El rostro en lágrimas habla por sí solo, constriñendo al silencio a algunos de los más cercanos. Después, como si luchara contra un viento fortísimo, sus vestiduras se levantan y se desarreglan, mientras tanto él como los guardias se protegen el rostro con los brazos.

Y el esfuerzo de caminar hacia el altar, en dirección a lo que había sido el *Juicio universal,* parece sobrehumano. Pero el tumulto que ha causado la monstruosa caída del fresco va apaciguándose, mientras todos en la capilla advierten el soplo de aquella fuerza que se opone al pobre exorcista y alienta sobre su propia cabeza, cada vez más imperioso y violento.

No ha entrado el viento por las ventanas, todas bien cerradas. No es una repentina corriente de aire, que ha forzado las puertas. Es un aliento frío de muerte, que penetra en los huesos y hiela la sangre.

Después ocurre algo que contrarresta toda capacidad de seguir protestando contra aquel hombre que avanza con pequeños pasos hacia la pared del fresco.

Ugamwa dice algo, lo repite en voz alta, cada vez más alta, con un esfuerzo penoso que parece plegar en dos su solemne figura. Y de repente, se ve relucir de nuevo, en la vivacidad de sus maravillosos colores y de sus miles de formas, el *Juicio universal,* mientras el viento se atenúa de golpe en toda la Capilla Sixtina.

Pero del exorcista, del cardenal negro que ha realizado el sortilegio contra el espíritu del Mal, no queda la menor huella.

Ha desaparecido, como antes habían desaparecido los colores de la pared que volvía ahora a aparecer bulliciosa de vida.

En vano los cuatro guardias suizos lo buscan, palpando el aire donde hasta hace pocos instantes había luchado con ellos contra la furia del viento. Lo buscan en vano por toda la capilla, en las entradas, en las antecámaras, en la sacristía.

El gran exorcista ha abandonado el cónclave.

20.

Esa noche el patriarca maronita Abdullah Joseph Selim se había acercado para devolver al cardenal Malvezzi algunos libros, quedándose después a cenar. La larga reclusión del cónclave pesa en las condiciones de salud del prelado de Oriente Medio, cada vez más quebradiza pero capaz de oponer una resignación que no deja de asombrar y edificar el alma de su colega turinés, vecino de sitial en la Capilla Sixtina. Sentados junto a la chimenea encendida, mientras monseñor Contarini está quitando la mesa de la cena, los dos amigos pasan revista a los acontecimientos del día, empezando por la votación vespertina, la única efectuada, a pesar de la limitada presencia de los votantes.

La mayor parte del Sacro Colegio, en efecto, había permanecido encerrada en sus alojamientos, aún aterrorizada por la escena de la disolución en la nada de uno de los más renombrados candidatos a la elección papal. El resultado de la votación había quedado seriamente influido por el discurso del prelado brasileño, dado que veintidós votos habían acabado por favorecerlo. Pero se trataba de una posición precaria aún, en manos de una fuerza numérica todavía muy alejada de la mayoría simple de la asamblea, suficiente ya después de los primeros dos días de votación.

Malvezzi se había maravillado por haber obtenido un voto más, aparte del otorgado por el patriarca libanés, a quien había escuchado replicar:

—¿Y qué sabes tú de lo que le es posible a Dios?

Ahora, sin embargo, la frase que tanto le había llamado la atención casi dos meses antes se había ido completando con un sentido más trágico e inquietante. Porque Dios parecía retraerse lejos de sus hijos, haciendo posibles días terribles como aquél: uno de ellos, culpable acaso de haber ejercido poderes de magia, había sido engullido por las fuerzas del Mal.

¿Hasta ese extremo dejaba el Señor libre el campo de batalla? Ese cónclave que, en ocasiones, a lo largo de su historia, se había consumado en unos cuantos días con una elección realizada en virtud de la Inspiración, se arrastraba ahora penosamente y estaba convirtiéndose en la prueba de la retirada de Dios.

¿Es que su presencia estaba en otro lugar? ¿Había elegido a otros para recibir la gracia y representarlo?

Malvezzi había estado meditando la noche anterior sobre la página bíblica de la locura de Saúl consciente del abandono del Señor e ignaro de que el joven David ya había sido ungido en secreto por Samuel como rey de Israel. El diablo era ya dueño del alma trastornada del rey Saúl, condenado poco después a morir.

¿Es que la Iglesia estaba alejada de Dios como Saúl? Y si fuera así, ¿dónde se escondería el joven David?

Tales son los interrogantes que Malvezzi confía al maronita, quien desde hace unos minutos escucha en silencio, contemplando fijamente el fuego de la chimenea, mientras un gato se restriega contra su túnica. Cuando Malvezzi termina de hablar, el maronita permanece aún en silencio. Después, silabeando las palabras con lentitud, invita a su colega a una visión más amplia de esa guerra que no ve enrolados más que a cristianos y a enemigos de Cristo. No sólo de su Iglesia se retrae el Señor, sino de media humanidad, para permanecer como único legado de la parte perdedora, de la más pobre. El egoísmo, contrahecho como progreso económico, da rienda suelta al éxito, que, llegado al estado terminal del malestar más difundido en toda la sociedad más rica en Occidente, el narcisismo, es la victoria del Mal. El Bien vive en el silencio, donde carece de voz y de poder.

Y es en esos pueblos de los que ese día ha hablado también el cardenal de Brasilia, en el subdesarrollo de África, en los millones de marginados por la indigencia que en Rusia están de rodillas bajo el poder de la mafia, en los parias expulsados de toda mesa de negociación como los kurdos, los birmanos, los iraquíes, en los ceñidos por cadenas, como los iraníes bajo el yugo de los ayatolás. La Iglesia no es una privilegiada en esta lucha, sino que está implicada en ella como la humanidad entera. Pero él, que proviene de una zona del mundo tan atormentada por las guerras entre fes opuestas y razas distintas, se siente en condiciones de poder decir que la Iglesia no está en ocasiones donde la Iglesia oficial católica despliega sus tiendas, sino en el campo adversario.

Dios, en su martirizado Líbano, ha cambiado sus estandartes, apareciendo muy a menudo no en las filas de los ricos católicos, sino en las de los musulmanes pobres.

Ante esta última afirmación, Malvezzi manifiesta un gesto de estupor, desplazando hacia delante el sillón. Cae la Revelación con ese asunto. ¿Dónde va a ir a parar el magisterio de testimonio de la verdad de la que la Iglesia es maestra y depositaria?

El patriarca sigue tomándose su tiempo ante aquella interrupción. Después replica que está realmente contento de haber votado por él, en ese cónclave, porque nadie más puede manifestar con tanta coherencia el romanismo, el italocentrismo del papado. El problema, sin embargo, es preguntarse si votar por el papa significa aún convocar a Cristo para que guíe a la humanidad, en su más antiguo vicario. Consciente de haber dicho algo grave, que despierta no poco desconcierto en su interlocutor, Abdullah Joseph Selim permanece callado.

Ahora la frase que tanto había iluminado a Ettore Malvezzi, «¿Y qué sabes tú de lo que le es posible a Dios?», asume otro significado más, confundiendo sus últimas certezas. Invita a ver esa parálisis del cónclave no como perversa intrusión del Mal, sino como nueva decisión en el campo del Bien, que abandona Roma y su exclusivo derecho a representarlo, concordando a la perfección con las dudas que por la noche lo habían tentado, al releer las páginas de la Biblia sobre Saúl y su locura.

En la péndola de su despacho suenan las nueve. El patriarca, aferrado a su bastón, apoyado junto al sillón, se levanta, para despedirse de su amigo y emprender el regreso a su alojamiento. Acostumbrado a abandonar durante muy pocas horas su cama, incluso de día, el cardenal, aquejado de enfisema pulmonar, se acerca a Malvezzi, lo abraza por tres veces, según la usanza oriental, y se vuelve para apoyarse en el brazo de Contarini.

Ettore Malvezzi permanece de pie mirando la puerta por donde ese hombre problemático ha desaparecido. Después se acerca a la ventana que da a un patio interior, y recibe la sorpresa de ver gruesos copos de nieve. Después de la excesiva templanza de las temperaturas en los meses de octubre y de noviembre, el invierno ha dado comienzo con una extraña anticipación, volviendo a causa del frío aún más penosa la segregación en el palacio apostólico. La luz, día tras día, se estaba yendo cada vez más pronto. A las cuatro de la tarde se veía obligado a encender la lámpara del despacho, como los desconocidos habitantes de detrás de la ventana de cristales amarillos, enfrente de la suya, ahora reluciente en la noche. Al calor de la chimenea y de los radiadores bastante vetustos le cuesta alejar la humedad de esas enormes habitaciones. Así pues, los votos que Selim le ha dado no constituyen una adhesión convencida, sino sólo una concesión a un ritual que no logra persuadirlo hasta el fondo de su corazón. Y él, el arzobispo lleno de dudas, que dice misa cada mañana con el tormento de no ver siempre al Señor en la hostia consagrada por él mismo, se convierte ahora en la viga maestra de esas antiguas y superadas certezas...

Vuelve a pensar en el llamamiento del prelado de Brasilia, que por un momento lo había conmovido, haciéndole entrever una posibilidad eficaz de decisión definitiva. Y, sin embargo, había sido un discurso imbuido de pasión política. La reacción de los cardenales norteamericanos, en contacto constante con su país, sin duda no se hará esperar. El camarlengo y el cardenal han recibido nuevas presiones terribles a través de los canales de la diplomacia que no respetan la segregación.

Un escalofrío lo recorre mientras los copos de nieve golpean el cristal, estriándolo. Ahora, la ventana de enfrente se anima de sombras, detrás de los cristales, las vidas que siguen haciéndole compañía sin mostrarse jamás. Son las nueve y cuarto. Aún puede ir al torreón de San Juan, a calentarse. Encontraría a muchos de sus cofrades, allá arriba, entumecidos como él y tal vez en busca de alguien con quien intercambiar ideas una vez más, comentando los últimos e inexplicables acontecimientos.

Selim le ha dejado en la duda de que son pocos, incluso en el cónclave, quienes siguen alimentando aún las más antiguas certezas, mientras que allá fuera el mundo, que ha perdido con la caída del bipolarismo político los faros para su navegación, parece poder contentarse con un deísmo vago y sincretista: el peligro que hombres como el arzobispo de Milán más habían temido que pudiera irrumpir.

Está a punto de abandonar su alojamiento cuando suena imperioso el teléfono.

Le asalta la tentación de no contestar, y de salir como si nada. Después, la preocupación de llevar más de diez días sin recibir noticia alguna de casa le hace cambiar de idea.

Levanta el auricular. La centralita le pasa, desde Bolonia, a su hermana.

—Hace mucho que no hablamos, ¿cómo estáis?

—Bien, Ettore. Ahora sí, pero hemos pasado por momentos difíciles, por eso no quise molestarte...

—¿Qué ha ocurrido?

—Francesco tuvo un serio accidente, pero al final salió sólo con algunas fracturas de huesos.

El silencio que sigue al otro lado de la línea da a Clara la medida de lo bien que ha hecho en no advertir a su hermano hasta que hubiera pasado el peligro. Al mismo tiempo, sin embargo, le transmite, con más fuerza que llamadas anteriores, el sufrimiento definitivamente agudo del único hermano que le queda tras la muerte de Carlo, hace algunos años: esa segregación pesa ya demasiado. No lo ve desde principios de septiembre, cuando fue a verlo, a Roma, en la apertura del cónclave.

Malvezzi está mirando fijamente, con toda la energía de sus pupilas, la ventana iluminada frente a él, de cristales amarillos. Lo horroroso de aquella noticia, mitigado apenas por la información de que Francesco está vivo, le penetra hasta el fondo del alma provocándole por vez primera un irrefrenable impulso de fuga.

—Pero... ahora está ya bien, ¿verdad, Clara?

—Sí, Ettore, sólo tiene un fémur y algunas costillas rotas, se las apañará con bastantes días en la cama... Cuando salgas lo verás ya de pie.

—Cuando salga..., tú lo has dicho; pero ¡quién sabe si saldré alguna vez!

Es la primera vez que su hermano se deja arrastrar a un comentario de esa clase. Una señal de inquietud y cansancio realmente excepcional en un hombre tan paciente y capaz de aceptar las pruebas de su condición.

—¿Qué tal van las cosas? La última vez me pareció entender que había algo perfilándose en el horizonte...

—Pues ahora ya no se ve nada, y hay quien desaparece como un fantasma...

—He oído yo también que no ha faltado quien, con el pretexto de la salud, ha intentado que le mandaran a casa, lo leí en los periódicos, pero hace ya tiempo...

—No, no se trata de eso... Pero dejémoslo correr, no me creerías si te lo contara, a veces me parece incluso a mí un sueño del que no soy capaz de despertarme. Más vale que hablemos de Francesco, ¿dónde está ahora?

—En una clínica, preferimos que ingresara en una clínica cerca de Bolonia, es de unos amigos de Eugenio; tuvieron que hacerle una pequeña operación. Pero todo va bien, recibe constantes visitas de amigos y amigas, se aburre y pregunta a menudo por ti...

—Dame su número de teléfono.

—Claro. Tiene el pelo larguísimo, ya sabes, con lo presumido que es, hace que se lo cuide y se lo lave su amiga, pero de cortárselo, ni hablar.

—¿Sigue con la misma chica?

—Sí, Caterina. Desde luego, no es una estúpida. Ya la conocerás tú también. Para Navidad, Francesco estará en casa y, si no tienes nada en contra, Eugenio y yo hemos pensado en invitarla a ella también, a la cena de Nochebuena.

—Ya, ya, dentro de poco es Navidad... —la idea de esa fiesta que siempre ha pasado entre sus fieles siendo párroco, después como obispo auxiliar, por último como cardenal, en Turín, dedicando la velada de la vigilia a los suyos, lo conmueve de nuevo. No está en absoluto seguro de poder salir para esas fechas del cónclave. Sería la primera Navidad que pasara solo, después de tantos años.

Ahora las sombras en movimiento, detrás de los cristales opacos de la ventana de enfrente, han desaparecido; dentro de poco apagarán las luces, se quedarán dormidos. Pero debe moderarse, frenar eso que está a punto de arrollarlo y que su hermana no deja de captar, reprimiendo su habitual ironía acerca del cónclave y los cardenales. Ahora han apagado la luz de la habitación de enfrente. El perro, que no todas la mañanas se dejaba oír, ladra. Los gatos de su habitación levantan los hocicos, alarmados.

—Ettore, ¿estás ahí? ¿Me oyes?

—Claro que te oigo, Clara.

—Entonces, si estás de acuerdo, ¿para Navidad, en tu casa, con Francesco y su chica?

—Naturalmente, Clara...

—No la obligaré a llevar un traje negro, en el fondo todavía no va a visitar al papa... —bromea su hermana. Pero no es el timbre de su ironía, siempre demasiado mordaz. Hay un afecto muy sensible en esa imagen, y por vez primera se deja arrastrar a bromas sobre esa cuestión desde que está emparedado allí dentro.

—¡Ah, Clara, a mí me basta con salir de aquí!

—Te sacaré yo de esa jaula, a costa de tener que ir a arrancarte de las garras de los guardias... —y la voz de Clara sigue siendo distinta, gutural y lenta como si una sombra de miedo la turbara a ella también.

Ahora han dejado de hablar. Pueden oír sus respiraciones, el hermano y la hermana, en el silencio.

Pero una campana de Bolonia, que él reconoce como la de San Domenico, cerca de casa de Clara, toca las horas con claridad: las diez menos cuarto. La amplitud del mundo lo devuelve a casa de ella, donde siempre estaba preparada para el tío la habitación que todos llamaban, en broma o por jactancia, «la habitación del cardenal».

Ese repique hace que su sobrino vuelva a la cabeza de Malvezzi.

—¿Me das entonces el número de teléfono de Francesco?

—Es el 051657632, puedes llamar cuando quieras porque está solo en la habitación...

—Muy bien, entonces le llamaré mañana por la mañana, después de misa, a las ocho. Díselo.

—Ahora le avisaré. Pero a ver si tú llamas un poco más a menudo.

¿Cómo llamar más a menudo, cómo explicarle que estaba hablando entre gallinas, gatos y lechuzas, con el temor a una nueva manifestación del Maligno, que hace que los cardenales intenten fugarse, y roba a los píos, como el patriarca de Beirut, la fe de ser realmente electores del vicario de Cristo?

Ella no ve ese ambiente, ella no puede percibir lo dulcísimo que llega a ser el declive hacia la demencia, definitivamente manifiesta en los gestos de todos, allí dentro, desde los jóvenes capellanes a los ancianos prelados.

Él eso no puede contárselo, lo tiene en su interior como la lenta y sutil adicción a ese clima de eterno aplazamiento del regreso. Tal vez así se anuncie la locura: como una extraña costumbre que hace aplazar hasta mañana el propósito de salir de ella y entretanto, poco a poco, se vuelve ligera y sostenible. Todo el mal de la vida posee ese estilo ambiguo, esa cadencia de engaño. Se anuncia así la vejez, como un chirrido en sordina que con disimulo sapiente re-

blandece las carnes, destiñe el arco perfecto de las cejas, co-
rrompe la firmeza del seno, la curva de la cadera. También
la enfermedad conoce esas tácticas escitas de guerra, esa no
resistencia que sabe convivir con la salud, taponando aquí
y allá los pasajes por los que irrumpirá algún día. El cónclave se ha convertido así en una escuela de auténticos ejerci-
cios espirituales, tan perfecta como ni siquiera el papa negro, el general de los jesuitas, podría soñarlo.

No, no es capaz de contar lo que siente, ni a ella ni
mucho menos a su sobrino. Llamará a Francesco mañana,
no de inmediato, como para sorpresa de su hermana no le
ha dicho que haría. Y quién sabe si mañana, al despertar,
ese impulso que ahora lo tienta no se habrá apagado ya,
como tantas otras solicitudes de ayuda en esas últimas semanas.

—Bueno, ahora tengo que despedirme, Clara, ya
hablaremos.

—¿Cuándo?

—En un par de días, pasado mañana.

—Entonces, hasta el domingo, Ettore. Un abrazo.

Tras colgar el teléfono, se apoya en la silla más cercana; una lechuza acuclillada sobre la varilla de las cortinas se lanza contra él para atrapar a un murciélago. Un
embrollo de plumas, un revoloteo de alas, un aleteo más
tumultuoso y después un ruido sordo en el pavimento. El
murciélago yace en el suelo rígido. La lechuza, sin embargo, no debe de estar mucho mejor. La ve sangrante, con un
ala incapaz ya de elevarse, dando saltitos cerca de su víctima. Y un gato la toma como blanco, mirándola fijamente.
Aleja al gato e intenta colocar la rapaz sobre su mesa, lejos
del salto de los felinos.

Ahora suena otra vez el teléfono.

—¡Tío! ¿De modo que no sales nunca de esa madriguera? ¿Es que no estás harto de jugar a elegir el papa?

—Francesco... ¿qué tal estás? Sé que has tenido un accidente, pero te has librado con poco.

—Claro, si es que un fémur y tres costillas rotas son poco; solamente cuarenta días de aburrimiento, casi tan largos como tu cónclave. Pero tú me ganas siempre, ¿sabes que no nos vemos desde el verano?

—Ya lo sé, ya lo sé. Pero tú, mientras tanto, ¿te has examinado de Ciencias de la Construcción?

—Tenía que examinarme al día siguiente del accidente, perdí la convocatoria. ¡Y pensar en todo lo que había estudiado!

—El saber nunca se pierde, ya lo verás. De un contratiempo nace una ventaja, sacarás mejor nota.

—No soy un perfeccionista, me basta incluso con el aprobado. Pero tú, tío, ¿qué tal estás? Daría un ojo por saber qué tal os lo pasáis allí dentro. De vez en cuando oigo noticias de vosotros y busco siempre tu nombre. ¡Pero de ti no hablan nunca, tío!

—No soy un futbolista, Francesco. Es mejor si no oyes hablar de mí... Es una vida algo dispersiva la nuestra, casi como la tuya en la clínica, supongo... Tampoco aquí pasa nunca nada...

—En eso te equivocas, aquí hay unas enfermeras guapísimas y tengo la impresión de que con los médicos...

—¿Te parece que ésas son cosas como para decírselas a un tío cardenal y encerrado además en un cónclave, Francesco? En cualquier caso te he dicho una mentirijilla, también aquí dentro nos divertimos, aunque a nuestra manera...

—¿Y qué manera es ésa, tío Ettore?

21.

—Jugamos al escondite, querido Francesco, y algunas veces lo hacemos tan bien que somos incapaces de encontrar a quien se ha escondido, incluso después de que el juego haya acabado. Después bailamos, pero sin tregua en ocasiones, y durante toda la noche, de forma que vemos amanecer, ya sólo con ganas de irnos a acostar, demudados por el cansancio. Y después jugamos al ilusionismo; date cuenta, entre nosotros hay uno tan bueno que es capaz de hacer desaparecer y aparecer después todo el fresco del *Juicio universal* en la Capilla Sixtina. Además, nos divertimos mucho con peleas entre animales, aquí se aceptan siempre apuestas en los enfrentamientos entre gallinas y escorpiones, gatos y ratones, murciélagos y lechuzas. Cuando acabamos hartos de tanta diversión, vamos a votar por el papa en la Sixtina o descansamos entre las volutas de vapor del baño turco del torreón de San Juan. ¡Ya me dirás si no nos lo pasamos de muerte aquí en el cónclave, querido Francesco!

—Ay, tío, qué grande eres, cuánto sentido del humor tienes siempre, qué fuerte... —y las carcajadas de su joven sobrino lo contagian, haciendo que se ría de placer, mientras la lechuza del ala herida vuelve a acuclillarse en la varilla sobre el cortinaje. Menos mal que se le ha ocurrido esa tentación de parodiar la verdad; pero ha sido Francesco quien le ha infundido ese espíritu, hablando con Clara nunca le hubiera venido tal inspiración. Su hermana le habría interrumpido para preguntarle si no se encontraba bien—. Entonces, eminentísimo tío, puedo quedarme tranquilo, te lo estás pasando de miedo y nos veremos pronto, en Navidad.

—¡Qué mejor que esto! Claro, en Navidad te llevaré unas cuantas gallinas del cónclave, para la cena de Nochevieja incluso... Si vieras lo hermosas que están...

Y mientras Francesco, sin dejar de reír, se despide, el cardenal arzobispo de Turín siente cerrarse con mayor fuerza el círculo de la locura a su alrededor, en esa inútil salida de su asedio confiada a la broma, a la fábula, a la disparatada confesión concedida a los bufones, que sólo en la mofa de la desacralización pueden rendir homenaje a la verdad. Porque en eso se están convirtiendo, él y el resto de los cardenales en el cónclave, en una suerte de juglares, de bufones, de idiotas de Dios, que impulsan hasta el espasmo la provocación con el fin de que Dios se manifieste. Un cónclave que se reinventa en carnaval, al objeto de que Él asome por algún lado, con tal de que aparezca como sea. Un sol que ya no sale por levante sino por poniente, pero que no deja de salir.

Y es con ese desarreglo del ánimo con el que, a las diez y media pasadas, decide acercarse al torreón de San Juan, donde, al abrir la puerta de la antecámara, nota, sin asombrarse, una auténtica multitud.

Encuentra, no sin esfuerzo, un camarín aún disponible.

Están todos allí, los franceses, los alemanes, los españoles, los italianos de la curia y los de las diócesis, los africanos, los americanos del norte y los del sur...

Se topa con el cardenal Paide, que se está desnudando en el camarín de al lado.

—Y tres... —dice suspirando, con los ojos en blanco clavados en el rostro ascético del ex trapense.

—Y tres... ¿qué?

—... Y tres de nosotros que se nos han ido, querido Paide: Contardi, Mascheroni y Ugamwa...

—No puedes poner al mismo nivel de los otros dos a nuestro gran exorcista. Ugamwa no está muerto.

—¿Tan seguro estás? ¿Qué sabes tú de magia?

—No hace falta ser un experto para darse cuenta de que no ha fallecido. Sin embargo, debemos rezar por él, acuérdate de hacerlo en tu misa.

Ettore Malvezzi, sin contestar nada, empieza a cambiarse a su vez. El eco de las carcajadas de Francesco sigue estando vivo en sus oídos y se reaviva a oleadas con tanta intensidad que lo contagia de nuevo, sin preocuparse de que alguien pueda darse cuenta. Y tampoco en esos momentos puede contenerse, estallando en una carcajada seca.

Paide finge no haber oído esa euforia inmotivada, precediéndole en el baño turco. No es el primero entre los colegas que da signos de inestabilidad psíquica en esos últimos días. Por lo demás, ya había notado que Malvezzi padecía de una hiperlalia de origen nervioso, provocada tal vez por la claustrofobia. Él sigue considerándose afortunado por su formación de trapense: puede permanecer en silencio y solo durante días, sin sentirse jamás solo. Más bien es la compañía de los demás la que hace que sienta, a menudo, la soledad. Por eso también le gusta la sauna, para corregir la tentación de evitar a su prójimo; en ese lugar se ve obligado a la familiaridad, a la conversación, al contacto directo como en su isla de pequeño.

—Pero ¿cuándo volverá nuestro gran exorcista?

Entre los vapores no lo ve, pero reconoce la voz de Malvezzi, que debe de haberlo seguido y no quiere concederle tregua.

Opta por no contestar, aprovechándose de las volutas que lo resguardan.

—¿Y quién puede saberlo? Sólo lo saben los cardenales negros, ¿por qué no se lo preguntas a ellos? —contesta en su lugar una voz que no consigue identificar, dada la intensidad del vapor; esa noche, con la caída de las primeras nieves, los responsables del mantenimiento de las instalaciones habían aumentado la temperatura.

—No tengo miedo... ¿hay alguno de nuestros hermanos de África aquí dentro?

Ahora ese dirigirse, de tan escasa delicadeza, en el anonimato de las nubes de vapor, a uno de los prelados acaso injustamente inculpados de prácticas mágicas, se vuelve provocativo y fastidioso.

—Estoy yo, aquí dentro.

—¿Quién eres?

—Carlo Felipe Maria Dos Angeles, de Maputo...

—Entonces te lo pido a ti. ¿Llamas tú al cardenal Leopold Albert Ugamwa o tengo que llamarlo yo?... Ugamwa, ¿a qué estás esperando? ¡Soplarás, soplarás y los muros derribarás!

Un largo silencio sigue a las últimas y extravagantes palabras de Malvezzi.

Matis Paide está a punto de abrir la boca en un intento de aligerar la tensión, cuando se da cuenta de algo extraño.

El vapor se despeja rápidamente, mientras la temperatura disminuye. Resultan ya visibles todos los grandes electores, tal y como Dios los trajo al mundo, algunos sentados, otros de pie, otros apoyados contra la pared.

Y en la mitad, en el centro de la enorme sala, aparece, revestido de pies a cabeza con su traje negro y rojo, el cardenal arzobispo de Dar es Salam, Leopold Albert Ugamwa.

Se oye una carcajada que aumenta, aumenta sin conseguir detenerse.

Es Ettore Malvezzi, que no puede parar. A quien lo invita a contenerse, contesta solamente, repitiendo la frase cada vez más rápido, que debe hacer de inmediato una llamada telefónica a Francesco.

—¿Una llamada telefónica? Pero, Ettore, ¿no ves que ha regresado nuestro Ugamwa? ¿No era eso lo que habías pedido tú? —intenta argumentar Rabuiti, empezando a comprender que algo terrible le está sucediendo a su pobre amigo turinés.

—Os lo ruego, ¡dejadme telefonear a Francesco!

El cardenal de Dar es Salam, conmovido y aturdido, sale entretanto de la sala que vuelve de golpe a calentarse y a llenarse de vapor.

Diversos cardenales salen del baño, en el que, con Ettore Malvezzi, sólo permanecen Celso Rabuiti y Matis Paide.

La pequeña multitud que rodea al prelado tanzano no quisiera dejar que se fuera. Son muchos quienes lo tocan y le estrechan la mano, sin reunir aún valor para hablarle, para plantearle las preguntas que sólo una mente turbada como la de Malvezzi podría tener la inconsciencia de hacerle.

—Pobre Ettore, será necesario llevarle a su celda —comenta cerca de Ugamwa el prelado de Venecia, Aldo Miceli.

—¡Pero si es él quien ha tenido la fuerza de hacerme volver! —las palabras del exorcista asombran a todos.

—¿Qué quieres decir?

—Que la suya es una extrañeza buena, como mi magia. Malvezzi sigue comprendiéndolo todo, aunque de forma distinta. Por eso me ha llamado, porque me ha visto, él sabía que estaba aún entre estos muros.

Ahora cae de nuevo el silencio. La conversación ha tomado un cariz que vuelve a poner en liza por parte del africano una forma de pensar que no puede conciliarse con la de los demás. Ugamwa, defendiendo la fragilidad de Malvezzi, se precipita a sí mismo otra vez en una condición que sólo le atrae la desconfianza de los grandes electores del papa.

—¿Por qué no queréis entenderlo? Si no tuviera también la simplicidad de un niño, no hubiera podido abrirme el pasaje para regresar.

—Pero ¿qué dices? ¿Cómo iba a apañárselas el pobre de Malvezzi para abrir... pasajes? —insiste el patriarca de Venecia.

—Incluso los más altos muros erigidos por el Mal ceden. Pero alguien, sabiendo pedir a quien ha quedado prisionero de ellos un pequeño esfuerzo para abandonarlos, puede mudar en juego esa prisión. Eso es lo que ha sabido hacer Malvezzi, desafiándome... a soplar contra el muro. Así me ha liberado.

En ese momento aparecen por la puerta Matis Paide y, apoyado en su brazo, Malvezzi. Flota una sonrisa estática en los labios del turinés.

No son necesarias las palabras. Esa sonrisa sin porqué, sin objeto, esa sonrisa sin final, habla. Y le da la razón a Ugamwa: ese hombre ha perdido el hilo de las mentiras y de la verdad y Mal y Bien han dejado de mentir, de aparecérsele distintos.

Rabuiti mira en ese momento el teléfono en una repisa de la antecámara, pensando que ya no le hará falta a su querido Ettore para llamar a Francesco. El cardenal turinés, en efecto, pasa por delante del aparato sin tan siquiera verlo, dejándose conducir dócilmente por el purpurado estonio hacia el vestuario.

Alguien debe de haber conseguido advertir al capellán, monseñor Contarini, porque se ve la enjuta figura del prelado aparecer palidísimo por la puerta y desaparecer como el rayo en los vestuarios. El purpurado tanzano se sienta en la antecámara, circundado aún por numerosos cardenales. No quiere responder a preguntas sobre lo sucedido. Responderá sólo ante el camarlengo, a quien debía dar cuentas de sus prodigiosos poderes.

Reaparece ahora Ettore Malvezzi, acompañado por su capellán. Parece menos confuso, aunque la sonrisa estática permanezca en sus labios y ayude a comprender qué clase de relación mantiene ahora con la realidad. Ugamwa se le acerca para preguntarle cómo se siente y Malvezzi, en vez de contestarle, lo bendice, trazando en el aire la señal de la cruz. El gesto del cardenal posee una gran dignidad, parece consciente y proyectado más allá del lugar en el que se encuentra. No se limita a bendecir sólo al prelado negro, sino que, mirando a su alrededor, empieza a bendecir a todos los cardenales, con una solemnidad en sus gestos que se transmite a quienes lo miran y les impulsa a persignarse a su vez.

Se dirige lentamente hacia la salida, sin dejar de elevar las manos en señal de bendición. Algunas cabezas se inclinan, mientras que los dos monseñores, el filipino y el ugandés, de servicio en el torreón de San Juan, se arrodillan.

Es el propio monseñor Contarini quien acude a ver al camarlengo dos horas más tarde, para hablarle de las condiciones de salud de su arzobispo, que está ya acostado en sus habitaciones.

La noticia de que Malvezzi ya no está en sí le ha sido comunicada de inmediato al cardenal Veronelli por el propio Ugamwa, pero en términos tan sugestivos y tan poco clínicos que no daban a entender si Ettore Malvezzi podría seguir participando en las votaciones del cónclave.

Éste es el verdadero y único problema que ha de resolver el camarlengo de la Santa Iglesia Romana, que no conoce precedentes en los que basarse. El purpurado tanzano, en efecto, no dudaba de la oportunidad de continuar incluyéndolo entre los presentes en las reuniones de la Sixtina. Su persona está consagrada, no puede faltar al Sacro Colegio. Tal vez ese hombre esté incluso más cerca del Espíritu Santo.

Veronelli, sin embargo, desconfiando de antemano del lenguaje de Ugamwa, se siente más perplejo, menos capaz aún de comprender la decisión que ha de tomar. Y si el nuevo pontífice fuera elegido sin el voto de Malvezzi, pese a estar éste presente en el palacio apostólico, ¿no podría ser invalidada esa elección?

Contarini, frente a esa perplejidad, que le es comunicada cuando Ugamwa acababa de salir del despacho del camarlengo, no sabe qué contestar. Sólo puede decir que el estado de su cardenal era de una ejemplar apacibilidad, al menos en las horas pasadas desde que evocó al desaparecido cardenal tanzano. Ante la palabra «evocó», el camarlengo replica, interrumpiendo irritado a Contarini, que Malvezzi no es un exorcista, no evoca a los muertos ni expulsa a los demonios.

Contarini replica que ya no está seguro de que en el cónclave haya un solo exorcista; porque el cardenal de Turín habla con las sombras, incluso con las de los dos difuntos que habían entristecido el cónclave.

—¿Con quién? —exclama entonces Veronelli.

—Con sus eminencias, los cardenales Emanuele Contardi y Zelindo Mascheroni. Él los ve en su habitación, sentados a los pies de su cama, como le veo ahora yo a usted. Y le hablan. Me ha confiado que están infinitamente solos y deseosos de compañía y que esta noche no está seguro de poder dormir para no dejarlos solos. Parece ser que ciertos muertos no duermen nunca, y envidian el sueño de los vivos. Dice que el más insomne, el cardenal Mascheroni, a causa de las equívocas circunstancias que provocaron su muerte, está en espera de que...

Ante esa aclaración, Veronelli interrumpe al capellán para decirle que al día siguiente su eminencia podrá reposar en sus habitaciones, ausente justificado del cónclave. Más tarde él mismo, después de las votaciones, acudirá a visitar al cardenal de Turín, para hacerse una idea de sus necesidades, entre otras cosas.

Cuando por fin Vladimiro Veronelli, tras quedarse solo, puede tumbarse en la cama, una vez apagada la lamparita, permanece largo rato reflexionando sobre cuanto debía proponerse contener de forma inmediata. Acababa de resolver apenas el problema de los jóvenes secretarios y capellanes visionarios, sustituyéndolos por colaboradores más ancianos, que no padecían determinadas alucinaciones. Sin embargo, la presencia de un loco en el cónclave era mejor no admitirla; excéntricos ya había incluso demasiados en esa santa asamblea, la cual, más que boicoteada por las manifestaciones más prodigiosas del Espíritu Santo, parecía sufrir una inflación de las mismas, por más que el Maligno no les diera tregua. Los místicos en la Iglesia son como la mala hierba, te los encuentras de frente cuando menos te lo esperas, entre sus más distintos miembros. Entre monseñores de curia, secretamente afiliados a las filas de los rosacruces. Entre abades de antiguas abadías, nostálgicos de los templarios. Entre dirigentes en túnica de entes bancarios, rígidos penitenciarios de la basílica de San Pedro y docentes de seminarios de severa formación tomista que después descubres totalmente entregados a la lectura de las escrituras de Val Corva. Muchos eran los hijos de San Juan de la Cruz y Santa Teresa de Ávila, pocos los de San Alberto Magno, Santo Tomás de Aquino, San Roberto Bellarmino.

Mucho cuidado con que se supiera en el exterior del cónclave que entre ellos había un cardenal semejante:

aquel ejército de místicos podría presionar con el objeto de que fuera escuchada su voz. Es necesario, en cambio, mantener los nervios firmes. La elección de un papa es una operación práctica además de un acto de fe, una máquina que debe elegir al mejor y por el mayor número de años posible. No es un hecho emotivo. La emotividad ya ha reinado demasiado, es necesario regresar a la razón. Su filósofo preferido, Kant, había demostrado para siempre que los ámbitos de la razón y de la fe están separados por altas empalizadas, que no consentían confusiones. Fenómeno y noúmeno no se abrazaban jamás, y precisamente a causa de esta autonomía los dos conceptos ayudaban al hombre a buscar la verdad de su propia condición.

Ettore Malvezzi siempre le había causado quebraderos de cabeza, pobre hombre, con ese raro don suyo de complicar las cosas; pero ahora el sobrevenir de la locura ha agravado sin duda la situación. Un exorcista y un loco tal vez sean las dos caras de la misma moneda.

Y en efecto se gustaron enseguida, los dos, como ha podido comprender por las palabras conmovidas y afectuosas del exorcista poco antes. Ya no es sólo una facción africana, esa de la santidad: se ensanchará. Porque los místicos, o mejor dicho, los débiles que no ven la hora de poder clamar ante un milagro para confirmar su fe, son una facción transversal, anidada en todas las nacionalidades de los votantes. Los hay incluso entre los purpurados sudamericanos, los de la parte más politizada del Sacro Colegio.

Se sabe que el arzobispo de San Juan de Puerto Rico celebra extraños ritos fúnebres que han despertado las sospechas de la curia vaticana. Se sabe que el de Medellín admite danzas propiciatorias para las distintas solicitudes de los fieles durante la misa.

Qué duda cabe de que el asunto del cardenal Mascheroni, si llegara a saberse cómo fueron las cosas en realidad gracias a la omnisciencia de Malvezzi, acarrearía problemas serios. ¿Cómo era capaz de saberlo? Tal vez sea verdad que recibe un carisma a causa de su confusión, pero no es suficiente para declararlo santo ni, en cualquier caso, para admitirlo en las votaciones.

Los santos son siempre peligrosos, tenía razón Cerini, se reconocen tras su muerte y después es necesario adorarlos. Pero de vivos es edificante también para ellos someterlos a prueba en sus virtudes, haciéndoles frente. Así se aseguran mejor el paraíso. Cuando se tiene excesiva prisa por elevarlos a los altares puede suceder algo parecido a lo que ocurrió con la beata Lucia da Narni, cuyos pañuelos empapados en la sangre de sus estigmas eran enviados a los soberanos devotos de media Europa por el duque de Ferrara, que se había garantizado su presencia en la ciudad, pagándola a son de ducados a los hermanos de la beata. Hasta que por fin, un horrible día, los estigmas se cerraron y la pobre Lucia tuvo que sobrevivir a su fama, encerrada en su convento, olvidada por todos...

22.

Cuando el camarlengo de la Santa Iglesia Romana, ayudado por los dos cardenales escrutadores sorteados esa mañana, el arzobispo de Colonia y el de Ernakulam-Angamaly de los sirio-malabares, empieza a leer las papeletas de la primera votación del día, se comprende enseguida que algo nuevo está desbloqueando el cónclave.

Los nombres son siempre los mismos: Leopold Albert Ugamwa, Leopold Albert Ugamwa, Leopold Albert Ugamwa, José Maria Resende Costa, José Maria Resende Costa, José Maria Resende Costa, Ettore Malvezzi, Ettore Malvezzi, Ettore Malvezzi... Después, más atrás, los nombres de Alfonso Cerini y Wolfram Stelipyn, con bastantes menos votos. La dispersión, entre los ciento veinticuatro votantes —ausente el cardenal Malvezzi—, llega finalmente a su término.

El africano, el político y el santo le parecen a Veronelli las opciones más sentidas por los purpurados, mientras que el otro italiano y el hombre del este pierden terreno. Ni siquiera la ausencia a la que le ha obligado ha sido suficiente para apartar el fantasma de Malvezzi de las mentes de nada menos que treinta y siete cardenales. Y no se podrá seguir teniéndolo segregado, visto cómo se han verificado puntualmente las palabras de Malvezzi que le fueron referidas telefónicamente por Contarini, una hora antes del cónclave:

—El arzobispo de Turín está perfectamente, excelencia.

—Pero ¿ha dormido? ¿O ha continuado con... sus conversaciones?

—¿Qué conversaciones?

—Venga, hombre, esas con los muertos, que él veía a los pies de la cama.

—Ah, sí, eminencia, se han hecho buena compañía, durante toda la noche. Me ha dicho que no se marcharon hasta el alba, apiadados de su cansancio. Pero le han bastado unas pocas horas de sueño, y ya ha dicho misa.

—¿Le hace falta algo?

—No, está leyendo su breviario, sentado en el sillón junto a la ventana. Sólo insiste en una petición.

—¿Cuál, monseñor?

—Que los treinta y siete votos que el Sacro Colegio le concederá esta mañana vayan en la segunda votación del día a otros más dignos.

No había comentado nada de aquella previsión. La prudencia le aconsejaba no abrirse demasiado con ese capellán que parecía haberle cogido gusto a mantener al camarlengo en la parrilla de la sospecha, ahora que sabía la verdad en torno a la muerte de Zelindo Mascheroni.

Y ahora que el recuento de votos había terminado, revelando no sólo que Malvezzi había sido votado, sino que había obtenido justamente treinta y siete votos, se complace en no haberse mostrado incrédulo no habiendo dejado traslucir sus pensamientos.

Proclama por lo tanto los resultados oficiales leyéndolos del acta que el cardenal de Colonia le tiende:

—Su eminencia el cardenal arzobispo de Dar es Salam, Leopold Albert Ugamwa, ha recibido cuarenta votos. Su eminencia el cardenal arzobispo de Brasilia, José Maria Resende Costa, ha obtenido treinta y ocho. Su eminencia el cardenal arzobispo de Turín, Ettore Malvezzi, obtiene treinta y siete. Su eminencia el cardenal arzobispo de Milán, Alfonso Cerini, obtiene cinco. Su eminencia el cardenal arzobispo de Lvov de los ucranianos, Wolfram Stelipyn, obtiene cuatro votos. No habiendo sido obtenida tampoco en esta votación la mayoría simple exigida, que hoy era de setenta y tres votos, deberá procederse a una nueva votación, esta tarde a las dieciséis horas. Os doy las gracias y os exhorto a rogar al Señor Dios omnipotente con el fin de que la decisión que parece próxima nos sea inspirada realmente por el Espíritu Paráclito...

Todos notan que el camarlengo parece turbado: nunca había hecho un solo comentario después de las otras votaciones. Esta vez se ha expuesto hasta invocar la elección inminente. Y el síntoma de su conmoción es también que no haya opuesto objeción alguna, él, tan atento a las sutilezas legales y a los procedimientos, ante los votos recibidos por un cardenal ausente de la Sixtina. Pero el arzobispo de Turín sigue estando en el cónclave, aunque temporalmente impedido.

Es acerca de esos límites temporales sobre lo que las discusiones y los comentarios bullen en las horas inmediatamente sucesivas, cuando junto a algunos eminentísimos, Rabuiti, Stelipyn, Cerini, Shaouguan de Shanghai, Bradstreet de Toronto, Dos Angeles de Maputo y Winnipeg de Nueva York, se congregan para comer numerosos cardenales.

¿Estaba Ettore Malvezzi realmente incapacitado para participar en la elección? ¿Y cuáles eran sus posibilidades, según las leyes eclesiásticas que regulan el cónclave desde la constitución de Sixto V, de recibir en línea teórica la elección pontifical? El más hostil ante semejante decisión, aunque no fuera más que hipotética, Alfonso Cerini, no duda en hacer entrar en liza la posibilidad de una ficción: Malvezzi, maestro de ambages y subterfugios, incapaz de asumir responsabilidades directas, finge y simula como un artista la locura para atraer la atención sobre su candidatura entre los conclavistas que han perdido la razón.

Aldo Miceli, patriarca de Venecia, reacciona con severo sarcasmo ante esas insinuaciones:

—¡Deberías avergonzarte, Cerini! Sabes perfectamente que Malvezzi siempre ha rechazado cualquier hipótesis de esa clase. Además, se ha sabido que jamás votó por sí mismo, sino que fue el patriarca maronita quien escribió su nombre en la papeleta.

También en las habitaciones de Rabuiti la conversación alcanza tonos notablemente encendidos. Más que alarmarse e interrogarse acerca del prelado de Turín, en la mesa del siciliano bulle la exigencia de comprender qué clase de guía podría ofrecer a la Iglesia el africano que mantiene comercio con los demonios. El horror por la desaparición del fresco de Miguel Ángel no justifica aún para la mayoría de los comensales, que son italianos y europeos, el recurso a los poderes del exorcista. La presencia en la mesa de un purpurado, el de Londres, que tuvo como colaborador en su diócesis, muchos años antes, al cardenal negro aún no elevado a la púrpura, aviva su curiosidad suscitando diversas preguntas.

—Sí, es cierto, tampoco en Londres, una ciudad tan alejada de ciertas usanzas, monseñor Ugamwa desdeñaba las prácticas mágicas... Miríadas de personas lo buscaban, y a menudo me vi obligado a intervenir para ayudarle a liberarse y... a liberarnos...

El sutil y tortuoso interrogatorio cruzado, abierto de inmediato a manos de tres colegas de Paul Linn, prelado de Westminster, es sostenido hábilmente por el inglés:

—Hay que ser justo, sin embargo —precisa y corrige el cardenal inglés—, y reconocer también los grandes méritos de Ugamwa. Ese hombre fue capaz de salvar, con sus poderes de previdencia, miles de vidas humanas.

Valga como muestra el recuerdo de su rápida intervención para conjurar un choque entre dos trenes lanzados a toda velocidad que, si Ugamwa no hubiera intervenido telefoneando al ministro de los Ferrocarriles, habría causado, en el corazón de la periferia londinense, miles de muertos. Ese hombre estaba celebrando misa, una mañana, cuando lo vi salir a la carrera de la capilla privada, interrumpiendo el rito. Ugamwa, en efecto, había escuchado un silbido punzante y repetido y, por mucho que preguntara con insistencia, nadie era capaz de confirmarle que lo había oído. Insistía una y otra vez, porque se resistía a creer que nadie lo oyera, en la curia arzobispal. Después había comprendido que el silbido era sólo para él y que algo o alguien le lanzaba desde aquel tren lejano un mensaje. Entonces, en su mente, todo se había aclarado: había visto el tren lanzado y el semáforo verde que al cabo de una hora daría paso al tren de Liverpool, en vez de cerrarse y de detenerlo, para consentir el paso del rápido de Cornualles. Ya no hubo modo de calmarlo, me constriñó, con mi autoridad de prelado católico, a telefonear al ministro en persona, quien intervino de inmediato para verificar la exactitud de la advertencia, impidiendo el horrible accidente...

Se interpone en ese momento para hablar, mientras las monjas de Sahel hacen llegar desde las cocinas del palacio a la mesa un apetitoso caldito de pescado, el arzobispo de Esztergom-Budapest, Vilmos Apponij. En el vértice de la Iglesia, un hombre semejante infligiría sin duda alguna la herida más grave a la espiritualidad cristiana. Nadie, en efecto, creería en virtud de la fe sino por la fuerza de los portentos y por la violencia de los milagros, transformados no ya en el fruto de una confianza infinita en el Señor sino en prueba requerida para tener confianza en él. Se sentía la exigencia de truncar la perniciosa tendencia a coartar la auténtica fuente de la Revelación —las Sagradas Escrituras, la Biblia y los Evangelios— causada por el constante y creciente recurso a las formas indirectas de la Revelación: los secretos de Fátima, las cartas de los videntes, las revelaciones de Medjugorie, las visiones de Val Corva. Minaban los cimientos de la fe cristiana y sustituían la palabra del Creador con los dones concedidos a algunas de sus criaturas...

Y justo mientras el prelado húngaro se acalora a propósito de esos dones concedidos a algunas de sus criaturas, un fraile de color, mientras sirve las viandas cocinadas por sus hermanas de religión, tropieza con los gatos excitados por ese olor del caldito de pescado, que acuden para capturar algún pececillo. Los platos humeantes se hacen añicos con su contenido y una miríada de felinos se precipita sobre el pescado caído por el suelo. Pero apenas el primero de los animales, un grueso gato rojo, consigue hincar el diente en un lenguado, se le ve dar un brinco y, escupiendo, empezar a bufar y a maullar furioso. En unos instantes, la alarma se extiende entre todos los gatos, que rehúyen el pescado con la misma violencia que las gallinas, cuyo alboroto empieza a cubrir las voces de los cardenales.

Debe de tratarse de un espectáculo realmente cómico para la mayor parte de los eminentísimos, porque el fraile africano de servicio en ese apartamento —pero sabrá más tarde que lo mismo ha ocurrido en las otras reuniones convivales— ve a los comensales estallar en carcajadas de placer, cada vez más placenteras, a medida que aproximan el caldito a la boca. La extrañeza, sin embargo, es que al cabo de un cuarto de hora las carcajadas de la mesa entera, antes atentísima a los razonamientos del primado húngaro, no dan en absoluto señales de disminuir, mientras que los animales, siguiendo un instinto más fuerte que el del hambre, se afanan en bloque por salir de la sala, como rechazados por algo espantoso.

El fraile de Sahel, Adam Mandumi, sale para liberarlos, con la esperanza de aligerar con ese gesto lo desenvuelto de la atmósfera, tan poco acorde con la dignidad de un almuerzo de cardenales.

Pero definitivamente los eminentísimos, que han probado todos el caldito de pescado, no pueden contenerse ya, desternillándose a carcajadas, atenuando a ratos los ataques de risa para tomar aliento y precipitarse de nuevo en una salva de chillidos, agudos y gorjeos.

Adam Mandumi es el primero a quien le invade la sospecha de que algo puede tener que ver con esa epidemia de risa el caldito de pescado preparado por las monjas en las cocinas del palacio apostólico. No quiere manifestar sus dudas, sin embargo, hasta que saliendo de la sala se topa con sus colegas de servicio en los otros alojamientos, turbados sobremanera por no saber ya cómo dirigirse a los cardenales, contagiados por unas frenéticas ansias de reír, después de haber degustado el primer plato.

Pregunta entonces si ha sido el mismo caldito de pescado que les han hecho llegar con el montacargas desde las cocinas.

—Sí, era ese pescado.

—Pero ¿por casualidad lo habéis probado vosotros también?

—Ni soñarlo, ¿te parece que se nos ocurre tomarnos el caldo de los cardenales?

—Os lo ruego, no probéis ni una gota, ¡y vamos a detener la distribución de ese plato en el resto de las mesas!

En parte protestando, en parte molestos, le obedecen todos, para referir sin embargo al poco rato que ya era tarde: el caldito había sido servido y de ese pescado no quedaba ni una espina. Pero por todas partes se oyen los estallidos de risas de los eminentísimos, que ni capaces de hablar son ya, morados por el esfuerzo de dar rienda suelta a su hilaridad.

¿Qué hacer? No queda más que precipitarse a las cocinas para comprender quién es el que ha adulterado ese maldito mejunje, fuente para los gatos de náusea y horror, para las gallinas de una sed insaciable, que les ha hecho vaciar en pocos minutos los baldes de agua, mientras que a los cardenales les ha inspirado esa impía risa nerviosa.

En las cocinas, fray Adam encuentra a las hermanas absortas en preparar los segundos platos: dos estupendos lenguados rebozados, con guarnición de patatas hervidas, y su correspondiente mayonesa hecha a mano aparte.

Cantan las tres pequeñas monjas negras y no se percatan al principio del recién llegado.

—¿Qué habéis cocinado para los cardenales? —pregunta bruscamente fray Adam.

—¿Cómo que qué? Pescado, hoy es viernes, respetamos el día de ayuno por orden del prefecto de la Casa Pontificia —respondía una de las monjas, sorprendida.

—Ya lo sé, ¡sé perfectamente que habéis cocinado pescado! Pero ¿qué diablos le habéis echado a ese pescado?

—¿Cómo que qué le hemos echado? Pues es pescado fresquísimo, viene de Ostia, lo han cogido esta misma mañana. Mira: son rayas, besugos, doradas, rodaballos, lenguados... ¿Quieres probar el lenguado?

—¡Ni pensarlo, no quiero probar nada, pero los de arriba están cantando desde hace una hora y no hay forma de que paren, desde que han ingerido vuestro maldito caldo de pescado! ¿Qué le habéis echado, en el nombre de Dios?

Al oír que los cardenales siguen cantando sin poder detenerse, una de las monjas, la madre Elizabeth, apaga el fuego bajo una sartén.

—He sido yo quien he hecho el caldito... —dice con aire absorto. Y vuelve a pensar en los cantos que ha estado entonando durante toda la mañana, mientras limpiaba el pescado y lo cocinaba. Eran arias de su aldea, las que se cantaban para que llegaran las lluvias, pero también las que alejaban el mal de ojo... Y las que se cantaban alrededor del fuego, de noche, para vencer el miedo a que el sol no volviera... Y después, la canción más hermosa de todas, su preferida, la que el hechicero hacía cantar solamente a las niñas... la la la, laaa, la la la, laaa, la la la... Provocaba la risa en los más viejos, en quienes se negaban ya a comer y querían dejarse morir, y empezaban a reír y a comer, en cuanto la oían, a comer y a reír hasta no poder más... la la la, laaa, la la la, laaa, la la la, laaaa... Eso es lo que ha hecho: ¡entonar ese canto mientras preparaba el caldito para los viejos cardenales!

La pequeña monja de Sahel, ahora con lágrimas en los ojos, se esfuerza por recordar cómo hacía el hechicero de su aldea para que los viejos volvieran en sí, después de que se hubieran pasado casi toda la noche cantando, por efecto de aquella canción; pero no consigue acordarse. Después se sobresalta, mientras vuelve de nuevo a sus platos.

—¡Ya está! Ahora no te preocupes, sólo tenemos que hacer que los eminentísimos coman otro plato después del lenguado, un estupendo aguacate, que hará que dejen de cantar, confiando en que nadie lo rechace. Ahora sé lo que debo preparar, pero marchaos de aquí porque soy incapaz de cocinar delante de extraños.

—Procura no equivocarte esta vez; espero los platos afuera para meterlos en el montacargas...

La monja logra su propósito, sea cantando de nuevo algo que anulaba el hechizo canoro, sea recuperando tal vez de la memoria alguna fórmula transmitida por los hechiceros y que servía para reconducir al silencio a los viejos risueños de su aldea.

El aguacate es servido en todas las mesas de los cardenales ya extenuados por el esfuerzo de reír que no anula la conciencia sino los frenos inhibidores. Solamente alguno se niega a probar el fruto exótico, extraño para sus costumbres alimenticias. Pero a la vista del inmediato aplacarse de la furia dionisíaca en sus colegas, comprende su valor y lo prueba. Y cuando hasta los últimos reacios han comido el fruto, un silencio innatural cae sobre todo el palacio apostólico.

Se han estado riendo durante tres horas. Pero el arzobispo de Viena, el de Varsovia y el de Praga incluso más, observa Ettore Malvezzi desde sus habitaciones, donde ha tomado un plato frío preparado por Contarini...

23.

El camarlengo entra en el alojamiento del arzobispo de Turín al final de otro día de infructuosas votaciones. Visitar a los enfermos es una de las siete obras de misericordia corporal. Pero no es con ese espíritu de piedad con el que el purpurado de curia cruza el umbral de quien sigue obteniendo, incluso en las últimas votaciones, muchos votos: treinta y siete se había ganado dos días antes, en la víspera de una nueva manifestación de excesos, debidos a la insensatez de una monja medio bruja. Y treinta y siete vuelve a recibir en la votación sucesiva.

Semejante a unas fiebres, perdura la alteración de ese cuerpo unitario que es el Sacro Colegio, legible en esos votos como en la escala graduada de un termómetro. No baja de ahí y nadie puede imaginarse ya un expediente eficaz para alejar la amenaza de una posible elevación al papado de Malvezzi, aparte de su renuncia oficial a la candidatura.

Pero no es desde luego empresa fácil hablar a un hombre que conversa con los muertos, prevé los acontecimientos y se pasa los días, desde que evocó en el baño turco al cardenal Ugamwa, leyendo en silencio, junto a la ventana de su despacho.

Se sabe que Malvezzi sólo abandona sus lecturas para consumir frugales comidas y ocuparse en persona de la alimentación de los animales que hay en su alojamiento. Es uno de los pocos que no acabaron contagiados por la peste de la risa, al haber preferido que le sirvieran platos no procedentes de la cocina de esa bruja de Sahel... También con tal frugalidad demostró su previdencia.

Poco antes, esa tarde, para complicarle al camarlengo las cosas, se había recibido una llamada telefónica. Ante el anuncio de que se trataba del palacio del Quirinal, le había asaltado la tentación de no contestar; después, su sentido del deber había prevalecido.

Había tenido que soportar una apenada admonición del jefe del Estado, quien se permitía expresar la más viva preocupación del pueblo italiano por la ya desmesurada demora en la elección del nuevo obispo de Roma. Si Veronelli, por un lado, se alegraba por una señal de atención a tan alto nivel, en contraste con el creciente desinterés de la prensa por cuanto ocurría en el cónclave, la llamada le había molestado como una indebida intromisión. Pero no se había traicionado, alegando problemas de equilibrios que no resultaba fácil resolver, pero que sin embargo se iban solucionando. Una obra maestra de falsedad diplomática, esa llamada, con un apéndice en el que, sin embargo, se había concedido una pequeña revancha.

El jefe del Estado le había pasado al final de la comunicación a su mujer, la señora Gina. El capellán palatino del Quirinal le había revelado recientemente que la consorte del presidente se proponía, en la visita oficial al futuro pontífice, lucir un traje blanco, privilegio exclusivo desde hacía siglos de las reinas católicas: la de España y la de Bélgica, así como de la gran duquesa de Luxemburgo y de la princesa de Mónaco. De modo que cuando la señora Gina Tarallo de Salviati le había formulado sus más sinceros votos por una iluminada elección de los eminentísimos, la frialdad del seco «gracias» de la respuesta había sorprendido a la mujer. Gina se había demorado entonces un rato, acaso para suavizar al cardenal camarlengo. Y había añadido que se auguraba poder recibir pronto, en un almuerzo, a los miembros italianos del Sacro Colegio, una vez concluido el cónclave, aunque la cocina del Quirinal dejara bastante que desear...

En ese momento, la malicia toscana de Veronelli se había espabilado. Cambiando de tono, la voz meliflua del camarlengo solicitaba permiso para prestar al Quirinal algunas cocineras no italianas que habían hecho verdaderos milagros durante esos largos días de cónclave. La señora Gina había cogido la ocasión al vuelo, agradeciéndole aquel favor realmente exquisito del Vaticano al Quirinal.

—Mándeme pronto a esas cocineras, eminencia; ¿de dónde proceden?

—Señora, son monjitas africanas, de Sahel...

¡Ah, si todo fuera tan fácil como engatusar a esa presumida! Pero ¿cómo convencer a un loco?

Acompañado por un demacrado Contarini, de cuyas vestiduras emana más fuerte que nunca el olor a tabaco, el camarlengo se presenta ante Ettore Malvezzi.

Por su seráfico aspecto no sabría decir si su estado de salud está realmente comprometido. Sentado en su sillón, con la luz en pleno rostro, el hombre parece un doctor de la Iglesia absorto en sus profundas meditaciones. Un San Jerónimo en su estudio con el león a su lado —sustituido por gallinas, gatos y lechuzas— o un San Carlos Borromeo que medita la homilía que ha de pronunciar poco después en la catedral, junto a un trozo de pan seco y un vaso de agua como cena... Ya no tiene esa expresión suspendida e inquieta que tan nervioso le había puesto a menudo. Malvezzi se alza lentamente, al percatarse de quién ha entrado en la habitación, y deja el libro sobre la mesa. Sonríe a Veronelli y le invita a sentarse a su lado, delante del fuego, en uno de los dos sillones del otro lado de la habitación. Pregunta al camarlengo si puede ofrecerle algo de beber, aunque le advierte de que no tiene más que agua.

—Vale con el agua, Ettore... Es agua...

—... mineral, naturalmente.

—Qué bien se está aquí. La chimenea tira mejor que la mía. ¿Sabes?, acaba de llamarme alguien muy importante, quejándose de nuestro retraso; dice que dañará las relaciones entre Italia y la Iglesia, prevé grandes complicaciones. ¿Tú qué crees?

—¿Por qué no me dices que era el presidente de la República? ¿Es que quieres someterme a prueba? ¿Has venido a tentarme?

—¿Tentarte? Con todas las preocupaciones que tengo ya, mi querido Ettore... Y tú también me has dado algunas, nos asustaste mucho, ya podrías echarme una mano...

—Yo sé cuanto sabes tú.

—La verdad, das la impresión de saber algo más. El otro día, por ejemplo, me hiciste saber con horas de anticipo que ibas a obtener treinta y siete votos en el cónclave, ni uno más ni uno menos. Que es lo que después se verificó, querido Ettore.

—Me fue revelado sólo para dar valor a mi solicitud.

—¿Qué solicitud?

—La de trasvasar mis votos a otro nombre.

—Se ha sabido en el cónclave, pero todos lo han tomado como una recusación de modestia ejemplar, un motivo más para votar por ti.

—No puedes reprochármelo.

—¿Sigues con la idea de retirarte?

—Más que nunca.

Al camarlengo se le escapa un sincero suspiro de alivio; ha arrancado una primera garantía. Ahora, para pasar a la solicitud de un acto formal, hace falta algo de tacto y de diplomacia. Mientras se bebe el vaso de agua que le ha servido Contarini, observa los distintos animales presentes en la habitación cuyo hedor penetra de inmediato en las narices, apenas se entra. Y por mucho que en la Capilla Sixtina y en otras muchas salas se hayan acostumbrado a ese olor a gallinero, aquí la pestilencia se hace casi insoportable. Maravilla el hecho de que Malvezzi demuestre no darse ni tan siquiera cuenta.

Acaba lentamente, con la mayor lentitud de la que es capaz, de beber sin dejar de observar a los animales. Los gatos y las gallinas están en semicírculo, con el hocico y los ojos fijos en su amo. Su perfecta inmovilidad llama a engaño. Apenas lo ven moverse o hacer algún gesto más rápido, se agitan como queriendo acompañarlo en sus movimientos. Mucho más singular es la posición de las lechuzas que se mantienen a respetable distancia de los gatos, pero lo más cerca posible de Malvezzi, sobre su cabeza, con las garras aferradas a la moldura que discurre entre el techo y las paredes. Pero más extraña aún es la absoluta consigna de defender a su amo: las dos veces que, en el ardor de la conversación, Veronelli le ha rozado con la mano derecha, los gatos han soltado un bufido, las gallinas han picoteado sus zapatos y las lechuzas han agitado las alas.

—¿Qué opinas de las otras candidaturas?

—Tienen muchos aspectos contrapuestos.

—Eso ya lo sabía yo.

—No creo que ninguno de ellos lo consiga..., si era eso lo que querías preguntarme.

—Pero ¿cómo saldremos entonces de esto?

—No lo sé. También a Mascheroni y a Contardi les costaba ver el final de este cónclave.

—Ah... ¿de verdad?... ¿Fueron ellos quienes te revelaron que obtendrías treinta y siete votos?

—No lo recuerdo.

—Está claro, es el Lete de las visiones...

—Una verdad, sin embargo, parece poder desprenderse de lo que le sucedió al pobre Mascheroni...

—Después hablaremos del final de ese pobre hombre. Pero dime de qué verdad se trata.

—Que, en el fondo, no estamos tan lejos del día en que veremos en el pontificado a una mujer.

Veronelli abre mucho los ojos, revolviéndose en su sillón.

Los gatos, sin embargo, al notar el sobresalto, están a punto de lanzarse contra él, de no ser por la rápida intervención de Malvezzi para devolverles la calma.

—Esa trágica máscara suya en el lecho de muerte, que tú quisiste borrar, significaba eso también.

—¿Es que podía dejar de borrarla, Ettore?

—No, pero ese final hace falta saber interpretarlo bien. Verás, una de las cosas más trágicas para la humanidad, y que provoca más víctimas que las propias guerras, es la lentitud de la historia. ¿Cuántos hombres han sido asesinados, condenados o repudiados en un cierto estadio de las religiones en obsequio a leyes que se consideraban absolutas, y que después, al cabo de algún lustro, eran reconocidas como obsoletas? Y nosotros, ministros de la Iglesia romana, qué eficaces hemos sido en hacer que la historia avanzara con la mayor lentitud posible... El hombre, Zelindo Mascheroni, ha pagado con la muerte la conciencia desesperada de ser esa maquinaria lentísima cuando sintió desear en la carne como natural lo que el prefecto de la Congregación para la Doctrina de la Fe debe tachar como pecado...

—Me cuesta trabajo seguirte...

—Porque te hablo de una pobre víctima que pertenece todavía a nuestro tiempo y a nuestra vida. Pero si te pusiera el ejemplo de Huss, de Giordano Bruno, de Galileo, de Campanella, de los judíos condenados como deicidas, de los albigenses, de los procesos con tortura y hoguera contra las brujas y los magos, me comprenderías.

—Tal vez pueda seguirte en determinadas responsabilidades nuestras por las que ya hemos pedido perdón. No puedo hacerlo cuando quieres convencerme de que un día será oportuno elegir papa a una mujer. Pero ¿es que no te das cuenta? ¡Va contra la ley de Cristo! El Señor no elevó a ninguna mujer a la condición de apóstol.

—Podría responderte que también los ojos de Jesús, en cuanto hombre, eran víctimas de la opacidad y de la lentitud de la historia. En la sociedad de su tiempo, entre los judíos, no hubiera podido hacerlo. Iba contra las costumbres de la época.

—¿Y quiénes somos nosotros para abolir una tradición con una antigüedad de dos mil años?

—Somos quienes ya no son capaces de elegir un papa porque no sabemos mirar a lo lejos.

—¿Y eso se debe a que no tenemos el valor de admitir a las mujeres en el sacerdocio y en el papado?

—Lo has dicho tú, yo no lo he dicho.

El camarlengo se muestra ofuscado. Había venido en busca de iluminación acerca del futuro, para sonsacar a ese estrambótico algo de esa luz que se le donaba a destellos, por una renuncia a cualquier pretensión sobre el papado, y tiene que oír que se le indica la elección de una mujer, para el trono de Pedro, como una de las claves para las puertas del futuro.

Está loco de verdad, este pobre hombre. Ahora ya no siente temor a interdecirlo del cónclave. Es más, será su preciso deber aislarlo, para impedir que algún desprevenido entre los ciento veintitrés cardenales quede fascinado por él.

—Sí, estoy de acuerdo, Vladimiro, es mejor que me quede aquí, que ya no vaya a votar —silba ese hombre imposible, con su sonrisa más radiante, clavándole una mirada que cuesta trabajo sostener. Esos ojos hacen que se sienta como un carnicero frente a su víctima conforme con su ejecución capital—. No te atormentes, ya sé que es difícil, en cualquier caso es demasiado pronto para elegir a una mujer, tranquilízate. Deben sufrir aún a causa de la superstición y los tabúes millones de mujeres infibuladas, millones de mujeres que no pueden aceptar su parte masculina como millones de hombres la suya femenina, como obsequio a nuestra maldición. Aún deben pasar por los molinos lentos de la historia miríadas de víctimas que causaremos nosotros, junto a los ayatolás, a los rabinos y a cuantos brujos quedan aún en la tierra.

—¡No te reconozco, Ettore! En otros tiempos no hablabas así. No sólo no puedo comprenderte sino que me temo que debo condenarte.

—Lo sé. En el pasado me hubieras entregado al Santo Oficio e instruido un proceso del que no hubiera podido salir más que condenado a la hoguera.

—Pero, Ettore, te lo suplico, ¿es que no te acuerdas ya de quién eres?

—¡Por desgracia, donde estoy ahora no consigo aún olvidarlo del todo! Es el único sufrimiento que me ata aquí..., si no fuera así... —y Ettore Malvezzi es incapaz de completar la frase, repentinamente conmovido.

—¿Si no fuera así?

—Si no fuera así, estaría ya donde están Contardi y Mascheroni..., pero me atan aún algunas memorias, algunas personas que me esperan, y algún amigo..., quién sabe, quizá incluso tú... —ahora el rostro de Malvezzi está surcado por las lágrimas, y ni siquiera Veronelli es capaz de ocultar ya su turbación ante aquel hombre.

Como si los animales presentes en la habitación se hubieran percatado del estado de ánimo de su amo, se acercan al sillón disputándose el derecho a saltar sobre su regazo.

—Discúlpales por su intromisión... Y así, ya lo ves, suspendido entre quienes me han precedido y quienes me quieren, estoy aquí, incierto y dubitativo como siempre, este hombre que nunca te ha gustado.

—Pero te queremos vivo, Ettore; no me hagas el feo de no creerme.

—Te creo. Pero ¿para qué os sirve uno como yo? ¿Sabes que estoy viendo a tu madre ahora, junto a ti, acariciándote el pelo? ¿Y que veo a tus dos hermanos, en Roma, uno absorto caminando por la Via Apia antigua, el otro enfermo en la cama, asistido por su hija? Sabes, pasado mañana, estallará aquí en Roma una tempestad terrible que asolará la urbe causando daños muy serios... Habías venido también por eso, confiésalo, querías saber si es cierto que Malvezzi ve...

La alusión a su madre ha apagado la palabra en los labios del pobre Veronelli. Por un instante le relampaguea por el cerebro la conciencia de la clase de tormento que debe de experimentar lo que comúnmente se denomina un demente. Por un momento sólo ha visto lo que le ha sido concedido a ese hombre, a quien no le resulta posible anclar al presente el Bien y el Mal, puesto que el presente se desliza en esos ojos de inmediato hacia el futuro, así como la habitación se dilata para acoger la urbe. Es mejor callar, no proseguir mucho más allá con esa conversación cada vez más penosa.

24.

La madre Elizabeth, la cocinera de color, había sido inmolada con sus hermanas, víctima ofrecida al Quirinal para las ambiciones de la consorte del jefe del Estado. Casi todos los capellanes y los secretarios más jóvenes que habían afligido el cónclave con sus alucinaciones sobre las gallinas habían sido sustituidos por personal más anciano, expedido a Roma desde las diversas diócesis. El cardenal Ettore Malvezzi había prometido su renuncia formal a la candidatura. El arzobispo de Dar es Salam había garantizado que daría cuentas de su actividad como exorcista, de manera privada ante el camarlengo, y pública, delante del Sacro Colegio reunido...

El cardenal Vladimiro Veronelli empieza a obtener cierto consuelo de su infatigable acción de gobierno en el cónclave más largo en la historia de la Iglesia. A consolarlo llega también la noticia, por parte del conde Nasalli Rocca, de que la lucha contra ratones, escorpiones y murciélagos puede considerarse ganada, pese a que la prudencia aconseje no librarse del todo de gatos, gallinas y lechuzas.

También la llamada telefónica del Quirinal puede proporcionarle cierto alivio, porque testimonia la atención a cuanto ocurre en el interior de las murallas vaticanas. Pero es sólo un pálido rayo de sol. Porque la verdad no deja de ser, en cambio, que los teletipos, en la sala de prensa, permanecen en silencio, que internet indica cada vez menos navegantes deseosos de conectarse con el sitio del Vaticano. Y que los periódicos, avispa molesta de la necesaria amplificación del evento, amargo cáliz que ha de beberse cada día, desdeñan a los cardenales de Roma y su aburrido cónclave. De eso por lo menos está seguro. El cónclave no ha dejado que se filtre nada de las locuras que lo han convertido, por el contrario, en una asamblea que nada tiene de aburrida.

Los conclavistas continúan mostrándose incapaces de una elección, con votaciones que reproducen una y otra vez los mismos resultados: un cansado guión, pese a no ser comparable con el clima de dispersión de los primeros días.

Malvezzi ha disminuido su garra y se ha asentado en torno a la veintena de votos. El efecto de su renuncia y de su constante ausencia se deja notar y ha dejado de ser interpretado como acto de edificante modestia.

Ugamwa y Resende Costa siguen siendo los favoritos; más alejados están Cerini y Stelipyn, anclados en cinco y cuatro votos. La sensación de Veronelli es que falta una minucia para la vuelta de tuerca que libere la barca de Pedro de las aguas estancadas. El viento se alzará de repente y empezará a remolinear impulsando las velas hacia el puerto, hacia el resultado que el Espíritu Santo conoce desde siempre.

No habría imaginado jamás, sin embargo, el cardenal camarlengo, que la metáfora de su optimista estado de ánimo pudiera ser tomada por la naturaleza tan al pie de la letra. Porque dos días más tarde de su encuentro con Malvezzi se levanta sobre Roma y alrededores un viento de una furia tal como para arrancar árboles y arrollar automóviles y a algunas personas. Más tarde, una lluvia pesada, machacona y furiosa como un látigo, se abate en una atmósfera de tinieblas, entre continuas interrupciones de energía eléctrica, causa de no pocos problemas para las autoridades municipales y objeto de continuas llamadas de socorro desde las distintas zonas de la ciudad eterna. Se señalan desplomes, desprendimientos, incluso siniestros crujidos de edificios ruinosos, fruto de la salvaje especulación de los constructores romanos. La cúpula de Sant'Andrea della Valle, la iglesia pucciniana de *Tosca,* queda gravemente dañada. Villa Borghese parece el jardín terrestre tras el diluvio universal. La torrecilla del palacete que albergaba la galería homónima no ha resistido al viento y se ha derrumbado, arrastrando consigo una buena cantidad de obras de arte.

Pero donde la furia de la naturaleza, prevista por el cardenal Malvezzi durante la visita del camarlengo, parece ensañarse con proterva voluntad de destrucción, es en la ciudad reclinada sobre la Colina Vaticana. Allí, donde muchos siglos antes se había consumado el sacrificio de Pedro y donde sus herederos se debatían desde hacía meses en busca de un sucesor, la lluvia, el viento, el hielo parecen paralizar cualquier socorro.

En el torreón de San Juan, la violencia de la lluvia es tan devastadora que atasca alcantarillas y conductos, bloqueando todas las instalaciones del baño turco. Las cocinas, inundadas por la imposibilidad de las alcantarillas de recibir más agua, han dejado de estar en condiciones de funcionar. En el palacio apostólico da comienzo entonces un ir y venir de capellanes y prelados con hornillos eléctricos para apañar cenas y comidas a los grandes electores.

El viento no se limita a silbar, y continúa asustando con su alma malvada a los viejos huéspedes. A menudo, fuerza las ventanas más vetustas llegando a destrozar los cristales, tan antiguos y frágiles como las personas que han protegido hasta entonces. Diversas estatuas de la columnata de Bernini, en la plaza de la basílica de San Pedro, se derrumban ruinosamente. El tambor de la cúpula de Miguel Ángel, majestuoso símbolo de Roma y de su catolicidad, amenaza con perder la bola dorada coronada por la cruz, uno de los monumentos más fotografiados y pintados de la tierra. Si llegara a caer causaría daños de consecuencias incalculables.

Tras el primer día de aquel flagelo empiezan las disfunciones más graves de esa fatigosa máquina que es el palacio apostólico durante el cónclave. Los ascensores se bloquean, obligando a diversos purpurados a una larga espera para poder volver a sus plantas, gracias a la manivela mecánica. Las calderas de los radiadores sufren grandes averías limitando la erogación del calor. Las velas remedian hasta cierto punto el bloqueo de la energía eléctrica también, que ha sumido las habitaciones en la oscuridad. El ingeniero en jefe de la Ciudad del Vaticano, el conde Nasalli Rocca, ayudado por los dos asistentes del trono pontificio, los príncipes Orsini y Colonna, desde el despacho del vicario general, no cesa de bombardear con llamadas telefónicas, faxes y mensajes por correo electrónico al alcalde de Roma y al ministro del Interior. Toda la urbe está siendo objeto a la vez de demasiadas solicitudes, imposibles de satisfacer. Y, para resignación de su excelencia, los ciudadanos italianos tienen preferencia sobre los del Vaticano, huérfanos de su soberano.

El matiz anticlerical de la contestación del alcalde, cogida al vuelo por el príncipe más reaccionario de Roma, don Amilcare Colonna, hace aún más rabiosa la insistencia de las autoridades del otro lado del Tíber. Con el resultado de acomunar a las italianas, incluso a las más personalmente religiosas, en un único frente negativo.

Nasalli Rocca es incapaz de contenerse ya cuando le grita al ministro del Interior, un católico siempre curvado en la televisión en directo mientras besa el anillo del papa, que ahí dentro, en la oscuridad, en esas salas, se está eligiendo al sucesor de Pedro. Con su voz en falsete, imperturbable, el ministro contesta que hasta ahora no se había dado cuenta, visto que no da realmente la impresión de que los cardenales estén en verdad dispuestos a hacerlo. De modo que no les importará esperar un poco más... Y para anticiparse a la respuesta del conde Nasalli Rocca y del príncipe Colonna, el ministro se pone a salmodiar la lista de las emergencias que se señalan por todas partes. Los plátanos de Via Merulana que se han derrumbado sobre las casas de alrededor. La embajada de Rusia, Villa Amabelek, alcanzada por un rayo que ha provocado un incendio. Palazzo Farnese, sede de la legación francesa, destechado. El Tíber que se ha desbordado y ha alcanzado ya los primeros escalones de la Farnesina. La residencia del Gran Maestro de la Masonería, en el Aventino, dañada por un desprendimiento que ha invadido de fango todas las habitaciones y herido al Gran Maestro. En el Campidoglio, azotado por el viento, la torre puede derrumbarse de un momento a otro. Seis edificios del barrio de Testaccio han sido desalojados por precaución. Un asilo de ancianos, en San Lorenzo, medio derrumbado con sesenta huéspedes a la intemperie...

—Háganse cargo sus excelencias, ¡esto no es más que una parte de la lista de las prioridades! —concluye el ministro.

Ante el seco clic telefónico que sigue a estas últimas palabras, Nasalli Rocca, Colonna y Orsini no pueden oponer ya protesta alguna. Podrían invocar determinados artículos del Concordato que prevén por parte del Estado italiano asistencia en caso de pública calamidad, pero han advertido la inutilidad de hacerlo, entre otras cosas porque es indudable la debilidad de la Sede Vacante. Sin papa, el

Vaticano está demediado, y quién sabe si no habrá quien, en el Gobierno, sueñe con su perpetua ausencia, piensa el príncipe Colonna.

Quien capta en cambio en esas señales extraordinarias de la naturaleza la gracia de una maduración de los acontecimientos con vistas a una solución de esa insoportable espera que se consuma en el Vaticano es el cardenal Ettore Malvezzi. Sentado ante su ventana, aún sólida frente a la violencia del viento, siente que la furia de muerte que se ha abatido sobre Roma es el último insulto del príncipe de las tinieblas, antes de recocerse vencido. *«Non praevalebunt, non praevalebunt...»*, murmuran sus labios mirando fijamente la cortina de lluvia que azota los cristales de la ventana, en ese patio desde donde llega a ratos el lamento del perro de siempre.

A no gran distancia de la ventana del cardenal Malvezzi, en el barrio del Gianicolo, en otra ventana una pareja de jóvenes amantes está mirando fijamente aquella catástrofe.

La oscuridad del apagón, que va y viene, les ha sorprendido en el momento más dulce de su encuentro, cuando ni siquiera la furia de la naturaleza podía apartarles de su abrazo.

La casa, cercana a Sant'Onofrio, no está menos expuesta que muchas otras, en esa zona de Roma, pero la intimidad atenúa en buena parte la impresión de la tormenta.

—Madre mía, cómo llueve, Lorenzo... ¿cómo te las apañarás para volver a casa con el ciclomotor?

—Me quedaré aquí hasta que deje de llover..., ojalá no acabara nunca...

El abrazo con el que acoge ese deseo del chico, estudiante del último curso de Medicina, hace que a Anna se le cierren los ojos, sustrayéndose bajo el edredón al ruido del agua y del viento.

El apartamento, que es del tío anticuario de Via Margutta, debe ser devuelto arreglado la mañana del día siguiente, a las ocho. Pero queda tiempo, mucho tiempo, y esa tempestad desplaza los límites de los horarios, suspendiendo costumbres y deberes, como un regalo ofrecido por la naturaleza a Lorenzo y a ella, que no tienen ningún deseo de separarse. Es tan dulce oír la lluvia golpear contra el tragaluz y el tejado y permanecer abrazada a ese cuerpo cálido.

Oye apenas la voz constante de un programa televisivo. Debe de venir del piso de abajo y algún fragmento parece distraer a Lorenzo.

—¿Quieres que encienda la televisión, Anna?

—No, ¿qué más me da la televisión?

—Parece como si estuviera pasando algo...

—¿Y qué?

—No, tienes razón.

Y Lorenzo se inclina hacia ella para abrazarla, sin aguzar el oído esta vez, hasta quedarse dormido, una media hora después, entre sus brazos.

Anna no se mueve. Está en la cumbre de la felicidad cuando Lorenzo se queda dormido sobre ella. Le da la impresión de ser madre, hermana, esposa, para ese hombre que se le rinde. Es mucho más que hacer el amor, es el amor, esa total entrega. Le proporciona el gobierno de su vida, puede disponer de él a su placer. Fantasea entonces sobre lo que será su futuro.

A Anna no le cabe duda, el matrimonio le concederá el poder dormir así, juntos, para siempre. Y ese «para siempre» que la conmueve, porque lo ve realizado en sus padres, que llevan juntos más de treinta años pero se siguen deseando, como tenía ocasión de intuir por ciertos arrebatos captados cuando creían no ser vistos. Se besan aún a escondidas, y no saben que ese futuro de amor les hace, ante sus ojos, hermosísimos.

Tal vez Lorenzo y ella puedan vivir al principio en ese apartamento, si el tío Filippo se convence de cedérselo en alquiler, en cuanto Lorenzo haya encontrado un trabajo.

La lluvia, mientras tanto, azota el cristal del enorme ventanal que da a la terraza. Un tiesto debe de haberse volcado, porque la copa de una adelfa está aplastada contra el cristal. Una auténtica catástrofe, aunque haya vuelto la luz. Lorenzo no parece tener ya ganas de despertarse: ante un ligero movimiento de ella, en vez de espabilarse, se dobla hacia la izquierda, estirándose completamente de costado para acurrucarse después en posición fetal. Anna se asegura de que el edredón lo tape entero porque hace frío y tal vez la calefacción sea insuficiente en un día tan rígido. Se levanta muy lentamente, por miedo a despertarlo. Toca el radiador. Está casi frío. La estufilla eléctrica ahora funciona, pero desprende poquísimo calor.

Para infundirse valor enciende la televisión, pero quitando el sonido. Ahí está la pantalla que se ilumina, y ante sus ojos se abre el escenario realmente inquietante del desastre que se está abatiendo no sobre Ciudad de México o Manila, en algún lugar lejano del mundo, sino en su Roma, donde se encuentra en ese momento, en la cama con su Lorenzo ignaro. Casas derrumbadas, desprendimientos de tierras, inundaciones, árboles que vuelan sobre los techos hundidos de las casas, algunas estatuas de la columnata de Bernini por el suelo... ¿Pero qué diablos está pasando?

De repente, la pantalla de la televisión cambia de escenario.

En una conexión en directo con la plaza de San Pedro, para la enésima fumata del cónclave.

¿Otra vez el cónclave? ¿Pero habrá alguien que atienda? ¿A quién podrá interesarle todavía esa escena del humo que no anuncia nunca el papa?... Tal vez el cónclave esté concluyendo... Permanece con el mando en la mano, indecisa sobre si cambiar de canal o quedarse para mirar al nuevo papa. Observa a su Lorenzo, que realmente no parece tener atisbos de aquella lluvia, mucho menos de la historia, que puede contar con un nuevo pontífice en absoluto silencio.

Ahí está la cima del muro de la Capilla Sixtina, por donde asoma la famosa chimenea. Deben tomarse su tiempo, porque allí arriba probablemente no están aún en condiciones de encender el fuego: no debe de resultar fácil lograr que sea blanco, después de tanto humo negro... Pero he ahí que se asoma un tímido penacho de algo semejante a un humo ceniciento. Sin los comentarios del locutor vete a saber de qué color es. Y además el televisor no es nuevo, la imagen está bastante turbia... Pero ya no, no cabe ninguna duda, es un humo cada vez más oscuro. Fumata negra también esta vez.

¡Qué pesadez! ¡Y ella que se había quedado a verlo! Cambia enseguida de canal e inmediatamente el espectáculo de los daños de Roma vuelve a impresionarla. Siente frío, mucho más frío que antes. Toca el radiador, esta vez está gélido. Muy despacio se mete de nuevo bajo el edredón, se acerca al cuerpo cálido de su Lorenzo quien, con un gesto inconsciente, pero percatándose de su contacto, se ha dado la vuelta dormido hacia ella y la rodea con su brazo derecho. Ahora algo la intranquiliza, ya no consigue quedarse quieta, inmóvil como antes. Siente la casa como un enorme animal herido, al que le cuesta respirar. Los portazos, los pasos por las escaleras, algunas voces, el eco de un nombre repetido por una voz femenina: «¡Robertooo, Robertooooo...!».

Si estuviera más alegre, no dudaría en responder desde el descansillo «¡Quéééééé!» para confundir a esa madre pelmaza.

El zumbido insistente y molesto de la voz televisiva desde los otros pisos se extiende. Hay más de un canal transmitiendo lo que ella oye desde su cama: una lluvia que parece querer arrastrar consigo la ciudad eterna. Y Lorenzo sigue durmiendo.

Al levantar la vista, observa en el techo una gran mancha oscura, sin duda el agua no recogida por los canalones del tejado. Está encima de su cama y no tardará en empezar a gotear. ¿Y si llamara a alguien por teléfono?... Pero ¿para qué alarmar a sus padres? Y además resultaría embarazoso contestar si le preguntaran dónde estaba...

Vuelve a pensar en la escena que acaba de ver, esa enésima fumata negra de la Capilla Sixtina. ¡Qué mofa! Pero ¿por qué se habrá dejado engatusar la televisión? Hace tiempo que ha notado que del cónclave ya no habla nadie y solamente algún telediario nocturno vuelve a encuadrar la chimenea de la Sixtina, en el Vaticano. ¿Qué habrá podido pasar esta vez? En su casa, sólo la abuela sigue comprando todas las mañanas *Il Messaggero* para leer las últimas noticias del cónclave. Pero cuando pega la hebra con sus previsiones, nadie hace caso a la abuela, que era moza de cámara de un potente prelado en el Vaticano.

Una vez se había inquietado tanto, ante la noticia de la enésima votación en balde, que fue a desahogarse con el párroco, diciéndole que era una cosa espantosa para el mundo y para Roma, una señal terrible. Para el orbe y la urbe, decía la abuela, que no había olvidado el lenguaje de su prelado, de quien conservaba en un armario las vestes rojas de las grandes solemnidades. El párroco les había contado después aquel desahogo a su madre y a ella, paradas delante de casa, esperando el tranvía, invitándolas a San Clemente, para el concierto del domingo por la mañana.

—Ya no tenemos la fe de su señora madre. Esa fe que sabía leer los signos de la providencia y sus admoniciones... Hoy, estimada señora Ceroni, para llenar las iglesias tenemos que organizar conciertos... —había comentado al despedirse.

Y ahora, viendo aquella tempestad, le vuelven a la cabeza las palabras de su abuela Cesira.

La primera gota, al caer sobre la cama, despierta en ese momento a Lorenzo, que la ha recibido en medio de los párpados. Abre los ojos y le sonríe.

25

A muchos kilómetros de Roma, en una clínica de Bolonia, también otros dos jóvenes están disfrutando esa noche de la intimidad de un tiempo adverso a cualquier salida. Una feliz oportunidad, para Francesco y Caterina. A causa de la forzosa inmovilidad de él, que todavía debe soportar la escayola y no podría aprovecharse de un hermoso día de sol. Y a causa del aburrimiento de ella, quien, en la renovada ternura favorecida por el mal tiempo, transforma el tedio de estar encerrados en miedo a que alguien venga a molestarlos.

No es aún una lluvia de diluvio, pero no promete cesar demasiado pronto. Es una llovizna muy fina, que viene acompañada por temperaturas de bochorno, casi veraniegas, innaturales en diciembre. Pero han dicho que durante toda la semana el tiempo será pésimo, hasta Navidad.

En la habitación donde Francesco Cariati, sobrino del cardenal de Turín, lleva más de quince días hospitalizado, a causa de las fracturas ocasionadas por un grave accidente de coche, reina un alegre desorden. En vano Caterina, al igual que la madre de Francesco o las enfermeras de la clínica, intenta ponerle remedio. Revistas automovilísticas, de decoración, de barcas a vela, folletos de viajes, semanarios, periódicos, barajas de cartas, un ordenador portátil, bolígrafos, papel para escribir, mancuernas para poder entrenarse y moderar la tripita que ha ido creciendo a causa de la forzosa inmovilidad. Un caos coronado por el televisor, de pantalla gigante, por los muchos jerséis y camisas tirados sobre la otra cama y sobre el cajón. Y por una mesilla atiborrada de varias botellas multicolores de agua y de vino, no todas vacías, entre las cuales destaca una Veuve Cliquot, el champán que tanto le gusta a Caterina y que hace que le corra el fuego por las venas. Se lo ha traído ella, porque lo había encontrado de un humor de perros tras el anuncio de los médicos de que no le iban a dejar marcharse a casa ese domingo, como él en cambio esperaba.

—Si esto sigue así, pasaremos la Navidad aquí dentro.

—Pues la pasaremos aquí dentro, Francesco, ¿qué más da?

—Ya estoy harto. Hace años que las paso en Turín, en casa del tío. Y estabas invitada tú también.

—Puñetazos al cielo, dice mi madre, no se le pueden dar; y añado yo, ni siquiera cuando se tiene un tío cardenal.

Francesco había soñado con ella esa noche. En el sueño, la imagen de Caterina que entraba por la puerta se confundía siempre con otras figuras femeninas. Primero era su madre, que le enseñaba el boletín de notas de la universidad o le reprochaba el haber repetido un año. Después era el rostro hermosísimo de la jefa de planta, a quien su padre había bautizado Greta Garbo, sorprendida mientras le conminaba a quedarse quieto en la cama y a dejar de usar esas mancuernas de gimnasia si quería salir de la clínica. A continuación, era la chica a la que había dejado por Caterina, que venía a visitarlo esgrimiendo una enorme jeringuilla para ponerle una inyección. De desasosiego en desasosiego había llegado casi al alba, cuando todos aquellos rostros se habían disuelto. Permanecía uno solo sobre el terreno, dulcísimo y triste, uno que no veía desde hacía muchos meses. El tío Ettore.

Le había estado hablando largo rato, pero sin que él comprendiera el sentido de lo que le decía, porque era un susurro indistinto, apenas perceptible, un balbuceo fatigado, como si su tío se esforzara por decirle algo que le importaba mucho pero fuera incapaz de hallar las palabras, a causa de una extraña afasia. Había empezado entonces a ofrecérselas él, esas palabras que le faltaban a su tío, el gran orador que hechizaba con la finura de sus homilías en la catedral de Turín, y de quien se decía que en los confesionarios alcanzaba el culmen de su mayéutica, cuando podía hablarle cara a cara al alma... Se había visto a sí mismo diciendo: «Lluvia, Roma, casa, Turín, regreso», y luego, además: «Viento, vela, ventana, cielo, alas».

Y mientras le subían a los labios, tenía la satisfacción de ver aquel querido rostro distenderse, relajarse, sonreír hasta recobrar la voz, para repetir esas mismas palabras...

Ahora que la lluvia amaga con hacerse más persistente y las sombras con caer sobre la habitación, sería mejor encender también la luz del techo. En cambio, le prohíbe que lo haga viéndola acercarse al interruptor. La atrae hacia él, cerca de la cama. En ese momento, mientras Caterina intenta reclinarse a su lado, el sueño de la noche, desde algún rincón de la mente de Francesco, vuelve a avivarse. En un instante, ve de nuevo los rostros que lo habían visitado, uno a uno, hasta llegar al del tío. Pero ahora el teléfono está sonando.

—¿Lo cogemos o no, Caterina?

—Haz lo que te apetezca.

—Debe de ser mi madre. Lo mejor será contestar.

—Claro, mientras tanto voy a arreglarme, no vaya a ser que entre la jefa de planta...

El teléfono entretanto no deja de sonar, con el característico ritmo acelerado de los circuitos internos, bastante fastidioso. ¿Y si no fuera mamá? No tiene ganas de enredarse con amigos pródigos en las habituales formalidades para hacer que se sienta menos prisionero, y las habituales promesas de lo que harían juntos en cuanto saliera. Ellos están allí fuera, viviendo, y él, en cambio... Pero al pensar en su Caterina deja de sentir envidia. Alarga la mano para coger el auricular. Es su madre.

—¡Enciende enseguida la televisión, en la primera cadena!

—¿Por qué? ¿Qué ocurre?

—Ponla, te digo. Parece que han elegido al papa.

—¿Qué?... La pongo enseguida.

Oye el clic del encendido y los segundos que transcurren entre el sonido y la imagen nunca le parecieron tan lentos. Una voz masculina anuncia la conexión con la plaza de San Pedro, donde dentro de poco podrá verse la fumata del cónclave. Voces autorizadas preanuncian buenas probabilidades de que por fin los cardenales se hayan puesto de acuerdo en la elección y la fumata sea blanca.

Aparece en sobreimpresión el rostro del anunciador, después, de inmediato, un plano bastante defectuoso de la plaza de San Pedro. El locutor, entretanto, pide disculpas por la mala calidad de las imágenes, pero Roma está siendo víctima de una borrasca de excepcional violencia que ha provocado ya daños notabilísimos y causado víctimas a causa de derrumbamientos y desprendimientos de edificios. Una catástrofe que ha persuadido al alcalde para proclamar el estado de calamidad natural.

La madre vuelve a llamar a Francesco, después de la pausa.

—Francesco, Francesco, ¿me oyes?

Él coge otra vez el teléfono pero su mente sobrepone a las imágenes de la Sixtina, con su chimenea apagada aún, descollante en el cielo ofuscado por la lluvia y las nubes, la visión del sueño nocturno. El rostro del tío que le susurraba frases incomprensibles, hasta que él no le había ofrecido un sentido, repitiendo algunas palabras...

—¡Qué raro! ¿Sabes?, anoche soñé con él.

—¿Qué dices?

—Nada, que soñé con el tío Ettore...

—Francesco, imagínate que lo vemos dentro de poco, en el balcón de San Pedro...

—Mamá, pero si siempre has defendido que no tenía ninguna posibilidad..., que no había hombre a quien le quedaran más lejos esas ambiciones...

—Es verdad, pero la última vez que hablé con él, hace más de una semana, parecía reticente, arisco. Ya sabes lo expansivo que es por naturaleza, en cambio. Y cuántas ganas de hablar tiene, por lo general. Era como si quisiera ocultar algo que le pesaba.

—No quisiera, mamá, que fueran tus esperanzas de convertirte en la hermana del papa las que te hicieran recordarlo así. Conmigo estuvo alegre, muy simpático, nunca le había escuchado soltar tantas bromas.

—Y en el sueño ¿cómo era?

—¿En el sueño?... Ah, ya empiezan a hablar de la fumata, ¿lo oyes?

—Sí...

Caterina vuelve en ese momento.

Ve la televisión encendida y a su Francesco al teléfono. Seguramente, debe de ser su madre: lo que muestra la pantalla lo revela. Ese tío en el cónclave los unía tanto que a veces la ponía celosa. No ha llegado a conocerlo y ahora tiembla como una hoja ante la posibilidad de verlo. Porque eso es lo que Francesco y su madre esperan. Y ella desaparece, deja de existir en ese momento.

Se sienta silenciosa y espera a que llegue la fumata, confiando en el fondo de su corazón con todas sus fuerzas en que sea negra, en que no aparezca ese desconocido vestido de blanco.

El primer penacho de humo aparece aún incierto, brindando al locutor la posibilidad de mantener con el corazón en vilo a millones de espectadores. Aquel truco teatral de siglos de antigüedad sigue perforando la pantalla, enciende las audiencias, no cabe duda.

Después aparece el humo negro, y en pocos instantes, mientras el locutor adopta el papel del director de un espectáculo de escaso éxito que se disculpa con sus espectadores, todo vuelve a la normalidad.

El mundo sin papa está ya visible en el anuncio de la carne enlatada para perros que emiten en ese momento, mientras una tupida confabulación al teléfono de su Francesco, con la desilusionada hermana de un cardenal, la excluye. Pero es una exclusión indolora, esta vez, que le da tiempo para fingir sus emociones y a ocultar el estado de ánimo que antes la había invadido.

—Francesco, ni siquiera me has dejado saludarla.

—Discúlpame, te manda muchos recuerdos, pero tenía bastante prisa, iba a salir con papá.

—Es mejor que te tapes. Antes has estado todo el rato destapado y no hace nada de calor aquí dentro.

—¿Has visto? Tampoco lo han conseguido esta tarde. ¿Quién sabe lo que les habrá saltado a la cabeza a esa gente de la televisión? Qué mal están quedando los cardenales...

—¿Es que crees que sería mejor no ver otra ocasión desaprovechada para tu tío?

—Qué mala eres...

—Lo siento, perdona. Escucha, mañana tengo que ir a casa de Maria, es su cumpleaños. ¿Es igual si nos vemos pasado?

—Ven aquí... ¿Qué te pasa?

—Nada, ¿por qué?

—Porque estás distinta, he dicho algo que te ha molestado, pero no sé qué.

Ella prefiere dejarlo correr, satisfecha de verlo otra vez afectuoso. Ya no queda ni sombra del cónclave allí dentro, ahora; el tío cardenal ha sido vencido dos veces, por la televisión y por ella.

Se despiden con la promesa de llamarse enseguida, en cuanto se despierten, al día siguiente. En la puerta de la habitación, ella se vuelve para mirarlo, de perfil. Hubiera debido cortarle el pelo, empieza a perder volumen, al estar siempre tumbado sobre la almohada. Lo quería tal y como lo había visto el primer día, de espaldas, en casa de Cinzia, en un cumpleaños. Una cascada de cabellos tan suaves que invitaban a sumergir la mano dentro. Ellos dos hacían el amor con los cabellos, había dicho Francesco en una ocasión...

Francesco no ha hecho más que apagar la luz cuando suena de nuevo el teléfono. Es otra vez su madre.

—Perdona, tesoro, me imagino que casi estarás durmiendo ya a estas horas, pero estoy algo preocupada. En la televisión han dado noticias graves de la borrasca que ha estallado sobre Roma, hacía años que no se veía un desastre de esa clase, dicen. Y el Vaticano está entre los lugares más afectados... Se han derrumbado estatuas, muros y, como en toda Roma, no funciona la energía eléctrica.

—¿Crees que el tío Ettore estará a oscuras?

—Sí, Francesco, le he llamado enseguida, pero las líneas están cortadas.

—Es normal, con este tiempo, inténtalo un poco más tarde.

—De acuerdo, perdóname, tesoro. Pero tú... ¿Qué hacía en tu sueño de anoche?

—Estaba cansado al principio, le costaba hablar, no conseguía hacerse entender, pero después se recuperaba; piensa que era yo quien le ayudaba a hacerse entender... Ay, los sueños...

—Te he vuelto a llamar entre otras cosas porque antes estaba ahí Caterina y no quería sacar el tema.

—¿Por qué?

—Ciertas cosas es mejor que queden en casa. Buenas noches, Francesco.

Su madre y Caterina no se gustan aún. Es la única espina que lo atormenta además de su retraso con los exámenes. Está más allá de sus fuerzas el hacer que las dos mujeres se aprecien.

Su tío a oscuras, como él en ese momento. Como él en la clínica, encerrado en el cónclave. Su madre se preocupa demasiado, pero será mejor escuchar el telediario, darán sin duda noticias de la capital. Enciende el televisor y ve de inmediato lo que tanto ha alarmado a su madre. No puede decirse que le falte razón, no se trata de una simple oleada de mal tiempo. Lo turban las caras de la gente entrevistada tras el derrumbe de alguna casa o los desprendimientos de tierras que han afectado a ciertas zonas de la ciudad. Parecen haber visto algo que tienen miedo de describir. Ni siquiera la televisión consigue poner en escena el miedo, ciertas emociones no pueden representarse. La mente sí, puede albergarlas y vivirlas, por desgracia hasta el espasmo.

Apaga la luz, con una leve sensación de culpa. Como si hubiera violado el dolor de esa pobre gente tumbada en la cama, en un hospital, con vendas alrededor de los brazos y en la cara, que un estólido entrevistador se afana en interrogar:

—¿Qué sintió usted cuando notó que la casa se derrumbaba?

La televisión es horrenda. El sueño siente mucha mayor piedad por los hombres.

26.

No llegó a saberse quién propinó al Sacro Colegio la mofa de la transmisión televisiva en directo esa tarde de diciembre, mientras la ciudad eterna gemía bajo el azote de la borrasca.

En la sala de prensa del Vaticano, adonde el camarlengo en persona se había dirigido para los primeros interrogatorios, había un recíproco reparto de culpas y un descargo de responsabilidades. Había quien decía que la llamada de la inminente proclamación del nuevo pontífice provino del capellán de uno de los tres cardenales más votados; otros sostenían que había sido uno de los eminentísimos quien apremió al director de un telediario para un rápido contacto con la RAI y el resto de las televisiones privadas; no faltaba quien hablase de una llamada telefónica de la dirección de la televisión estatal destinada a obtener la confirmación de que había tenido lugar la elección del cónclave, como si la noticia hubiera sido filtrada por uno de los protagonistas de aquel día a la propia RAI.

No llegó a encontrarse el comunicado de prensa, ni al capellán indiscreto, ni al directivo de la televisión que pudiera testimoniar quién era el autor de aquella indiscreción. El camarlengo la toma con el conde Nasalli Rocca, con los príncipes Colonna y Orsini, con el responsable de la sala de prensa, amenazándoles con proponer la destitución de sus cargos al nuevo papa. El carácter sagrado de esa segregación, la única que consentía en el ánimo de los cardenales la autonomía de su decisión, sufría a causa de

su negligencia un golpe no menos grave que los propina-
dos durante tres meses de continuas desventuras. Porque
este daño se había consumado ante los ojos del mundo, ese
mundo que tantas muestras daba de intensa indiferencia.
Esas desventuras, en cambio, habían tenido lugar a puerta cerrada, sin que llegaran a conocimiento del mundo.

El camarlengo debe contentarse con la destitución
de un par de prelados adscritos a las comunicaciones y con
una severa reprimenda al encargado de las relaciones ex-
ternas en este periodo de Sede Vacante. Los diarios del día
siguiente completan el cuadro negativo con la imagen de
la fumata negra enmarcada por los titulares irreverentes
de un acontecimiento que no era difícil de relacionar con
el clima deprimente en una Roma devastada por una tormenta de inaudita violencia, no intencionada en absoluto
a soltar su presa de la ciudad al cabo de veinticuatro horas.

De modo que las votaciones de ese día tienen lugar en un clima de sospechas, rencores y sentimientos de
culpa que ofrecen una más amplia medida de lo ajeno de la
urbe para la que se debe elegir un obispo. Entre muchos
conclavistas se va abriendo camino, en efecto, la conciencia de que ese flagelo también ha de relacionarse con su
desunión, como si Roma carente de pastor lo padeciera,
a semejanza de un cuerpo enfermo.

Monseñor Giorgio Contarini le ha preguntado hace
poco al cardenal Malvezzi a qué hora ha de servirse la cena
esa noche. Las ráfagas de viento que siguen azotando las
ventanas del alojamiento del arzobispo turinés llegan a ser
en ocasiones de una furia tal que ocultan las voces. Las hen-
diduras de los cristales y de los marcos, notablemente vetustos, atacadas por corrientes de aire, embisten los cortinajes,
el mantel y la colcha. Le parece al cardenal como si toda su
habitación estuviera sacudida por un bramido que no da lugar al sosiego y lo aparta de la lectura y de la concentración.

Es Agustín su lectura, esas confesiones que desde hace años se había prometido releer. *«Pondus meum amor mei»*, es mi cárcel el amor por mí mismo. Durante aquellos días había discutido bastante con sus invisibles visitadores la frase del santo africano, lapidaria definición del mal moderno más difundido. Pero tanto Contardi como Mascheroni habían manifestado muchas dudas acerca de la monopolización moderna de esa enfermedad. El egoísmo y el culto por uno mismo se celaban en muchos casos de propensión a ocuparse de los demás, hábilmente mimetizada en todos los tiempos. En ocasiones, incluso la santidad conocía las metástasis de ese cáncer, como lo demostraba el propio Agustín de Hipona. La coartada de ejercer en nombre del Señor un ministerio universal había servido a menudo de disfraz a esa soberbia. El yo no recibe de la relación directa con Dios, connatural al sacerdocio, únicamente frutos del bien. A menudo son frutos del orgullo y de la vanidad, fogonazos de autoestima que, según el papel desempeñado, se transforman en poder de dañar en nombre de Dios. En las tres religiones hermanas, la coartada de la revelación de Moisés, de Cristo y de Mahoma frecuentemente había desencadenado esa consecuencia, renovando la plaga del integrismo.

Malvezzi ha deducido que la corrupción del poder, a cualquier nivel, incluso en nombre de una potestad espiritual, está implícita en su ejercicio. Y sólo la inocencia de la juventud puede ofrecer un amparo y un antídoto.

La avanzada edad de los cardenales y de los papas les expone a esa tendencia típica del ser humano que, al aproximarse a la muerte, pretende compensar la sensación de fragilidad con una más sólida posesión del mando en sus manos. La vejez es sentir la vida que se nos va, padecer el miedo al gran salto, el espanto de dejar males conocidos para otros ignotos, como escribe Shakespeare. Vale mucho más para los ministros de Dios, que deben ofrecer a su grey certezas y consuelo acerca de ese gran paso a la otra orilla.

El ladrido del perro que permanece encadenado en el patio ciego al que dan las ventanas despierta a Ettore Malvezzi de sus reflexiones.

No tardaría en encenderse de nuevo la ventana de cristales amarillos en el alojamiento de enfrente. Era ésa, de noche, la hora del regreso para sus misteriosos habitantes. La inmovilidad de los largos días, alejado de la Capilla Sixtina y de los cardenales, en total aislamiento, lo han vuelto sensible, como sus animales —gatos, gallinas, lechuzas— a cualquier movimiento o cambio en esas habitaciones, en ese patio, en esa ala del palacio. La escansión de las horas, acompasada por la lectura y por la luz del sol, del alba hasta el ocaso, tiene referencias fijas, a las que le gusta condescender, demorándose en observarlas.

Una de éstas, acaso la más esperada, es esa ventana, con su encenderse, por la mañana al alba, y con su apagarse, más tarde. Y después, con su volver a encenderse, como ahora, por la tarde, hasta su apagarse de nuevo, al caer la noche. Las sombras que se mueven detrás de ese cristal le hacen compañía.

Sin embargo, el viento refuerza ahora su azote sobre el palacio. Por mucho que sepa que son las últimas manifestaciones de violencia ciega de quien se siente próximo a la derrota, esos golpes en los cristales dan miedo. Ya no se oye al perro, desde el fondo del patio. También sus animales se han alejado de la ventana, agazapados bajo la cama o debajo de los armarios.

Vuelve a encenderse la ventana de enfrente.

Ahí están las sombras de alguien que se mueve en aquella habitación. El redoblarse de los golpes en los cristales hace pensar en una mano que llama, en alguien que intenta abrir; ya no en el viento. ¿Quién se atreve a tanto en casa del vicario del Señor?

Ahora se entrevé algo más corpóreo, en las sombras que se perfilan detrás del cristal amarillo, delante de él. El mismo temor que lo turba debe de afectar a quien se halla al otro lado de aquel cristal. Se pone en pie. Algo que le llama le hace vencer su miedo a la caída de los postigos sacudidos por el viento. Y proviene de esa misma ventana donde otros viven su misma incertidumbre, la misma llamada. Han pasado más de tres meses desde que empezara a señalarse esa presencia frente a él, pero sólo ahora se manifiesta. Debe escucharla.

Está levantando ya la mano hacia el tirador de la vieja ventana para abrirla cuando el viento, con un fragor de cristal en añicos, la abre de par en par.

En ese mismo momento se abre bruscamente la ventana de enfrente. Y aparecen las personas a las que pertenecían las sombras que le han acompañado durante tantos días. Son dos gemelos, dos jóvenes tan semejantes que hacen que se restriegue los ojos ante el temor de estar viendo doble. Parecen indecisos sobre si intentar cerrar las jambas de cristales quebrados, si dejarlo todo así o si recoger los cristales. Pero ahora se percatan de que él les está mirando fijamente. Son efectivamente dos gemelos, su vista es buena.

Sus ojos se encuentran mientras el viento sigue silbando y el agua penetra en la habitación.

¿Quiénes podrán ser esos dos jóvenes presbíteros? Porque el color blanco de sus hábitos los revela como sacerdotes. No los conoce, y sin embargo siente que los ha visto ya...

El resplandor de un rayo escarcha los muros, las ventanas, los rostros, aterrorizando a los animales de la habitación del cardenal y al perro del fondo del patio. La luz, que dura unos instantes, brilla sobre los tres rostros asomados a las dos ventanas. Los ojos se reconocen.

Ahora Ettore Malvezzi recuerda a quién se parecen los gemelos, y se arrodilla para rezar, dando las gracias al Señor por esa iluminación. Los dos jóvenes sacerdotes se miran mientras permanecen inmóviles, azotados por la lluvia y el viento.

Pasa un tiempo incalculable en esa suspensión, mientras truenos, relámpagos, nubes bajas y lluvia parecen querer renovar el diluvio universal.

Ahora pasará todo..., repite, conmovido hasta las lágrimas el cardenal... Ahora pasará todo, se ha terminado, todo ha terminado...

En ese momento entra jadeante Contarini.

La vista de su eminencia de rodillas, empapado de lluvia, entre cristales rotos, con la ventana abierta de par en par, el viento que hace revolotear los papeles, el agua que empapa cortinas y muebles avanzando hasta debajo de la cama, donde se ocultan los animales aterrorizados, lo paraliza. Tiene apenas tiempo de notar que la ventana de enfrente se cierra, con los cristales rotos, pero al apagarse inmediatamente las luces le es imposible ver quién la había cerrado.

Se precipita a entornar la ventana, aunque sólo los cristales de arriba siguen ofreciendo reparo. Después alza al cardenal, que tiene el rostro y el pelo mojados, las vestiduras empapadas.

Al cabo de una hora, después de que el cristal de la ventana haya sido reparado, el cardenal, vestido de nuevo con ropa seca, está sentado a su mesa. Da órdenes a Contarini para llevar personalmente al camarlengo una nota.

—¿Puedo leerla, eminencia?

—Puede, puede.

Contarini lee que Malvezzi advierte al camarlengo de su presencia en las votaciones del día siguiente. Una comunicación breve, sin explicaciones, como corresponde a un hombre determinado.

Contarini se apresura a ejecutar la orden, contento de la determinación de su cardenal. Tiende en persona el mensaje en un sobre al camarlengo, que estaba todavía levantado.

Veronelli lo lee delante de él y frunce las cejas. ¿Qué quiere decir? ¿Que Malvezzi ha entrado otra vez en liza? ¿Ha cambiado de idea y vuelve a alimentar esperanzas? ¿O es un parto de su mente, un consejo recibido de las sombras que lo visitan?...

—¿Qué tal se siente su eminencia? —pregunta al capellán.

—Bien, diría yo.

—¿Bien? Pero ¿en qué sentido, monseñor? ¿Tiene nuevas veleidades? ¿No será un estado de agitación mental típico de su enfermedad? ¿No sería mejor aconsejarle que siguiera descansando, acaso una visita médica?

—Me permito hacer notar a vuestra eminencia que nadie ha declarado nunca enfermo mental al cardenal Ettore Malvezzi. Y que su comportamiento hasta ahora ha sido de gran moderación y comprensión hacia las exigencias que vuestra eminencia le ha señalado.

—Precisamente, por eso me sorprende y me alarma su recado. ¿Qué novedad ha sobrevenido como para hacerle cambiar de humor? Usted lo comprenderá, tengo el deber de proteger el cónclave de cualquier clase de obstáculo ulterior. Ya es suficiente con los que hemos padecido hasta ahora, y ya sabe usted que precisamente ayer hemos recibido de la televisión la enésima herida para el prestigio de esta asamblea.

—Eminencia, no puedo entrar en el cerebro de mi arzobispo pero podría garantizarle que está sereno y es dueño de sí mismo.

—De acuerdo, pero si piensa venir al cónclave mañana por la mañana significa que tiene algo que decir o que proponer, ¿comprende? Y eso es lo que no me deja tranquilo.

—¿Por qué no le pregunta usted mismo qué le pasa por la cabeza?

—No le falta razón, puede usted marcharse, le agradezco el consejo. Dígale que le llamaré de inmediato, es tarde para molestarlo con una visita.

Al volver al alojamiento de su cardenal, Contarini encuentra a Malvezzi ya al teléfono. Se retira enseguida pero tiene tiempo de comprender que la llamada no ha empezado de la mejor forma posible. Resultaría problemática.

Y es en efecto una llamada larguísima.

Porque el tono tranquilo, distendido y conciliador de Malvezzi, al tiempo que devuelve a su imagen en la mente de Veronelli los rasgos con los que se la entrega la memoria, si por una parte hace pensar en que ha vuelto a ser el que era, por otra inquieta aún más al camarlengo. Porque tanta dulzura va acompañada de un autocontrol y de un hermetismo acerca de los verdaderos propósitos de su regreso a votar que no prometen nada bueno.

Malvezzi tiene algo en la cabeza que no quiere revelar. Y podría ser un relanzamiento de su candidatura desde posiciones asentadas con más seguridad. Pero durante esos días, ¿quién le habría dado nuevas garantías a aquel hombre que había permanecido aislado, visitado más por sus visiones que por personas vivas? Había sido informado cada día de sus movimientos y de sus condiciones; después de su visita no había vuelto a recibir la de nadie. Entonces ¿qué? ¿De dónde saca tanta seguridad? Tal vez no fuera su candidatura el objeto de sus miras. Pero entonces ¿la de quién, en el Sacro Colegio? ¿Quién puede haberle transmitido la necesidad de su alianza? ¿Qué clase de alianza puede ofrecer Malvezzi?

Son innumerables las trampas a las que Veronelli somete a Malvezzi, entre miles de preguntas. El cardenal de Turín no cede, firme como una roca en su derecho y deber «de votar mañana por el papa...».

No hay manera de entenderse. Ettore Malvezzi llega a invocar el secreto ante Dios y su conciencia. Se despiden con bastante frialdad, pero una alusión al desastre que ha azotado Roma en esos días devuelve al camarlengo, en las frases de despedida, todas sus ansias.

Cuando Veronelli, en efecto, nombra la borrasca y sus daños, que no han respetado el Vaticano, oye cómo se le replica que la larga prueba está llegando a su fin y que no tardaría en volver la paz a Roma y al mundo.

27

La mañana del día de Nochebuena, la aparición en el cónclave del cardenal de Turín es saludada por la mayoría como una señal alentadora; un clima de mayor normalidad devuelve al aula a quien la excepcionalidad de las pruebas padecidas había sustraído.

También el tiempo, durante la noche, esboza una tímida mejora. Las noticias de Roma, pese a seguir siendo grave la situación en numerosos barrios, no transmiten ecos de nuevos desastres. No deja de ser algo positivo, después de la riada de noticias, una peor que la otra. Algunos cardenales de la curia viven en Roma y la imposibilidad de acudir a los lugares en donde el mal tiempo ha causado más daños, a menudo en barrios donde viven o residen sus seres queridos, viene a añadirse a las otras angustias de esa reclusión.

Han pasado casi cuatro meses. Y al día siguiente es Navidad. Casi ciertamente Roma y la cristiandad la celebrarán huérfanos de su supremo pastor. Pero el mundo no parece turbado por tal eventualidad; el efecto de la falsa alarma en directo había tenido como resultado el que se alejara aún más la atención de la Sixtina, como si en ese contratiempo se hubiera manifestado también la maligna voluntad de quien no deseaba la elección del nuevo pontífice.

Al aproximarse a la verja de mármol que divide en dos partes la Sixtina, son muchos los cardenales que paran a Malvezzi. Unos le felicitan por su estupendo aspecto, sin que falte quien bromee sobre esa convalecencia de enfermo imaginario. Otros le preguntan a quemarropa si pueden seguir votando por él. Hay quien, con mayor recelo, inquiere si ha ideado alguna nueva solución tras la larga espera. Algún otro, con aires de misterio, le pide poder hablarle esa noche, a solas, en su alojamiento.

La sonrisa enigmática de Ettore Malvezzi, pese a la evasiva amabilidad de las respuestas, arroja el resultado de desorientar a sus interlocutores.

No les veía desde hacía varios días. Y el aspecto fatigado de todos, sus expresiones inquietas y propensas a la conmoción, la incertidumbre que siente que aún les domina, después de un lapso de tiempo tan largo, le provocan especial pena. Muchos se han resentido gravemente de esa prolongación de la espera. Selim, su amigo el patriarca maronita, no se sostiene ya en pie sin ayuda de dos prelados. Youssef, el purpurado palestino, que ha perdido muchos kilos, parece una sombra de sí mismo. Rabuiti, el corpulento cardenal de Palermo, padece frecuentes ataques de asma que le obligan a recurrir al oxígeno. El arzobispo de Nairobi, palidísimo, con un hilo de voz apenas, pide permiso para votar de inmediato y poder retirarse, dadas sus malas condiciones de salud; acaba de superar un colapso cardiocirculatorio. El arzobispo de Lvov, el primero de una larga lista de purpurados que deben recurrir al mismo medio para poder cruzar la entrada de la Sixtina, avanza en una silla de ruedas, empujado por su secretario.

No cabe duda de que se ha superado el límite de lo soportable. Mira en un rincón, sentados en sus sitiales, a aquellos dos que intentaron fugarse, los prelados de Nueva York y de Filadelfia. Son la sombra de sí mismos, ellos también. ¿Quién podría creer ahora que fueron capaces, hace sólo algunas semanas, de intentar dejarse caer en el vacío con la ayuda de una soga improvisada, para largarse del cónclave? Y, sin embargo, la única idea que se capta como dominante en la multitud de los eminentísimos es la de marcharse, la de conseguir volver a casa, la de poner fin a esa clausura.

La multitud de los purpurados sigue impidiendo el acceso. Las operaciones preliminares al momento de pasar lista son lentísimas, se ve a varios médicos ir y venir de una entrada a otra. ¡Qué desalentador espectáculo de antañones, qué melancólico campo de la derrota, esa reunión de los grandes electores de Cristo!...

Cristo, que vivió treinta y tres años, y que en los últimos tres consumó toda su aventura, desapareciendo en los cielos con el cuerpo glorioso de una edad prometida a todos sus hijos, en la resurrección de la carne... Mira hacia lo alto, por encima de las cabezas canosas, por encima de los solideos rojos, hacia donde está el Cristo juez en el esplendor de su juventud inmortal.

Es en ese momento cuando los divisa. ¡Están allí los dos gemelos presbíteros también! Desempeñan la humilde función de capellanes, probablemente al servicio de algún cardenal...

Sujetan las largas pértigas levantadas para encender los seis altísimos cirios del altar, los únicos no eléctricos, detrás del sitial del camarlengo, separados del confuso cuerpo del Sacro Colegio, más allá de esas cabezas, más allá de ese oleaje de canicies. Con el cabello muy rubio, el rostro alargado hacia abajo, controlando los gestos, inclinados hacia los seis candelabros de plata que lanzan hacia el Cristo juez y hacia su Santísima Madre sus temblorosas llamitas. Mira otra vez a Cristo, baja la mirada de nuevo hacia los gemelos. Vuelve a levantar los ojos y los baja... La memoria no lo traiciona, se le parecen de una manera impresionante... Son la copia perfecta del rostro del Salvador de Miguel Ángel, y nadie parece darse cuenta. Invisibles como dos ángeles, acaso no soportables para la vista de aquellos antañones. ¿Cómo es posible, en caso contrario, que sólo él se haya dado cuenta?

—¿Qué estás mirando de esa manera, Ettore? —le pregunta una voz de fuerte acento extranjero.

Se vuelve, baja los ojos confuso. Reconoce al cardenal estonio Matis Paide. Le señala sin palabras a los dos gemelos absortos aún en encender las velas. Después, percatándose de que se ha fijado bien en ellos, tocándole en un hombro, lo incita a levantar la mirada más en alto, al centro del fresco de Miguel Ángel.

—Pero ¿hacia dónde? ¿Hacia San Bartolomeo?

—No, no al centro, sino más en alto, más en alto, hacia Cristo juez...

El purpurado nórdico clava sus ojos azules en Cristo. Después los baja hacia los dos jóvenes sacerdotes y va de arriba abajo, de arriba abajo con la mirada, iluminándose de estupor.

—Es increíble, es increíble —murmura, incapaz de apartarse de lo que ve.

Debe ceder, sin embargo, junto a Malvezzi, a la invitación de un emisario de los cardenales escrutadores. Es necesario que ocupen sus sitios.

Está a punto de entrar el camarlengo de la Santa Iglesia Romana, precedido por el coro, que ha sido renovado, como muchos capellanes de los eminentísimos, con cantores más ancianos.

—Prométeme que les ayudarás y que me ayudarás en todo lo que me dispongo a punto de proponer —cuchichea Malvezzi a Paide, que sigue sin palabras debido al descubrimiento del increíble parecido de los gemelos con Cristo.

—Pero... ¿adónde han ido? Ya no están aquí...

—Han debido de retirarse después del *extra omnes*... Tranquilo, no los hemos soñado: estarán en las sacristías.

—No sé si he entendido lo que quieres hacer, pero te seguiré hasta el final —contesta, cada vez más turbado, Paide, apretándole con fuerza el brazo.

Se eleva el canto del *Veni Creator Spiritus*. Las voces seniles y profundas imprimen a ese himno una gravedad aún más solemne de la que en las primeras reuniones del cónclave regalaba la amabilidad de las bocas más jóvenes. Entonces había un aroma a paraíso y a angélica ternura, ahora una sombra de súplica trágica a Quien no se digna aparecer.

Pero ahí está el camarlengo, que llega tarde y jadeando, y empieza a pasar lista, después de haberse disculpado por la pérdida de tiempo. Declara abiertas las votaciones, concediéndose sin embargo la palabra de inmediato a quien desee tomarla.

En la vida de todos los cardenales presentes quedará impreso hasta la muerte lo que se levanta para decir, con voz al principio quebrada a menudo por la emoción, después cada vez más segura, el cardenal arzobispo de Turín, Ettore Malvezzi.

Y, sin embargo, cada vez que les sean preguntados los detalles, la memoria no conseguirá focalizar la sucesión de los argumentos, los pasajes, las peroraciones, el final. Parece como si el velo del secreto, obligado para todos ante Dios y ante los hombres, hubiera envuelto realmente las mentes, tutelando a quien había recibido del Espíritu Santo Paráclito esa iluminación y a quien ante esa iluminación se había doblegado, en una de las más difíciles decisiones en la historia de la Iglesia.

¿Durante cuánto tiempo habrá hablado? Nadie podría precisarlo. Parece imposible medir ese río de palabras, o mejor dicho, ese delirio inspirado a un cardenal a quien todos consideran loco, pero a quien respetan como un idiota de Dios.

Habló de la humanidad necesitada de fe, guía, amor, pero también de alegría, júbilo, fuerza. De una Iglesia cansada, agotada por la misión bimilenaria que la había extenuado a causa de culpas, pecados, errores, rápida a menudo en tachar como un mal algún nuevo aspecto de los tiempos, que después había debido reconocer, solicitando el perdón de la humanidad. Habló de lo Sagrado, que no sabe dónde va a parar pero que, con todo, para sobre la cabeza de los hombres, que no pueden soportar el vacío de una existencia sin Dios. Habló de la gran esperanza que se abre para quien vive atormentado por ese Vacío, que es Dios mismo. Habló del hambre de un nuevo Cristo, que renaciera gracias a su elección y que, al mismo tiempo, muriera en esa elección, si morir significaba para ellos, los cardenales, elegir más allá de sí mismos, fuera de su círculo consagrado, donde Cristo les pidiera que le siguiesen, renovando las filas del campo cristiano. Habló de la humildad de interrogarse acerca del sentido de todo lo monstruoso que había sucedido en aquellos meses, cuando el Maligno había encontrado en ellos las puertas abiertas para desencadenar el más funesto de los ataques, al descubrirles tan débiles. Habló de su triste vejez, del egoísmo de esa edad, del miedo al final inminente, a menudo única ligazón de las frenéticas reuniones que les habían visto incapaces de encontrar una solución y una propuesta. El Espíritu Santo se había alejado de ellos, deseosos únicamente de salir del cónclave, eligiendo un nombre cualquiera, una solución que les consintiera precipitarse a disfrutar de sus últimos privilegios, antes de morir. Habló de los males que habían soportado sin comprenderlos, de sus corazones sordos ante la invitación a la soledad y al silencio de esos cuatro meses de cónclave. No habían sabido comprender el sentido de aquella clausura, porque sus corazones sufrían la opresión del afán por hacer y hacer y seguir haciendo, sin detenerse jamás para preguntarse el sentido de esa desordenada acción. Habló de la soberbia de sus cartas pastorales, donde no resonaba ya la caridad sino solamente una fría doctrina, de jerga definitivamente alejada de la vida, que repetían en los días que conmemoraban aquellos que, para Cristo y los apóstoles, sí fueron la vida. Esa Navidad, que celebraban con boato en las antiguas catedrales de Europa y en las más recientes del mundo, nada tenía ya del temblor de los ángeles y de los pastores aquella noche en la que Él nació....

Pareció interrumpirse, en ese momento, turbándose tal vez ante la idea de aquella Navidad que les veía solos, alejados de todos, buscando el sucesor de quien nació un día como aquél, hace más de dos mil años.

Después continuó, sin esconder su conmoción.

¡Cuántas veces había celebrado misa preguntándose, como muchos de ellos, si no sería un Don Quijote viendo gigantes en los molinos de viento, mientras sostenía la hostia consagrada en la mano! ¡Cuántas veces había desesperado de la ayuda de Dios!

¡Cuántas veces había vivido los Evangelios como jaulas cerradas cuyas llaves se habían perdido, en la renuncia de la inteligencia a recrearlos, como los habían recreado los santos de quienes se declaraban herederos!

Porque, no debían dudarlo ni por un solo instante, lo que les estaba reprochando se lo repetía en primer lugar a sí mismo, él que era el más débil e irresoluto, el más cansado, confuso, egoísta y aterrorizado ante la idea de morir entre quienes se sentaban hoy en el cónclave. Imploraba perdón por haberles ofendido porque solamente después de haber dicho esas cosas podría pedir lo que estaba a punto de pedir en el nombre del Señor. Que contemplaran la juventud de Jesucristo, Señor del tiempo y de la eternidad, resplandecer en sus treinta y tres años inmortalizados en aquella pared por Miguel Ángel, que comprendieran bien el sentido de ese esplendor de la edad que Dios les donaría a ellos también en la resurrección. Que procuraran captar el valor de la elección que estaban a punto de llevar a cabo, en el nuevo heredero de Cristo, para que por primera vez Él reviviera a la letra su destino de joven pastor de la envejecida humanidad. Tal vez la humanidad entera, incluso la que no se reconocía en la Iglesia, inclinara la cabeza ante el elegido, como para reconocer el símbolo y la esperanza de su renacer.

Aproximadamente en ese momento, recuerdan los testigos que sobreviven, el cardenal de Turín señaló con un amplio gesto del brazo en dirección al Cristo juez, en la parte superior del fresco. Después, mientras el Sacro Colegio murmura, presa de las más contrapuestas reacciones, pero aguardando aún la propuesta de votación no formulada, se le ve descender rápidamente de su sitial y, mientras el camarlengo pierde los estribos tocando la campanilla y llamándole al orden, corre hacia las sacristías.

No se entretiene en exceso fuera de la Capilla Sixtina. Se le vuelve a ver, en efecto, sólo un par de minutos más tarde, aparecer por la puerta trayendo agarrados de la mano, uno a su izquierda y otro a su derecha, a los dos gemelos en hábito talar, hasta tal punto idénticos que hacen temer un engaño de la vista.

En el aula cae de improviso el silencio.

Se ve a Malvezzi empujar a los dos rubios presbíteros, intimidados por la vergüenza, pero hermosísimos, hacia el centro de la Sixtina.

Después, mientras el vocerío se atenúa cada vez más y hasta el camarlengo deja de revolverse, Malvezzi invita a los dos gemelos a darse la vuelta para mirar junto a él y a la asamblea, en el rostro de Cristo pintado por Miguel Ángel —eso dice en voz alta—, el rostro de su Señor, de quien Pedro fue el primer heredero.

—¡Y ahora, hermanos amadísimos, os llamo a elegir como sucesores del apóstol Pedro a los presbíteros Lino y Stefano, que aquí se someten a vuestra sabiduría iluminada por el Espíritu Santo!

Los chillidos de ofensa, los gritos de anatema, los gestos de ultraje, las irónicas invitaciones a no confundir un cónclave con el senado romano donde se elegía a los dos cónsules o con el palacio real de Esparta donde reinaban dos monarcas, incluso los intentos de abofetear al cardenal de Turín impedidos por los guardias suizos obligados a intervenir para defender al pobre arzobispo; todo esto pasa sobre su cabeza como un mar tormentoso que se abate sobre una roca pero no puede mellarla ni en un centímetro.

Entretanto, empieza a causar impresión el notable parecido con el Cristo de Miguel Ángel de los dos jóvenes sacerdotes, los gemelos Lino y Stefano, que, según dice alguien, parece que están al servicio del cardenal de curia Lo Cascio. Nadie puede negarlo, es de una evidencia absoluta: la misma nariz, el mismo arco superciliar, la misma cabellera rubia, la misma expresión de los ojos.

Hay un momento en el que, mientras los dos gemelos se mueven, se les nota un gesto de los brazos, de propósito o por casualidad, colocados de la misma forma, blandidos en el aire para intentar aplacar el tumulto y defender a Malvezzi y protegerse alejando de ellos a algunos de los más impertinentes cardenales. En ese instante se oye ondear en el aula una exclamación ahogada de asombro... Ese gesto de Cristo juez está demasiado esculpido en sus mentes para no crear una emoción enorme.

Es el instante que aprovecha para levantarse a hablar el cardenal Matis Paide, quien al cabo de unos minutos consigue obtener el suficiente silencio como para tomar la palabra.

Es cauto, respetuoso con las desde luego justas reacciones del Sacro Colegio, diplomático con el camarlengo, comprensivo con Malvezzi, indulgente con los dos gemelos presbíteros Lino y Stefano, que permanecen de pie, a ambos lados de Malvezzi, siempre dispuestos a defenderlo. Concluye su intervención afirmando que las palabras del cardenal de Turín han alterado tanto los ánimos porque invitan a los eminentísimos cardenales a considerar su alta tarea desde el punto de vista de una novedad tal que no una, sino mil noches serían suficientes para meditarlas.

Entretanto, sin embargo, la naturaleza les ofrece la ventaja de una noche, pero una noche extraordinaria como la de la Natividad del Señor para poder emplearla en ese silencio y en esa soledad que, como justamente ha observado el cardenal Malvezzi, tal vez muchos de ellos no han sabido apreciar hasta el fondo, agotados por la extenuante duración del cónclave.

Invita pues al cardenal camarlengo Vladimiro Veronelli a suspender la votación para retomarla, con la nueva candidatura, a la mañana siguiente, cuando los ánimos estén más serenos.

El camarlengo, aprovechando el desconcierto general, en su necesidad de retirarse a pensar con qué estrategia afrontar la inédita situación, acepta la propuesta de Paide, sintiéndola como una ayuda que le viene ofrecida diplomáticamente por aquel hombre imprevisible. Por encima de todo, confía en la noche para convocar a los dos jóvenes presbíteros, cuya presencia huele a conjura y a sospechosa intromisión en perjuicio del cónclave.

El primero en salir de la Sixtina, escoltado por los guardias suizos, es el cardenal Ettore Malvezzi. Tras él, todos los demás cardenales, disponiéndose a afrontar en esa nueva y atormentada suspensión la Nochebuena.

28.

En el curso de la Nochebuena, sin embargo, el Espíritu Santo siente piedad por el sufrimiento de sus hijos y, disolviendo la niebla de sus mentes, se las abre a la verdad del mismo sueño.

Vuelven a verse una vez más reunidos en la Capilla Sixtina, en el momento en que el arzobispo de Turín Ettore Malvezzi aparece en el umbral de una de las dos puertas, bajo el fresco del *Juicio universal*.

Lo escoltan a ambos lados, como durante la última votación del cónclave, los presbíteros Lino y Stefano. Sobre los hombros de cada uno de los dos jóvenes, dos altísimas alas. Sus ojos, de insostenible fulgor, resplandecen y obligan a los cardenales a bajar los suyos, entreviendo apenas el esplendor de la desnudez de esos cuerpos divinos, el mismo de los ángeles pintados en la pared del *Juicio universal*, el mismo de Cristo juez, de facciones tan semejantes.

El cardenal Malvezzi sigue perorando la causa de su candidatura, sin percatarse de la sonrisa inefable y de entendimiento de las dos hermosísimas criaturas. Porque los ángeles transmiten en esa sonrisa la conciencia de que el cardenal no distingue sus alas, protegido por una misteriosa ceguera.

El sueño se apaga con la repentina desaparición de Lino y Stefano en el momento en que el cardenal termina de hablar...

Cuando en la mañana de Navidad se difunde entre los cardenales, que se disponen a volver a la Sixtina, la noticia de que de los dos presbíteros no hay ni rastro y que su alojamiento, repleto de muebles amontonados y de polvo, parece no haber sido habitado desde hace años, son muchos quienes empiezan a entender el sentido del sueño de la noche, reconociendo en el fondo de su corazón la huella de una intervención sobrenatural, venida en su socorro en esta ocasión.

En efecto, apenas el cardenal camarlengo declara abierta la discusión, después del canto del *Veni Creator Spiritus,* se pone en pie para hablar el cardenal Matis Paide, presidente de la Congregación para la Evangelización de los Pueblos. La expresión de su rostro, severa y grave a la vez, concentra de inmediato la atención de la asamblea.

Consciente de no deber demorarse sobre lo que ha sabido que se les ha aparecido en sueños a todos al igual que a él, en la noche más santa del año, la de la Natividad del Señor, declara que si el Espíritu Paráclito se ha dignado señalar la elección en la persona a la que los ángeles han escoltado en el cónclave, infundiendo en sus labios una sabiduría que es escándalo de la humana, sería un pecado de soberbia no plegarse ante Su voluntad.

Considera, por lo tanto, con plena conciencia, que el candidato a sumo pontífice de la Iglesia universal y obispo de Roma debe ser la persona de su eminencia el arzobispo de Turín, el cardenal Ettore Malvezzi.

El denso murmullo que se eleva de la asamblea, apenas ha terminado de hablar, se le aparece de inmediato al cardenal camarlengo Veronelli como la previsible reacción de quien se prepara a ceder con dignidad y de quien siente la alegría de compartir la decisión.

Mira lentamente a su alrededor el cardenal camarlengo, dejando que los pareceres, los comentarios, las confidencias, las emociones se expresen a rienda suelta, como se consiente a una asamblea soberana, antes de tomar una decisión tan importante y tanto tiempo sufrida. Sin embargo, con los más de cuarenta años de experiencia en consistorios, asambleas capitulares, concilios, sínodos y plenos que posee, está en condiciones de tomar el pulso a su asamblea. Y no le cabe la menor duda, por vez primera después de tantos meses de incertidumbre. Sabe que por fin se ha alcanzado un unánime acuerdo. Y, como supremo notario del cónclave, se siente feliz por ello; como testigo e instrumento de la suprema voluntad de Dios, la conmoción hace que le broten las lágrimas.

—*Fiat voluntas tua... fiat voluntas tua...* —repite en voz queda, mientras piensa que aquel que dentro de poco recibirá la proclamación será su último papa. Porque para avalorar su júbilo hay una gota de melancolía, la que se desprende de la conciencia de la finitud de todas las cosas, incluido este cónclave que parecía no tener fin y que en cambio se dispone, junto a sus protagonistas, a llegar a su término... Él, desde luego, ya no vivirá otro...

La ausencia de Ettore Malvezzi, inmóvil en su habitación con la mirada clavada en la ventana de cristales amarillos que ahora siempre está apagada, lo favorece.

A nadie como él había revelado con mayor claridad el sueño de esa noche qué hado maduraba definitivamente el destino.

Y el terror de deber aceptar la candidatura a pontífice, captado por casi todos sus colegas en ausencia del cardenal de Turín, enriquece su contumacia con el sabor de una auténtica humildad. Sólo ahora se define el sentido de todo su comportamiento, sólo ahora queda claro en las mentes de los cardenales el diseño providencial de su enfermedad, de la oscuridad de sus palabras confundidas con las de un idiota de Dios...

Así, cuando el propio cardenal camarlengo se pone en pie para proponer a grandes voces la elevación a pontífice del cardenal Ettore Malvezzi por aclamación, sin necesidad de votar, el escalofrío que serpentea entre los concurrentes es sólo la inmediata toma de conciencia del acontecimiento.

En efecto, no tardan en ir poniéndose todos en pie para confirmar la unanimidad del consenso. El cardenal decano Antonio Leporati entona el primero el *Tu es Petrus,* seguido por todos los demás cardenales.

Mientras se van bajando, según el rito, todos los baldaquinos de los tronillos, a excepción del vacío del cardenal de Turín, el camarlengo, abandonando la Sixtina en trepidante espera de recibir al nuevo papa, escoltado por los cardenales escrutadores y por el capellán cruciferario, se dirige hacia el alojamiento de Ettore Malvezzi, para comunicarle la elección que ha tenido lugar.

Veronelli, tras cruzar el umbral del apartamento de Malvezzi y entrar en su despacho, encuentra al elegido sentado en el sillón, con los ojos aún clavados en la ventana apagada que ve desde la suya. Si no fuera por la respiración cada vez más rápida que hace que el pecho se eleve y descienda, nadie notaría que se ha percatado de la entrada de alguien, mientras un monseñor Contarini conmovido y tembloroso le anuncia la presencia del cardenal camarlengo Vladimiro Veronelli y su séquito.

—Eminentísimo y reverendísimo cardenal Ettore Malvezzi, en el nombre de Cristo, te anuncio tu elección como pontífice máximo de la Iglesia universal y obispo de

Roma, acaecida por inspiración del Espíritu Santo en el Sacro Colegio Cardenalicio...

Sigue un largo silencio. Después se oye la tos nerviosa del camarlengo, quien debe seguir adelante con sus obligaciones. Debido a una extrema vacilación, su voz senil apenas resulta perceptible, cuando pasa a la pregunta de rigor:

—¿Aceptas..., aceptas... pues?...

El cardenal Ettore Malvezzi se levanta. Parece más alto, murmura para sí el cardenal decano...

Se vuelve con infinita lentitud hacia el camarlengo y se queda mirándole fijamente con sus ojos verdes muy abiertos, las manos aferradas a la cadena de la cruz pectoral para ocultar su temblor. Se pasa la lengua una y otra vez por los labios secos para humedecerlos, como si le costara encontrar la voz para contestar.

—*Fiat...* —es por fin la respuesta, mientras deja caer la cabeza, abandonando los brazos en los costados. Y su voz es casi un susurro.

—¿Y cómo deseas llamarte? —casi grita ahora Veronelli, con una energía que ya no sabe ocultar el alivio de esa confirmación, por un instante puesta aún en duda.

—Lino Stefano.

Todos los presentes, con la excepción del camarlengo y del capellán cruciferario, con grandes crujidos de hábitos talares, se arrodillan y Ettore Malvezzi dirige un último vistazo fugaz a su izquierda, hacia la ventana apagada que le había iluminado hasta el día de hoy.

—Serás entonces... Lino Stefano I —contesta Veronelli, recordando la presencia en la historia de la Iglesia de papas que habían llevado tanto el nombre de Lino como el de Stefano, pero ninguno que los hubiera hecho confluir en su persona. Y mientras vuelve a ver por un instante a los dos ángeles que se le aparecieron en sueños, se arrodilla a besar la mano del nuevo papa después de haberle enfilado en el dedo anular derecho el anillo del pescador.

Después, dando la orden de abrir de par en par la galería de San Pedro, para el inminente *Habemus Papam,* mientras la chimenea de la Capilla Sixtina anuncia el día de Navidad al mundo la fumata blanca, el cardenal camarlengo se mueve para guiar el cortejo del nuevo pontífice hacia la capilla, donde le aguarda el acto de obediencia de todos los cardenales delante de su trono, una vez ataviado con sus vestiduras blancas.

ALFAGUARA

Si desea recibir información sobre los lanzamientos de Alfaguara, puede suscribirse al boletín de novedades en nuestra página web: **www.alfaguara.santillana.es.** También puede escribirnos a la dirección electrónica **alfaguara@santillana.es.** Agradeceremos sus consultas, ideas, sugerencias o comentarios.

ALFAGUARA LITERATURAS
ÚLTIMOS TÍTULOS PUBLICADOS:

William Boyd
LAS AVENTURAS DE UN HOMBRE CUALQUIERA

Michel Tournier
ELEAZAR

Nicholson Baker
UNA CAJA DE CERILLAS

Gilbert Adair
SOÑADORES

William Brodrick
LA SEXTA LAMENTACIÓN

Mia Couto
CADA HOMBRE ES UNA RAZA

Ali Smith
HOTEL WORLD

Jonathan Franzen
MOVIMIENTO FUERTE

Jamal Mahjoub
VIAJANDO CON DJINNS

Janette Turner Hospital
PREPARATIVOS PARA LA PLAGA

Nicholson Baker
CHECKPOINT

Anne Tyler
EL MATRIMONIO AMATEUR

David Maine
EL ECOLOGISTA

Mil Millington
COSAS POR LAS QUE DISCUTIMOS MI CHICA Y YO

Nadeem Aslam
MAPAS PARA AMANTES PERDIDOS

Abha Dawesar
BABYJI

Dan Rhodes
EL COCHECITO BLANCO

Rubén Gallego
AJEDREZ

Tobias Wolff
VIEJA ESCUELA

Hari Kunzru
LEILA.EXE